Kristina Valentin

HERZ blitze

Ro

DIANA

Von Kristina Valentin sind im Diana Verlag erschienen:
Ein Sommer und ein ganzes Leben
Garten der Wünsche
Herzblitze

MIX
Papier aus verantwortungsvollen Quellen
FSC® C014496

Verlagsgruppe Random House FSC® N001967

Originalausgabe 5/2020

Neumarkter Straße 28, 81673 München
Redaktion: Dr. Katja Bendels
Umschlaggestaltung: t.mutzenbach design, München
Umschlagmotiv: © Shutterstock.com
(Dinara May; Magenta 10; Sea of Marina)
Herstellung: Helga Schörnig
Satz: Leingärtner, Nabburg
Druck und Bindung: GGP Media GmbH, Pößneck

Printed in Germany
ISBN 978-3-453-36064-8
www.diana-verlag.de

Dieses Buch ist auch als E-Book lieferbar.

Kapitel eins

Der Tag, an dem sich alles änderte, war ein Montag.

Ich war tot.

Ziemlich sicher.

Wobei ich dann allerdings nicht gewusst hätte, dass es ein Montag war … Und es hätte mich auch nicht mehr interessiert.

Aber jemand in meiner Nähe summte eindeutig und unpassend fröhlich »Monday, Monday …« vor sich hin. Es musste also Montag sein. Oder dieser Jemand mochte das Lied einfach nur gerne und summte es auch an jedem anderen beliebigen Tag.

Ich beschloss, besagten Jemand zu fragen, ob tatsächlich Montag war. Aber ich konnte meine Stimme nicht finden.

Das war der Moment, an dem ich sicher wusste, dass ich nicht tot sein konnte.

Über all diese komplizierten Überlegungen schien ich wieder eingeschlafen zu sein, denn als ich die Augen erneut aufschlug, stand Mark neben meinem Bett.

Mein verwirrter Kopf brauchte einige Sekunden, bis ich ihn als meinen Mann identifiziert hatte, und mein Herz machte einen freudigen Doppelschlag. Bis von irgendwo die Erkenntnis über mich hereinbrach, dass er ja gar nicht mehr mein Mann war. Ich musste dumpf aufgestöhnt haben, denn er sah mich an und lächelte.

»Hey!«, rief er unangemessen heiter. »Wieder wach?«

Ich wollte nicken, aber mein Kopf tat zu weh. Also sah ich Mark nur an. Er war immer sehr auf sein Aussehen bedacht gewesen, aber heute sah er schlecht aus. Irgendwie alt. Und was hatte er da für eine alberne Frisur? Ich blinzelte, um meine Sicht scharf zu stellen. Unsere Tochter hatte einen Freund, und der hatte einen ganz ähnlichen Haarschnitt. Einen Undercut. Alles kurz, nur oben lang. Stand nur Menschen unter dreißig, wie ich glasklar erkannte. Und warum war er so braun? War Sommer? Ich linste an ihm vorbei aus dem Fenster, aber dort wiegte sich ein kahler Baum im Wind. Einige verirrte Herbstblätter flogen um ihn herum wie kleine, orientierungslose Satelliten. Es war nicht Sommer. Warum wusste ich nicht, ob wir Sommer hatten? Sollte ich das nicht wissen? Und zwar ohne vorher aus dem Fenster zu gucken?

Wieder sah ich Mark an, der irgendetwas sagte. Aber es ergab keinen Sinn. Überhaupt gar nichts ergab einen Sinn. Was tat ich hier eigentlich? Ich richtete mich ruckartig auf, was mein Kopf mit einem wahren Feuerwerk an Schmerzen zur Kenntnis nahm, aber es gelang mir trotzdem, aufrecht sitzen zu bleiben. Dann suchte ich meine Stimme. Was ich schließlich fand, klang nicht wirklich nach mir, aber das war jetzt egal.

»Was ist passiert?«, kroch die fremde Stimme schleppend aus meinem Mund.

Mein Mann – also, mein Ex-Mann – hörte endlich auf, vor sich hin zu brabbeln, und erklärte knapp und ein wenig vorwurfsvoll: »Du bist von einem Blitz getroffen worden.«

Ich starrte ihn an. Ein Blitz? Das konnte nur ein dummer Scherz sein. Mark neigte zu dummen Scherzen. Nur wie kam er dazu, ausgerechnet jetzt einen Spaß zu machen? Ich nahm all meine Kraft zusammen und fragte erneut. Doch diesmal konnte die fremde Stimme nur noch flüstern: »Was ist passiert?«

Mark zog die Augenbrauen hoch, und in seinem Blick lag plötzlich eine sonderbare Herablassung. »Mensch, Feli. Jetzt reiß dich mal zusammen.« Er beugte sich leicht zu mir herunter, und die Geruchswelle eines beißenden Aftershaves rollte über mich hinweg. Mir wurde schlecht. Mein Ex roch wie ein paarungswilliges Mufflon. Ich schaffte es noch, mich nach vorne zu beugen, dann erbrach ich mich ausgiebig auf seine feinen, handgenähten Lederschuhe.

Kapitel zwei

Die Ärztin war so jung. Sie sah aus, als würde sie nachmittags Handball oder Volleyball spielen und danach noch einen Waldlauf absolvieren. Proper und gesund strahlte sie mich an. Mich, die leicht zerstörte Mittvierzigerin, die vor ihr lag und immer noch den Geruch des eigenen Erbrochenen in der Nase hatte, denn die Reinigungsfachkraft hatte nur sehr bedingt gereinigt, nachdem mein Ex das Weite gesucht hatte.

»Sie hatten großes Glück.« Sie lachte mit roten Wangen und zeigte ihre strahlend weißen Zähne.

Ich fühlte mich zwar nicht, als hätte ich großes Glück gehabt, aber ich fühlte mich bemüßigt, mich zu bedanken. »Danke«, sagte ich deswegen artig.

»In Deutschland werden jedes Jahr ungefähr 250 Menschen vom Blitz getroffen. Dabei sterben die Wenigsten, aber die Spätfolgen können gravierend sein. Soweit wir es absehen können, geht es Ihnen gut.« Das schien sie ernsthaft zu freuen. »Trotzdem müssen Sie natürlich regelmäßig zur Nachuntersuchung kommen, und falls es zu Kribbeln in den Händen oder Beinen oder zu Sehstörungen kommt, melden Sie sich natürlich direkt.«

»Mein Herz ist so schwer«, sagte ich leise, und es war mir ein bisschen peinlich, es dieser jungen, dynamischen

Person gegenüber zu äußern. Aber es war wirklich das Erste, was mir eingefallen war. Mein Herz war schwer. Und es schien eine bedeutungsvolle Aussage zu sein, denn sofort wurde die junge Ärztin sehr ernst.

»Wir machen im Laufe des Tages noch ein paar weitere Untersuchungen, Frau Morgenstern«, versicherte sie mir. »Sie haben Bekanntschaft mit 200000 Ampere gemacht, das kann das menschliche Herz gewaltig aus der Bahn werfen. Bisher konnten wir keinen Schaden entdecken, aber wir gehen natürlich auf Nummer sicher.« Sie lächelte so freundlich und zugewandt, dass ich kurz von einer ganzen Welle der Dankbarkeit überrollt wurde. Am liebsten hätte ich nach ihrer Hand gegriffen, aber das erschien mir ein wenig kindisch.

»Ihre Sachen liegen in dem kleinen Nachtschrank dort drüben, und falls Sie noch etwas brauchen, klingeln Sie einfach.« Sie tätschelte mir den Arm, und was vermutlich nur als freundliche ärztliche Geste gemeint war, tat mir so ungemein gut, dass ich schnell die Tränen wegblinzeln musste.

Als die Zimmertür sich hinter ihr schloss, lehnte ich mich in das dicke Kissen zurück und atmete tief durch. Ein Blitzschlag. Das klang völlig absurd. Vom Blitz wurden Menschen höchstens beim Wandern oder Golfspielen getroffen. Ich fuhr auch nicht ständig mit dem Fahrrad durch die Gegend wie meine Freundin Gitti, für die ihr Fahrrad wichtiger war als ihr Mann. Ich hatte noch nicht mal ein Fahrrad, vielleicht hatte ich das Radfahren schon lange verlernt.

Mein Herz rumpelte in meiner Brust. Ich legte mir eine Hand auf den Brustkorb und blickte nach unten.

Die Hand, die dort lag, gehörte mir nicht.

Entsetzt riss ich die Augen auf und setzte mich kerzengerade hin. Das da war nicht die Hand, die ich seit fünfundvierzig Jahren mit mir herumtrug. Diese Hand da auf meiner Brust hatte pinkfarbene Fingernägel und sah irgendwie schrumpelig und mager aus. Die Fingergelenke waren so groß und knubbelig. Meine Finger hingegen waren immer ein wenig pummelig gewesen. Und ich hatte es nie geschafft, mir die Nägel lang wachsen zu lassen.

Ein dumpfes Entsetzen machte sich in mir breit, und ich hob die Hände, um mir durch die Haare zu fahren. Aber meine Haare waren weg. Tastend rasten meine fremden Fingerspitzen über meinen Schädel, aber meine langen Haare, die ich über all die Jahre gehegt und gepflegt hatte, waren verschwunden. Geblieben waren nur kümmerliche kurze Büschel. Zitternd griff ich nach der Handtasche auf dem Tischchen neben meinem Bett, um einen Spiegel zu suchen.

Aber das war nicht meine alte braune Ledertasche, die mich den größten Teil meines Lebens begleitet hatte, obwohl sie zerkratzt und fleckig war. Diese hier war groß und grün und hatte sonderbare Puschel am Riemen. Trotzdem zog ich sie mir auf den Schoß und begann darin zu wühlen. In der fremden Tasche befanden sich tatsächlich meine Sachen. Da lagen eindeutig mein Portemonnaie, meine Schminktasche, Taschentücher, Bonbonpapier und mein Haustürschlüssel. Ich hatte keine Ahnung, wie diese Dinge in die fremde Tasche gekommen waren, aber im Moment konnte ich darüber auch nicht nachdenken. Ihr Anblick jedenfalls beruhigte meinen Herzschlag wieder ein wenig, und ich fingerte zittrig den kleinen Spiegel aus der mit goldenen Möwen bedruckten Schminktasche. Das war schwer, weil meine schrillfarbenen Fingernägel viel zu lang waren. Als es mir endlich gelungen war, starrte ich für einige Sekunden in den kleinen Spiegel.

Das war ich. Eindeutig ich. Felicitas Morgenstern. Seit gestern fünfundvierzig Jahre alt. Nur meine Augenbrauen sahen komisch aus, und meine Haare waren so kurz wie bei diesen neuen Models auf Instagram. Pixie hieß das. Es machte mich älter. Die Linien neben meinem Mund wirkten plötzlich wie eingemeißelt. Ich rieb ein wenig daran herum, aber sie blieben. Irritiert legte ich den Spiegel beiseite und zog die Bettdecke weg. Ich trug nur einen gelöcherten Slip und ein Unterhemd. Vermutlich war das die Uniform der Bettlägerigen in diesem Krankenhaus. Ich starrte auf meinen Körper. Nicht nur meine Haare waren weg, auch meine Brüste waren mir abhandengekommen. Und mein Bauch. Schlagartig deckte ich mich wieder zu und ließ den Kopf auf das Kissen fallen. Ich war mein ganzes Leben lang immer ein wenig pummelig gewesen. Jetzt sah ich aus wie ein magerer Storch. Oder eine alte Frau. Zitternd atmete ich durch den Mund ein. Irgendetwas war mit mir passiert. Irgendetwas hatte dieser Blitz mit mir gemacht.

Ein Geräusch ließ mich zusammenzucken. Es war plötzlich überall, ein tiefes Stöhnen, wie eine Sturmbö, die durch eine Straße fegte, und es dauerte elendige Sekunden, bis ich begriff, dass dieses Geräusch aus mir herauskam. Ich presste mir eine Hand vor den Mund und rollte mich ganz eng zusammen. So klein wie eine Kugel. Mit aller

Kraft zog ich die Beine an meinen schmerzenden Brustkorb, presste meine Stirn gegen die Knie und hoffte, dass ich aufhören konnte, dieses tiefe Stöhnen von mir zu geben. Ich klang wie ein Tier. Aber es ging nicht. Bewegungslos lag ich in diesem kalten Krankenhausbett und gab immer weiter diese schrecklichen Geräusche von mir. So als wäre ich ein Ballon, und etwas hätte ein Loch in meine straff gespannte Hülle gepickt. Und nun kam die Luft raus, während ich immer weiter zusammenschrumpfte.

»Mama?«

Das Wort, das plötzlich durch den Raum schwebte, war wie ein Pflaster, das sich schlagartig auf das kleine Loch klebte. Ruckartig setzte ich mich auf und drehte mich um.

Das Stöhnen hörte auf.

Madeleine.

Ich hatte ein Kind! Es war mir kurzfristig entfallen, aber jetzt schoss die Liebe mit aller Kraft in mein schmerzendes Herz und schien alles erträglich zu machen. Schien mich im Bruchteil einer Sekunde wieder zu meiner ursprünglichen Größe heranwachsen zu lassen.

Meine Tochter stand mit weit aufgerissenen Augen in der Zimmertür und hielt sich am Türrahmen fest.

»Es geht mir gut!«, rief ich, doch es klang wie das klägliche Röcheln einer verendenden Hirschkuh.

»Soll ich den Arzt holen?« In Madeleines grünen Augen stand blankes Entsetzen. Himmel, warum hatte sie sich denn ihre roten Locken abgeschnitten? Und wann um alles in der Welt?

Ich schloss für den Bruchteil einer Sekunde die Augen. Reiß dich zusammen, Feli!

»Nein«, sagte ich und klang plötzlich wieder wie ich selbst. »Außerdem ist es eine Ärztin. Komm rein.«

Madeleine machte einen zögerlichen Schritt ins Zimmer und ließ einen riesigen Rucksack auf den Boden gleiten.

»Stell ihn auf den Tisch«, sagte ich. »Im Krankenhaus sollte man nichts auf den Boden stellen. Wegen der Bakterien.« Es kam irgendwie automatisch aus mir heraus, aber mein Kind tat, was ich gesagt hatte. Irgendein Teil in mir schien also noch funktionsfähig zu sein.

Madeleine war achtzehn und würde im Mai ihr Abitur machen und dann in Groningen anfangen Psychologie zu studieren. Sie war mit ihren roten Haaren und dem milchig weißen Teint so schön, dass ich sie manchmal heimlich ansah und staunte, weil ich nicht glauben konnte, etwas derart Perfektes erschaffen zu haben. Allerdings hatte sie auch meinen Kampfgeist geerbt.

»Merle kommt auch gleich. Sie war in Berlin und hat sofort den nächsten Zug genommen.« Mein Kind setzte sich vorsichtig auf die Bettkante und griff nach meiner Hand.

»Wieso war Merle in Berlin?«, fragte ich verdutzt. Langsam kehrte nämlich die Erinnerung an kleine Fragmente der vergangenen Tage wieder zurück. Unter anderem an mein gestriges Geburtstagsessen, und da hatte meine Schwester mit am Tisch gesessen. Ich erinnerte mich noch gut an ihren etwas anstrengenden Monolog über Männer in der Midlifecrisis.

Meine Frage ließ in Madeleines hellen Augen Argwohn aufblitzen. Vielleicht brachte ich da doch etwas durcheinander?

Sie umfasste meine Hand ein wenig fester. Ihre Fingerspitzen waren ganz kalt. »Ich wäre auch sehr viel früher hier gewesen, aber mein verdammter Zug hatte mal wieder Verspätung.«

Ich betrachtete sie erstaunt. Hier stimmte was nicht. Sie war doch erst gestern hier gewesen. Also zu Hause. Wie auch die Tage davor, weil sie sich auf das Abitur vorbereitete.

»Mama …« Mein Kind beugte sich näher zu mir heran und betrachtete mich mit zusammengekniffenen Augen. »Mit dir stimmt was nicht.«

»Mich hat ein Blitz getroffen«, erwiderte ich. Da durfte man ja wohl mal vorübergehend ein wenig sonderbar sein. Allerdings fühlte ich mich schon wieder so, als würde ich schrumpfen.

Madeleine wiegte nachdenklich den Kopf. »Erinnerst du dich an gestern?«, fragte sie schließlich ein wenig lauernd.

Ich nickte vorsichtig. Tat ich. Meine Geburtstagsfeier war nicht so gewesen, wie ich sie mir vorgestellt hatte. Aber Melanie war tot. Sie hatte mir kurz vorher aufgetragen, meinen Geburtstag deftig zu feiern, aber das ging nicht, obwohl ich es versucht hatte. Und dann hatte Mark mir einen Strich durch die Rechnung gemacht. Eigentlich durch mein ganzes Leben. Weil er mich verlassen hatte. Weil ich angeblich im Laufe der Jahre fad geworden war. Wie ungesalzene Brühe. Genau so hatte er sich vor drei Monaten ausgedrückt, hatte seine Sachen gepackt und war ausgezogen. Zumindest in Teilen. Sein Arbeitszimmer hatte er noch gelassen, wo es war. Und seitdem erzählte er allen, wie großartig angeblich unsere Trennung verlaufen wäre. Und dass wir jetzt Freunde wären. Einen Dreck waren wir.

Aber ich verlor den Faden. Darum ging es grad nicht. Es ging um gestern. Madeleine guckte mich immer noch lauernd an, so als erwartete sie irgendetwas von mir.

»Gestern bin ich fünfundvierzig geworden. Und wir haben zusammen gegessen. Und es war … schwierig.« Als ich sah, wie Madeleine blass wurde, fügte ich vorsichtig hinzu: »Schwierig ist ein komisches Wort. Also, ein wenig sonderbar. Sagen wir es so: Wir haben nicht auf den Tischen getanzt.« Das war eine Untertreibung. Den ganzen Abend über hatte irgendjemand geweint. Ich, weil ich Melanie so vermisste. Und unfassbar wütend auf Mark war. Alexandra, weil sie ihren Dackel hatte einschläfern lassen müssen – aber immerhin war das Tier ein Methusalem geworden, im Gegensatz zu Melanie. Magdalena, die so viel arbeiten musste, dass sie ständig vergaß, welchen Wochentag wir hatten, und schließlich auch noch mein Kind, das Angst vor dem fremden Land, der fremden Stadt und dem Studium hatte. Nur meine Schwester Merle hatte nicht geweint, aber sie weinte eh selten. Sie hatte stattdessen Mark beschimpft, aber das tat sie regelmäßig. Wenigstens hatten wir uns bemüht, uns gegenseitig zu trösten, und ich erinnerte mich, dass es uns zeitweise auch gelungen war. Ein bisschen zumindest.

Meine Tochter ließ abrupt meine Hand los. Sie war unter ihrer eh schon hellen Haut noch durchscheinender geworden. »Mama«, sagte sie tonlos und stand wie in Zeitlupe auf. »Du bist gestern nicht fünfundvierzig geworden.«

Was sollte das denn jetzt? Ich starrte sie an. »Natürlich bin ich das«, erklärte ich ernst.

»Du hast gestern deinen sechsundvierzigsten Geburtstag gefeiert. Mit einer Riesenparty. Ich war nicht da. Irgendwann in der Nacht hat Papa mich angerufen und gesagt, ich solle nach Hause kommen. Ein Blitz hätte dich getroffen.«

Ich runzelte die Stirn, versuchte ihren Worten irgendwie Sinn zu geben und hielt mich schließlich an dem fest, was ich verstand. »Nach Hause? Wo warst du denn?«

»In Groningen. Ich studiere dort seit September. Du bist gestern *sechsundvierzig* geworden!«

Ich schwieg und starrte sie an. Ich wollte etwas sagen, aber meine Stimme hatte mich wieder verlassen. Außerdem war ich schon wieder geschrumpft. Ich konnte es deutlich spüren.

»Sechsundvierzig, Mama.« Mein Kind trat einen Schritt zurück und sah mich an, als befürchtete sie, ich könnte explodieren. Ich musste mich zusammenreißen. Etwas Kluges sagen. Aber als ich den Mund öffnete, kam wieder nur dieses furchtbare Stöhnen heraus.

Ich hatte gerade ein Jahr meines Lebens verloren.

Kapitel drei

»Ein Blitzschlag kann verschiedene Probleme nach sich ziehen.«

Die junge Ärztin hatte sich eine ältere Ärztin als Beistand mitgebracht, und diese hielt jetzt sehr fürsorglich meine Hand. »Eine retrograde Amnesie ist durchaus möglich. Aber wir werden in den kommenden Tagen besonders Ihr Herz weiter beobachten. Viele Blitzopfer haben allerdings auch mit den Langzeitschädigungen zu tun.«

»Okay«, sagte ich ungeduldig. Ich hatte ein nagelneues iPhone in meiner fremden Tasche gefunden und das Thema schon ausführlich gegoogelt. Vermutlich würde ich innerhalb der nächsten Jahre doch noch an diesem Blitzschlag sterben. Oder eine Depression erleiden. Aber just in diesem Moment konnte ich mich nur mit dem Naheliegenden befassen: »Und wo ist jetzt das Jahr hin?«

Die beiden sahen sich unbehaglich an. »Wir denken, dass die Erinnerung wiederkommen wird. Die Untersuchungsergebnisse waren völlig unauffällig. Hin und wieder ist nach solchen Ereignissen aber auch eine posttraumatische Belastungsstörung möglich. Wir werden Sie einfach engmaschig im Auge behalten müssen.« Die Ärztin drückte wieder meine Hand. »Aber jetzt sollten Sie sich erst einmal ein wenig ausruhen.«

»Sie haben den Ernst der Lage nicht verstanden«, sagte ich langsam, entzog ihr meine Hand und richtete mich auf. »Mir fehlt ein ganzes Jahr!«

Die beiden nickten betroffen.

»Vielleicht ist es hilfreich herauszufinden, was genau an diesem Abend passiert ist?«, schlug die junge Ärztin vor. »Um Ihrem Gedächtnis auf die Sprünge zu helfen. Aber setzen Sie sich nicht unter Druck.«

»Natürlich.« Ich versuchte mich an einem Lächeln. Ich sah aus, als hätte ich in einer Senioren-Ausgabe von *Germany's Next Topmodel* mitgemacht. Madeleine war nach Hause gefahren, um Nagellackentferner zu holen, damit ich mir diese schrille Farbe von den Fingern wischen konnte. Und meine Schwester Merle hockte im Zug aus Berlin, obwohl ich mir sicher gewesen war, dass sie gestern noch an meinem Küchentisch gesessen und meinen Ex-Mann einen parasitären patriarchalen Lurch genannt hatte. Dabei war das 365 Tage her. Und ich wusste einfach nicht, was dazwischen passiert war. Aber wozu sich Druck machen?

Die Ärztinnen gingen und ließen mich alleine zurück. Kaum hatte sich die Tür hinter ihnen geschlossen, tastete ich nach meinen Schuhen, die ich unter dem Bett entdeckt hatte. Aber kaum berührten meine Fußsohlen das hochmoderne Fußbett, das es angeblich möglich machte, auch auf zehn Zentimeter hohen Stilettos ohne schwerwiegenden Schaden am Fußgewölbe durchs Leben zu stolzieren, zog ich meine Füße wieder zurück. Irgendetwas stimmte nicht. Ich griff mir die Wildleder-Stiefelette, lugte hinein und starrte von oben direkt durch auf den bakterienverseuchten Krankenhausfußboden. Bei beiden Schuhen fehlten die Sohlen. Sie fehlten nicht nur, sie waren förmlich weggeschmolzen. Ich ließ die Schuhe fallen und packte meinen rechten Fuß, um in einer wilden Verrenkung darunter sehen zu können. Aber meine Fußsohle war unverletzt. Ein bisschen rosig vielleicht, aber ansonsten ganz so, wie sie sein sollte. Einen Moment lang saß ich atmend auf dem Bett. Tief atmend.

»Große Schwester?«

Hinter mir schlug die Zimmertür ins Schloss. Merle. Endlich. Sie hatte nicht geklopft, wie immer. Ich drehte mich um und konnte am Blick meiner kleinen Schwester klar erkennen, dass ich einen erbarmungswürdigen Anblick abgeben musste. Merle stiefelte durch das Zimmer, umrundete das Bett und nahm mich in den Arm. Ich presste mein Gesicht gegen ihren fülligen Busen und schloss die Augen. Sie roch wie immer. Ein wenig nasse Wolle, frisch gemahlene Kaffeebohnen und Chanel. Ich legte meine Arme um ihre Hüften und spürte, wie ich zum ersten Mal, seit ich an diesem verrückten Tag die Augen aufgeschlagen hatte, zur Ruhe kam. Merle streichelte mir über den Rücken, den Kopf und rieb mir das Ohrläppchen, wie sie es früher immer getan hatte, wenn ich ihr im Bett liegend eine Geschichte vorgelesen hatte, damals, als wir noch Kinder gewesen waren. Damals, als das Leben überschaubarer war, aber auch nicht leicht.

Merle hielt mich lange im Arm. Beständig fuhren ihre Handflächen über meinen Rücken. Sie hielt nicht inne, konnte ewig so weitermachen. Sie war beharrlich, meine

Schwester. Immer schon gewesen. Sie tat das, was sie für richtig hielt. Und oft war es das auch.

»Was ist passiert?«, fragte ich in ihren Busen, und als sie antwortete, hörte ich ihre dunkle Stimme in ihrem Brustkorb hallen.

»Du bist letzte Nacht von einem Blitz getroffen worden. Mark hat mich angerufen. Ich bin nach deiner Party zu Freunden nach Berlin gefahren und habe gleich den ersten Zug wieder zurück genommen. Er sagt, es geht dir gut?«

Ich hob den Kopf und spähte zu ihr hoch. »Ich bin geschrumpft«, flüsterte ich heiser. »Und dünn. Und ich habe furchtbare Fingernägel. Und ich kann mich an das letzte Jahr nicht mehr erinnern.«

»Du hast das vergangene Jahr vergessen?« Merle beugte sich zu mir runter und betrachtete mich genauer.

Ich nickte stumm.

»Ich würde mal sagen, das ist jetzt nicht die Definition von ›Es geht ihr gut‹, aber was will man von Mark schon erwarten.« Sie kniff die Lippen zusammen. »Was sagen die Ärzte?«

»Ärztinnen«, murmelte ich schwach. »Die sagen, ich soll mich entspannen. Dann würde mir sicherlich alles wieder einfallen. Und ich soll rausfinden, was in der letzten Nacht passiert ist. Warum warst du nicht auf meiner Party?«

»War ich«, sagte sie knapp. »Aber dann habe ich den Zug um zehn nach Berlin genommen. Eine Freundin hatte dort einen Gig. Ich hatte keine Lust mehr auf deine Party«, erklärte sie.

Ich starrte sie entsetzt an. »Keine Lust?«, wiederholte ich stumpf.

Sie zog eine Augenbraue hoch und spitzte die Lippen. »Es war ein schwieriges Jahr«, sagte sie dann düster.

»Bitte erklär mir das«, bat ich mit zittriger Stimme. Ein schwieriges Jahr. Ich hatte nicht nur irgendein Jahr vergessen, sondern gleich noch ein schwieriges. Wie fatal. »Ist jemand in diesem Jahr gestorben?«, flüsterte ich, und meine Stimme zitterte jetzt ganz enorm.

»Jemand?« Merle zog eine Augenbraue hoch. »Unfassbar viele Jemande.« Entsetzt riss ich die Augen auf, bis Merle seufzte. »Du hast sie alle unter die Erde gebracht. In unserem näheren Kreis hat niemand das Zeitliche gesegnet. Außer natürlich Melanie. Das war aber davor. Daran erinnerst du dich?«

Ich nickte und räusperte mich.

»Du weißt aber noch, was dein Job ist?«

Wieder nickte ich. Ich arbeitete im Beerdigungsinstitut Grestenbuch. Als Bürokraft. Das hieß, ich brachte die Verstorbenen nicht persönlich unter die Erde, besorgte ihnen aber doch wenigstens einen hübschen Sarg und das letzte Hemd. »Nur ein Jahr, Merle. Nicht mein Leben.«

»Ich habe Maria angerufen und ihr Bescheid gesagt. Sie war sehr besorgt und wollte dich gleich besuchen kommen, aber ich habe ihr gesagt, du musst erst mal wieder zu dir kommen.« Sie betrachtete mich einen Moment prüfend. »Und die vergangenen 365 Tage in deinen angesengten Hirnzellen suchen«, fügte sie noch hinzu.

Als Merle ging, war ich so erschöpft, als hätte ich versucht, einen Marathon zu laufen. Ich zog mein Handy aus der Tasche und öffnete meine Nachrichten. Einige

Genesungswünsche waren eingetrudelt. Es war ein wenig surreal, die Chatverläufe und meine eigenen Nachrichten zu lesen, an die ich mich nicht erinnern konnte. Mit Katharina hatte ich mich zum Pilates verabredet. Ich erinnerte mich, dass ich damit hatte anfangen wollen, und offenbar hatte ich das im vergangenen Jahr auch getan. Der Pilateskurs wäre heute gewesen, aber Katharina hatte wohl von dem Blitzschlag gehört und mir eine liebe Nachricht geschickt. In der sie unter anderem fragte: *»Warum bist du denn mitten in der Nacht über dieses verdammte Feld gelaufen?«*

»Gute Frage, nächste Frage«, murmelte ich und scrollte weiter. Die nächste Nachricht kam von Maria, meiner Chefin.

Liebe Felicitas, wir haben gehört, was geschehen ist. Mit bangem Herzen warten wir auf eine Nachricht von dir.

Das klang ganz nach ihr.

Bitte halte uns auf dem Laufenden, und wenn es etwas gibt, das wir für dich tun können, lass es uns wissen! Wir haben eine Kerze für dich angezündet.
Maria und alle aus dem Institut

Ich las die Nachricht gleich dreimal, weil sie meinem schweren Herzen so wohltat, antwortete dann mit einem knappen *»Danke! Es geht mir gut!«*, schloss die Nachricht und öffnete die nächste. Die kam von meiner Schwiegermutter. Es waren gleich drei Mitteilungen auf einmal. In den ersten beiden wies sie darauf hin, dass ich bloß nicht ihren Augenarzttermin nächste Woche in Hannover vergessen sollte, und in der dritten fragte sie, ob ich mich wohl schon wieder fit genug fühlte, sie dann wenigstens übernächste Woche nach Hannover zu fahren. Sie hätte den Termin verschoben. Wegen des Blitzes. Ich las ihre Worte und spürte ein sonderbares Kribbeln auf der Kopfhaut.

Die nächste Nachricht kam von der Chatgruppe vom Förderverein der Grundschule. Madeleines Grundschule, die sie seit sage und schreibe neun Jahren nicht mehr besuchte. Ich hatte mich aus der festen Umklammerung dieser Gruppe lösen wollen, denn die wollten ständig, dass ich Kuchen buk, bei Bundesjugendspielen die Klappe für die kleinen Läufer schlug oder das Unkraut in den Beeten vor der Grundschule zupfte. Ich erinnerte mich schwach, dass ich vorgehabt hatte, auf einem der vielen Zusammenkünfte dieser hochengagierten Eltern meinen Austritt zu verkünden. Ganz offenbar hatte ich das aber in den vergangenen 365 Tagen nicht getan. Ich überflog den Inhalt der Nachrichten. Morgen gab es ein Frühlingsfest, und mir war die Aufgabe zuteilgeworden, gleich zwei Kuchen zu backen und dann auch noch zu verkaufen. In der Gruppe hatte niemand von meinem Unfall gehört, denn man schien empört, dass ich mich noch nicht zurückgemeldet hatte. Ich schloss auch diese Nachrichten und dazu noch die Augen. Irgendwo in meinem Hinterkopf ratterte eine unangenehme Instanz los, die schon mal überlegte, wie ich auf die Schnelle zwei Kuchen zustande bringen könnte. Als ich zu keiner Lösung kam, dachte ich, ich müsste mich wortreich entschuldigen, aber dann wurde mir schlagartig klar, dass ich hier mit einer ernsten Sache im Krankenhaus lag. Ich konnte keine Kuchen backen. Ich konnte erst mal gar nichts tun, außer hier zu liegen und aus dem Fenster zu starren.

Der Baum davor schüttelte die Äste. Ein Sturm schien aufgezogen zu sein. Die Zweige bogen sich unter den Böen, und es sah aus, als würden sie mir zuwinken. Ich schob mein Handy zurück in die Tasche und drehte den Kopf Richtung Fenster, damit ich ihn besser sehen konnte.

»Feli, bist du so weit?«

Ich stand mit nassen Haaren im kleinen Badezimmer des Krankenzimmers und starrte auf meine Frisur. Nach fünf Tagen im Krankenhaus würde Mark mich heute endlich nach Hause fahren. Madeleine hatte sich am Morgen von mir verabschiedet, um nach Groningen zurückzukehren. Sie wäre gerne geblieben, aber ich hatte sie natürlich zurück zum Studium geschickt. Dabei hätte ich mich am liebsten an ihr Hosenbein geklammert, aber das ziemt sich nicht als Mutter.

Ich hatte Angst. Angst vor meinem eigenen Zuhause. Angst davor, mein Leben wieder aufzunehmen. Ich wollte irgendwohin, wo man mir erklärte, was ich jetzt tun sollte. Eine Spezialklinik für Menschen, die ein Jahr ihres Lebens vergessen hatten. Meine Angst war so mächtig, dass ich mich an dem viel zu kleinen Waschbecken festklammern musste, damit sie mich nicht niederrang. Ich starrte mir im Spiegel in die Augen, die das Einzige waren, das mir an mir selbst noch bekannt vorkam. Nicht nur vage und angedeutet, sondern in jedem Molekül meiner Existenz bekannt und vertraut.

Es klopfte ungeduldig an der Tür. »Bist du fertig?«, fragte Mark erneut, und ich schüttelte den Kopf. Ich war nicht fertig. Nicht bereit, dieses Krankenzimmer zu verlassen und in die Außenwelt zurückzukehren. Das interessierte meinen baldigen Ex-Mann allerdings wenig. Er klopfte kurzerhand noch einmal, doch ich konnte den Blick einfach nicht von meinen Augen lösen. Sie waren immer noch grün, mit kleinen braunen Sprenkeln um die Iris herum. Ein Ex-Freund aus Jugendtagen hatte mal ganz poetisch gesagt, ich hätte einen ganzen Schwarm Sternschnuppen in den Augen, sodass man meinte, in ihnen die Galaxie zu sehen. Ich konnte also mit Fug und Recht behaupten, sehr ausdrucksstarke Augen zu haben. Der Rest von mir war hingegen immer eher durchschnittlich gewesen. Weit entfernt von galaktischen Vergleichen, immer eher ein bisschen zu rund, ein bisschen zu klein, mit zu kurzen Fingern und zu großen Füßen. Und grundsätzlich eher chaotisch veranlagt.

Noch einmal klopfte es. Mark war in der Lage, diesem Klopfen einen leicht aggressiven Unterton zu geben. Ich atmete langsam aus.

»Warte!«, rief ich schließlich und konnte selbst durch die geschlossene Tür hören, wie Mark tief Luft holte, um seinen Unmut über mein Verhalten zu äußern. Das hatte er in den zwanzig Jahren unserer Ehe bis zur Perfektion betrieben.

Mir wurde ein wenig komisch im Kopf. Meine Kopfhaut kribbelte, und irgendwie summte es plötzlich in meinen Ohren. Ich kniff die Augen zu und senkte ein wenig den Kopf, während ich tief durch den Mund ein- und ausatmete. Mein Herz raste, und Übelkeit stieg in mir auf. »Verdammte Scheiße«, murmelte ich und versuchte mich ganz auf meine Atmung zu konzentrieren.

Wieder hämmerte es an die Tür.

»Feli, ich muss auf die Baustelle! Ich bin Architekt. Oder hast du das auch vergessen?«

Atmen. Ein. Aus. Ein. Aus. Das Blut rauschte durch meinen Kopf. Vielleicht bekam ich gerade einen Schlaganfall? Links neben dem Waschbecken gab es einen Notfallknopf. Wenn ich den drückte, würde jemand kommen, um mich zu retten. Vielleicht war es aber bis dahin auch schon um mich geschehen. Ich starrte auf den Knopf, tat aber nichts, als zu atmen und Marks nervtötendem Klopfen zu lauschen.

»Feli!«, rief er erneut.

Ich öffnete den Mund. Erstaunlicherweise war es Wut, die plötzlich in mir hochkroch und schlagartig die Übelkeit verdrängte.

»Halt die Klappe!«, entfuhr es mir. Ich schloss den Mund wieder und hielt erschrocken den Atem an. Ich hatte es geschafft, mich selbst zu beeindrucken. Mit den Fingern fuhr ich mir durch die kurzen Haare und brachte sie ein wenig in Unordnung. Meine neue Frisur stand mir überhaupt nicht. Keine Ahnung, was mich da geritten hatte. Außerdem musste ich dringend mehr essen, denn auch wenn mir meine großen Brüste ein Leben lang auf die Nerven gegangen waren, fehlten sie mir jetzt. Ich hatte immer dünn sein wollen. Jetzt war ich dünn und sah verhungert aus.

Ein schwieriges Jahr, offensichtlich.

Ich schnappte mir meine kleine Reisetasche und öffnete endlich die Badezimmertür. Mark starrte mich mit verschränkten Armen und hochgezogener Augenbraue an. »Du hast ja einen Tonfall am Leib«, sagte er vorwurfsvoll, und ich ließ die Tür geräuschvoll hinter mir ins Schloss fallen.

Die Fahrt nach Hause verlief schweigend. Mark musste wohl erst mal meinen besagten Tonfall verarbeiten, und ich musste mich daran gewöhnen, plötzlich wieder in freier Wildbahn zu sein. Das Krankenhaus war mein Schutzraum gewesen, in dem ich hatte komisch sein dürfen. Mich hatte ja immerhin ein Blitz getroffen! Aber nun würden die Menschen nicht mehr wissen, warum ich sie vergessen hatte, nicht zum Termin erschienen war und mich im Allgemeinen vielleicht etwas sonderbar verhielt. Ich konnte mir ja schlecht einen Zettel an die Brust heften, auf dem stand: *»Diese Person ist vom Blitz getroffen worden. Falls sie sonderbar ist, liegt es nur daran!«*

Verstohlen warf ich meinem Ex-Mann einen Seitenblick zu. Waren wir schon geschieden? In meiner Zeitrechnung waren wir ja gerade mal fünf Monate getrennt.

»Mark?«, fragte ich leise und schlang die Arme um meinen Oberkörper. Irgendwie war mir kalt.

»Hm?«, brummte er, ohne den Blick von der Straße zu nehmen.

»Sind wir schon geschieden?«

In seinem mir zugewandten Mundwinkel zuckte es. Er fand die Frage lustig, dabei war sie das ganz und gar nicht. Mein Ex schien vergessen zu haben, dass ich es tatsächlich nicht mehr wusste. Ich erkannte den Moment, in dem es ihm wieder einfiel, das ganze Dilemma, denn das unterdrückte Grinsen verschwand.

Er schüttelte den Kopf. »Du kannst dich wirklich nicht erinnern?« Er klang verwundert. Aber für jemanden, der dachte, dass Depressionen durch eine gesunde Lebensweise, Sport und Schlaf geheilt werden könnten, war das vielleicht auch schwer vorstellbar. »Nein, sind wir noch nicht. Wir haben es nicht eilig.«

Seine Worte fühlten sich irgendwie sonderbar an. Weil er von einem »Wir« sprach, das es ja nicht mehr gab.

»Und was ist auf der Party passiert?«, fragte ich weiter und beobachtete ihn dabei im Profil.

Mark setzte allerdings umgehend sein Pokerface auf und sagte nur: »Das weiß ich nicht. Die Party war super. Nur du bist irgendwann verschwunden. Um dich vom Blitz treffen zu lassen.« Er sagte es, als wäre es ein Scherz. Aber irgendetwas hakte an dem Bild.

Kapitel vier

Ich hatte gedacht, dass er wenigstens kurz mit ins Haus kommen würde, aber das tat er nicht. Er hielt vor unserem ehemaligen gemeinsamen Zuhause an, ließ mich aussteigen und meine Tasche aus dem Kofferraum holen, dann hob er grüßend die Hand, schenkte mir ein durchaus freundliches Lächeln und gab Gas. Ich sah ihm hinterher und stand dann einigermaßen bedröppelt auf dem Bürgersteig rum. Vor achtzehn, also eigentlich neunzehn Jahren hatte er mich hier schon einmal abgesetzt. Da hatte ich allerdings keine Tasche dabeigehabt, sondern Madeleine. Frisch entbunden, klein wie ein Zwerg und völlig zerknautscht hatte mein Kind in meinem Arm gelegen, während mein Mann wieder weggefahren war. Auf eine Baustelle. Damals hatte ich mich ganz ähnlich gefühlt. Verwirrt. Orientierungslos. Langsam griff ich nach meiner Tasche und ging die zwei Stufen zum Gartentor hoch.

Unser Haus war aus den Dreißigerjahren. Wir hatten es vor fast zwanzig Jahren gekauft, umgebaut und renoviert. Es war klein und wirkte mit seinem riesigen roten Ziegeldach, den weiten Dachüberständen und den weiß gestrichenen Kastenfenstern aus Holz immer ein wenig wie aus einem Rosamunde-Pilcher-Roman, nur leider ohne die grandiose Landschaft von Cornwall hinter dem Gartenzaun. Ich liebte dieses Haus, hatte es von der ersten Minute an geliebt, und daran hatte sich nichts geändert, auch wenn das Abwasserrohr regelmäßig verstopfte, die Regenrinnen mittlerweile ein wenig windschief hingen und die Haustür dringend einen Anstrich brauchte.

Mark mochte das Haus nur am Anfang. Ziemlich bald fand er es hutzelig. Ein für meinen Sprachschatz neues Wort. »Hutzelig« bedeutete faltig und alt. Vermutlich war das hutzelige Haus irgendwann nicht mehr repräsentativ genug gewesen für jemanden, der hauptberuflich designtechnisch anspruchsvolle Sichtbetonhäuser für die Neubaugebiete der Stadt plante, die wie Pilze aus dem Boden schossen. Unzählige Male hatte er umziehen wollen, aber ich hatte mich geweigert. Denn das hier war mein Zuhause. Und in dieser Frage hatte ich es tatsächlich geschafft, mich durchzusetzen.

Ich trat durch das ewig quietschende Tor in den noch im Winterschlaf befindlichen Garten. Ein gepflasterter Weg schlängelte sich durch zwei Beete bis zur Eingangstür. Langsam ging ich darauf zu und staunte. Die Beete waren aufgeräumt. Keine trockenen Stauden, die sich zum bedeckten Märzhimmel hochreckten. Alles war fein säuberlich abgeschnitten, sogar das Unkraut war verschwunden. Nur ein einzelner Löwenzahn hatte trotzig Stellung zwischen den Fugen des Pflasters zu meinen Füßen bezogen. Dabei hatte dieser Garten in den letzten Jahren ganzen Horden von Löwenzahn Herberge geboten.

Langsam ging ich die ausgetretenen Steinstufen zur Haustür hoch, die zum Glück immer noch so aussah, wie ich sie in Erinnerung hatte. Die vergilbte weiße Farbe blätterte an vielen Stellen ab, und der Kit der kleinen Butzenscheiben im oberen Bereich bröckelte heraus. Die Tür war so alt wie das Haus und vermutlich in den ganzen neunzig Jahren vielleicht zweimal gestrichen worden – direkt nachdem sie eingebaut worden war und dann noch einmal während unserer Renovierung. Jedes Jahr hatte ich mir auf meine To-do-Liste geschrieben: *Haustür streichen*. Und jedes Jahr war vorbeigegangen, ohne dass ich es getan hatte.

Ich zog meinen Schlüssel aus der Tasche und schloss die Tür auf. Dabei gab der Beschlag ein kratziges Schnarren von sich. Mein Nach-Hause-Komm-Geräusch, denn schon bei der Besichtigung mit dem Makler vor über zwanzig Jahren hatte uns dieses Geräusch begrüßt.

Als ich eintrat, umfing mich die Stille. Ich hörte nur meinen eigenen Atem, der plötzlich schneller ging. Langsam ließ ich meine Tasche auf den Wollteppich im Flur gleiten und schlüpfte aus den Schuhen. Im Wohnzimmer blitzte die Sonne durch die streifenfrei geputzten bodentiefen Fenster. Das Haus war aufgeräumt. Hatte Madeleine noch Ordnung geschaffen, bevor sie gefahren war? Auf Socken wanderte ich durch das Wohnzimmer zur offenen Küche hinüber, die sich dahinter erstreckte. Auf dem Tresen stand ein Blumenstrauß. Tulpen in allen Farben neigten sanft ihre Köpfe aus der alten Glasvase, die meine Mutter mir zur Hochzeit geschenkt hatte. Eine Karte mit roten wirbelnden Herzen stand dagegen gelehnt. Ich nahm sie und drehte sie um.

Mamalein!
Herzlich willkommen!

Im Kühlschrank steht Essen, und ich habe für dich eingekauft. Es tut mir leid, dass ich schon wieder zurückmusste.
Ruf mich an, wenn du zu Hause bist!
Dein Kind!

»Danke, mein Kind«, murmelte ich und legte die Herzchenkarte sorgfältig auf den Küchentresen. Und dann stand ich eine ganze Weile herum und starrte ins Nichts. Der Kühlschrank fing leise an zu brummen, und die auf antik gemachte Uhr, die ich vor zwei Jahren mit Mark in Amsterdam gekauft hatte, begleitete das Brummen mit einem regelmäßigen Klacken. Ansonsten war es gespenstisch still. Ich war allein. Hatte ich mich im vergangenen Jahr an die Abwesenheit von Mark gewöhnt? Das musste harte Arbeit gewesen sein. Ich war nicht gerne alleine. Nach unserer Trennung war ich zutiefst dankbar gewesen, dass Madeleine noch ein Jahr lang bei mir wohnen würde. Gewohnt hatte, korrigierte ich mich selbst. Das lag in der Vergangenheit. Nur weil ich mich nicht daran erinnerte, hieß es nicht, dass es nicht stattgefunden hatte. Vielleicht hatte ich mich ans Alleinsein gewöhnt. Wenn dem so war, hatte ich leider auch das vergessen.

Plötzlich fühlte ich mich furchtbar schwach. Das war so ein altertümliches Wort zur Beschreibung eines körperlichen Zustands, aber offenbar war ich bisher in meinem Leben nie wirklich schwach gewesen, sonst hätte ich gewusst, wie treffend dieses Wort war. Ich stolperte nach hinten und ließ mich in meinen ausladenden Lesesessel fallen, wo ich erschöpft den Kopf gegen das Polster lehnte.

Das Handy in meiner Jackentasche gab ein kurzes Bimmeln von sich. Mit müden Bewegungen zog ich es aus der Tasche und öffnete die Nachricht, die gerade eingetrudelt war. Die allerdings schaffte es, mich schlagartig wieder zum Leben zu erwecken.

Hallo! Wie schlimm, was dir passiert ist. Ich habe gehört, es geht dir besser. Wir können ja mal wieder einen Kaffee trinken gehen.

Die Nachricht kam von meiner Freundin Magdalena, und irgendetwas stimmte damit ganz und gar nicht. Ich starrte die Worte so lange an, bis sie vor meinen Augen zu verschwimmen begannen. Dann tippte ich wie automatisch:

Danke für deine Nachricht. Ja, können wir machen. Melde dich doch wegen eines Termins.

Ich schickte den Text ab und musste für einen Moment die Augen schließen, denn wie schon vorhin im Krankenhaus kribbelte meine Kopfhaut, als würden Ameisen darauf pinkeln. Leider war das der beste Vergleich, der mir einfiel – auch wenn Ameisen eigentlich gar nicht pinkeln. Mich hatte mal eine bösartige Ameise im Garten gebissen, und ich hatte tagelang unter dem heftigen Juckreiz gelitten. So fühlte es sich jetzt wieder an, nur überall auf dem Kopf. Ich ließ das Handy in meinen Schoß fallen und rubbelte mir fest mit allen Fingern über den Schädel – waren ja auch fast keine hinderlichen Haare mehr im Weg –, aber das Kribbeln wurde nicht besser, stattdessen prickelten jetzt auch meine Füße.

»Bitte nicht«, murmelte ich, und dann zuckte plötzlich ein kleiner Blitz durch mich hindurch. Vermutlich war der im Vergleich zum großen Blitz nur eine homöopathische Dosis, aber er reichte aus, um mich in Angst und Schrecken zu versetzen. Panisch schnappte ich nach Luft und kniff die Augen zusammen. Aber so schnell, wie der Spuk gekommen war, verschwand er auch wieder.

Ich öffnete die Augen und blinzelte ein paarmal. Es ging mir gut. Ich räusperte mich, blieb aber noch einen Moment still sitzen. Vielleicht sollte ich doch besser zurück ins Krankenhaus fahren?

Nein. Ich verwarf diesen Gedanken wieder und riss mich zusammen. Dann griff ich erneut nach meinem Handy und starrte auf die Nachricht von Magdalena, bevor ich mich durch den restlichen Chatverlauf scrollte, um nachzusehen, was diese distanzierten Worte zu bedeuten hatten. Magdalena war nämlich meine älteste Freundin. Wir kannten uns noch aus der Schulzeit und waren über lange Jahre unzertrennlich gewesen. Das schien sich aber im Laufe des vergangenen Jahres geändert zu haben, denn die Nachrichten waren nur spärlich getröpfelt, wie ich jetzt erstaunt feststellte. Nicht von mir, wohlgemerkt. Von ihr. Ich schloss die Augen und versuchte mich zu erinnern. Schon vor dem vergessenen Jahr hatte Magdalena plötzlich sehr viel zu tun gehabt. Sie hatte sich vor fast zwei Jahren mit einer Brühemanufaktur selbstständig gemacht. *»Bio-Brühe in natürlicher Qualität.«* Kein sonderlich eloquenter Slogan, aber er war das Ergebnis langer Abende, an denen wir uns bei Rotwein und Pasta die Köpfe heißgeredet hatten. Sogar Mark hatte sich daran beteiligt. Doch dann musste etwas passiert sein, denn während ich fröhliche, nette Nachrichten geschrieben hatte, war von Magdalena immer weniger zurückgekommen. Vielleicht hatte sie keine Zeit mehr? Dieser Chatverlauf war zumindest ein furchtbarer Beleg für das Versanden einer Freundschaft.

Ich machte mich lang und legte das Handy außer Reichweite auf eine der Fensterbänke. Und dann saß ich da und sah mich um. Ich war schließlich gefühlt ein Jahr lang nicht hier gewesen.

Ich hatte zwei neue Bilder. Hässliche Kunstdrucke in schrillen Farben. Sie hingen an der Wand, vor der früher Marks Bang-und-Olufsen-Anlage gestanden hatte. Offenbar hatte ich versucht, die Lücke zu füllen.

»Versuch missglückt«, brummte ich und stand auf. »Was war los mit dir, Feli? Geschmacksverirrung auf ganzer Linie?« Ich hob die Bilder vom Haken, um sie erst mal auf den Boden zu stellen, aber dort standen sie auch nicht besser. Was sich wohl sonst noch im Haus verändert hatte? Ich beschloss, mir einen Überblick zu verschaffen, straffte die Schultern und machte einen Rundgang durch mein Zuhause. In dem es derartig aufgeräumt und sauber war, dass ich mich allmählich fragte, ob ich vielleicht auch einen Hirntumor hatte. Denn Blitz hin oder her, ich war noch nie besonders ordentlich gewesen. Erst als ich Mutter geworden war, hatte ich die grundlegenden Basics gelernt. Was mich aber lange noch nicht zu einem ordentlichen Menschen gemacht hatte.

Und jetzt waren sämtliche Fenster streifenfrei geputzt, alles war gesaugt und die Holz-Böden frisch geölt. Sogar die Gardinen im Flur vom Obergeschoss waren gewaschen und verströmten einen penetranten Frühlingsduft. Ob meine Partygäste nach der missglückten Party kurzerhand noch mein Haus auf Vordermann gebracht hatten?

Ich lief weiter und öffnete die Tür zu Madeleines Zimmer, wo ich erwartete, ihr Prinzessinnenbett zu sehen, und ihren Kleiderschrank, aus dem sich ihre Klamotten wie in einer unaufhaltsamen Lawine auf den Boden ergossen, denn mein Kind war genauso chaotisch wie ich. Und ihr Bücherregal, in das sie aus Platzmangel die Bücher doppelreihig geschichtet hatte. Aber das Erste, was ich sah, war mein Schreibtisch. Madeleines Bett und das Bücherregal waren noch da, alles andere war verschwunden. Ich legte haltsuchend eine Hand an den Türrahmen und ließ das Ganze einen Moment lang auf mich wirken. Am letzten Tag, an den ich mich erinnern konnte, hatte sie ihren Studienplatz bekommen. Wir hatten das gefeiert, wenn ich auch diesen deutlichen Schmerz in meinem Herzen gespürt hatte. Den ich selbstverständlich für mich behielt. Mütterliches Gejammer stand mir nicht. Aber nun schossen mir die Tränen in die Augen. Mein Kind war ausgezogen. Genau wie mein Mann. Ich war wirklich und wahrhaftig alleine. Wie ein Tsunami raste das Gefühl der Einsamkeit auf mich zu. Ich versuchte noch, mich wegzuducken, doch vergebens. Die Welle traf mich mitten ins Gesicht, und ich sank neben dem Türrahmen auf den harten Holzboden. Das Stöhnen griff wieder nach mir, wenn auch diesmal nicht so laut, was aber nur daran lag, dass ich so furchtbar weinen musste. Ich krümmte mich zusammen und legte die Wange an das kalte Holz der Türzarge. Mein Haus war ganz still, fast so, als würde es den Atem anhalten.

Ich wusste nicht, wie lange ich auf dem blitzblanken Holzfußboden herumgelegen hatte, die Türzarge fest umklammert wie ein Rettungsboot auf stürmischer See, doch irgendwann riss mich die Türklingel aus dem ganzen Drama, durch das ich schwamm. Ich zuckte zusammen, und es klingelte gleich darauf noch einmal. Leise und reglos hockte ich auf dem Boden und wischte mir mit dem Ärmel die Tränen vom Gesicht. Und wieder klingelte es. Wer auch immer da vor der Tür stand, war hartnäckig. Und es war mit fast hundertprozentiger Sicherheit davon auszugehen, dass wer auch immer es war, sich an die vergangenen 365 Tage erinnern konnte.

Irgendwie war das Antrieb genug, und so wuchtete ich meinen mageren Körper auf die Füße und stolperte die Treppe ins Untergeschoss hinunter. Die alte Tür hatte Fenster. Ein Umstand, den ich schon einige Male verflucht hatte. Immer dann, wenn ich unpässlich war und nur mal kurz um die Ecke linsen wollte, wer denn da vor der Tür stand. In diesem Fall war es eine junge blonde Frau mit kirschrot geschminkten Lippen. Sie strahlte mich durch die Scheibe an, aber einen Atemzug später verdunkelte sich ihre Miene. Ich öffnete die Tür.

»Feli, was ist passiert? Du siehst nicht gut aus.«

»Oh«, sagte ich und fügte ganz automatisch hinzu: »Ich habe Heuschnupfen.« Wo dieser Blödsinn hergekommen war, konnte ich nicht ergründen. Ich hatte noch nie Heuschnupfen gehabt.

»Ah, du Arme«, sagte die blonde Frau, die gut und gerne das Doppelte von mir wog. Was auch doppelt so gut aussah. »Hast du geweint?«

Ich schüttelte den Kopf. Was irgendwie völlig dämlich war. Denn ich hatte ja geweint. Rasch erklärte ich: »Ich hatte einen Unfall.«

»O nein!« Die Frau sah mich mit hochgezogenen Brauen an. »Was ist passiert?«

Ich zögerte einen Moment. »Mich hat ein Blitz getroffen, und jetzt habe ich das ganze letzte Jahr vergessen.«

Sie sah mich einen Moment lang schweigend an. »Das ist nicht dein Ernst«, sagte sie leise und wirkte dabei ziemlich mitgenommen.

»Doch. Klingt wie in einem Film«, erwiderte ich und machte Platz, damit sie eintreten konnte. Ihr folgte ein großer schwarzer Hund, der nur sehr wenig Fell hatte und deswegen eher spärlich bekleidet aussah. Was ihm aber nicht unangenehm war, denn er wedelte freundlich mit der Rute und beschnüffelte meine Hand.

»Feli …« Die Frau war aus ihren Schuhen geschlüpft, und es wirkte, als ob sie das schon öfter getan hätte. »Dann hast du mich vergessen!« Sie ließ ihren Schal auf die Bank neben dem Eingang gleiten und sah mich beinahe empört an. Ich zuckte die Schultern. Es war völlig beknackt, aber ich hatte nicht den Hauch einer Ahnung, wer sie war.

»Eine retrograde Amnesie?« Die Frau schmiss auch noch ihren Mantel auf die Bank. Der Hund war ja eh schon fast nackt, deswegen konnte er nichts ablegen und legte sich einfach selbst auf den dicken Berberteppich.

Ich nickte.

»Ohne Scheiß?« Die Frau trat vor mich, umfasste meine Schultern und sah mir tief in die Augen. »Es ist nicht wegen Fridolin? Viele Leute bekommen kalte Füße. Du kannst es einfach sagen.«

»Wer ist Fridolin?«, fragte ich alarmiert, und in ihrem Mundwinkel zuckte es.

»Er ist Fridolin.« Sie ließ mich los und trat einen Schritt zur Seite. Da lag das schwarze Hundetier, so groß wie ein kleines Schaf, und sah mich an. Wohl in der Erwartung, dass ich mich an ihn erinnerte. Was nicht der Fall war.

»Okay«, sagte die Frau gedehnt. »Ich bin Iris. Wir haben uns letzten Sommer auf dem Straßenfest hier im Ort kennengelernt. Und du hast mir erzählt, dass deine Tochter auszieht, um zu studieren. Wir haben uns oft getroffen. Und im Februar habe ich dir dann von Fridolin berichtet, der im Tierheim hockt und auf eine neue Familie wartet. Wir haben ihn zusammen besucht, und du wolltest ihn haben. Und ich habe gesagt, dass ich ihn dir vorbeibringe.«

»Ah«, sagte ich unverbindlich und fühlte Fassungslosigkeit, weil ich das alles vergessen hatte. »Es tut mir leid, das wurde wirklich alles aus meinem Gedächtnis gelöscht«, murmelte ich schließlich.

Iris nickte langsam, als bräuchte auch sie einen Moment, um meine Worte zu verarbeiten. »Das ist schade, weil wir im vergangenen Jahr Freundinnen geworden sind«, sagte sie dann leise.

Ich seufzte bleischwer, und wieder spürte ich den

Druck der Tränen. »Es tut mir leid«, wiederholte ich mit belegter Stimme.

»Hä?« Iris sah mich an. »Aber das ist doch nicht deine Schuld! Ich meine, dich hat ein Blitz getroffen!« Sie rang die Hände, und jetzt lag fast so etwas wie Ehrfurcht in ihrem Blick. »Wie furchtbar muss das für dich sein!« In ihren tiefbraunen Augen glitzerte echte Wärme, und plötzlich überkam mich das dringende Bedürfnis, diese fremde Frau nicht gehen zu lassen. Sie musste hierbleiben, damit ich nicht alleine war. »Möchtest du einen Kaffee trinken?«, fragte ich deswegen das Erstbeste, das mir einfiel.

Iris schwieg einen Moment. »Kaffee? Du hast Kaffee?«

»Natürlich habe ich Kaffee«, sagte ich und musste trotz der ganzen Dramatik fast lachen. So gut konnten wir nicht befreundet sein, wenn sie nicht wusste, dass es bei mir immer Kaffee gab.

»Ich hatte erst noch einen Kuchen mitbringen wollen«, raunte sie mir zu, »aber du isst ja keinen Zucker. Das ist mir zum Glück noch eingefallen, deswegen habe ich ihn alleine gegessen.«

Zweifelnd betrachtete ich sie. Ich aß keinen Kuchen? Sie war irritiert, dass ich Kaffee im Haus hatte? Das war doch alles furchtbar albern. Es musste schon mit dem Teufel zugehen, wenn ich keinen Kaffee mehr trank und keinen Kuchen mehr aß.

Nach zehn Minuten Sucherei in meiner penetrant aufgeräumten Küche wusste ich: Es ging mit dem Teufel zu. Im ganzen Haus gab es keinen Krümel Kaffee. Und schon gar keinen Kuchen.

Kapitel fünf

Mit zwei Gläsern Rotwein saßen wir schließlich nebeneinander auf dem Sofa. Offenbar hatte ich wenigstens mit dem Alkoholkonsum nicht aufgehört. Der Wein war schwer, alt und ölig und so gehaltvoll, dass wir vermutlich innerhalb kürzester Zeit völlig betrunken sein würden, aber das war egal. Es gab Zeit für Kräutertee und Zeit für Rotwein. Jetzt war definitiv Zeit für Rotwein. Iris hatte sich dieser Sichtweise umgehend angeschlossen.

»Wann habe ich denn mit all dem aufgehört?«, fragte ich sie fassungslos.

Iris schwieg einen Moment und nippte an ihrem Wein.

»Mit dem Zucker? Und dem Kaffee? Es klang, als würdest du schon ewig nichts mehr konsumieren, was deinem heiligen Körper auch nur den Hauch eines Schadens zufügen könnte. Und ständig bist du zum Sport gerannt. Mit Fridolin wolltest du mit dem Joggen anfangen.«

»Natürlich. Joggen«, sagte ich schwach und sah auf den schwarzen Hund, der sich zwischen Schrank und Wand gelegt hatte, obwohl er da nicht reinpasste, ohne seine Pfoten gekonnt zu verknoten. Er schnarchte leise vor sich hin und schien sehr zufrieden zu sein.

»Ja, und du warst immer so penetrant ordentlich und

organisiert. Deswegen war ich erst unsicher, wegen des Hundes. Hunde sind ja von Natur aus eher unordentlich und organisationsfrei. Aber wie sagt man so schön? Das letzte Kind trägt immer Pelz.« Sie lachte. »Möchtest du jetzt wieder Kaffee und Kuchen konsumieren? Nachdem du vergessen hast, dass du damit aufgehört hast?«, fragte sie schließlich unschuldig.

Ich brummte in meinen Wein und wechselte rasch das Thema. »Warst du auf meiner Geburtstagsparty?«, fragte ich sie. Iris schüttelte den Kopf. »Warum nicht?«, fragte ich schnell, bevor es mir unangenehm war. Vielleicht hatte ich sie nicht eingeladen? Wer wusste schon, was ich in diesem Jahr so alles getrieben hatte. Dabei glaubte ich ihr, dass wir gute Freundinnen geworden waren. Ich mochte Iris. Sie war herzlich und echt.

»Ich hatte keine Zeit«, erklärte sie schlicht.

»Schade. Ich muss nämlich irgendwie herausfinden, was an meinem Geburtstag passiert ist und warum ich mutterseelenallein durch die Dunkelheit gerannt bin, anstatt zu feiern.«

Iris trank noch einen Schluck Wein und zog die Nase kraus. »Es klingt wie in einem Roman.« Sie stellte ihr Weinglas ab und sah mich an. »Wenn ich dir irgendwie helfen kann, lass es mich wissen. Aber ich muss jetzt los. Mein Mann wollte heute mal wieder zum Sport, und ich nehme den Kleinen.«

»Du hast ein Kind?« Das freundliche Lächeln gefror mir im Gesicht. Himmel und Sterne! Wie konnte ich vergessen, dass ein Mensch Kinder hatte?

»Ich bin im November Mutter geworden.« Sie grinste.

»Ein Junge. Johannes. Ich bin selbstständige Tierärztin und habe direkt im Januar wieder angefangen zu arbeiten. Mein Mann hat Elternzeit genommen.«

»Krass«, sagte ich schwach.

»Gar nicht so sehr«, antwortete sie. »Krass ist nur die Reaktion meiner Umwelt darauf, die das sonderbar findet. Bei uns klappt das prima. Na ja, ohne dir zu nahe treten zu wollen, es hat ja die fünfzig Jahre vorher andersherum auch ganz wunderbar geklappt.«

»Stimmt«, sagte ich und prustete einmal Luft durch die Lippen. Dann richtete ich mich auf: »Kannst du mir noch kurz was zu Fridolin erzählen?«

Iris sah zu dem schlafenden Hund hinüber. »Feli, du hast wirklich genug andere Dinge um die Ohren. Erhol dich erst mal. Ich nehme ihn wieder mit. Er kann bei uns bleiben, damit er nicht zurück ins Tierheim muss.«

»Nein.« Energisch schüttelte ich den Kopf. »Er kann bleiben. Ich muss nur ein wenig mehr über ihn wissen. Ich habe keine Ahnung von Hunden.«

Iris stellte ihr Glas auf den Couchtisch. Einen Moment lang sah sie mich nachdenklich an, dann sagte sie: »Du hast im vergangenen halben Jahr gefühlte dreiundzwanzig Ratgeber zum Thema Hundeerziehung gelesen.«

»Hab ich leider alles wieder vergessen.«

Iris lachte, herzhaft und laut, und ich ließ mich davon anstecken und lachte mit. Als wir uns wieder beruhigt hatten, holte sie einen blauen Umschlag aus ihrer Hosentasche und reichte ihn mir. »Das sind seine offiziellen Unterlagen. Er ist geimpft und gechippt und drei Jahre alt. Seine Mutter war ein Labrador, sein Vater ist unbekannt.

Vermutlich aber ein Schnauzer oder etwas in diese Richtung. Er ist nett. Nicht so überschwänglich wie viele andere Hunde. Er braucht ein bisschen, bis er sich mit jemandem anfreundet.« Sie machte eine kleine Pause. »Aber er mag keine Kinder, weswegen er zweimal aus Familien rausgeflogen ist. Keine Ahnung, warum das Tierheim ihn nach dem ersten Mal wieder in eine Familie mit kleinen Kindern vermittelt hat. Also, er mag Menschen ab vierzig. Die kann er einschätzen und ernst nehmen. Kindern tut er nichts, aber er geht weg, wenn er sie kommen sieht. Wenn sie ihn allerdings belagern, festhalten oder sich auf seinen Platz setzen, knurrt er. Bisher hat er nie gebissen. Aber er ist ein eindrucksvoller Hund, und man kann es nie verhindern, dass Kinder einem Hund mal zu nahe treten. Ich finde allerdings nicht, dass Kinder das Recht haben, Hunde zu ärgern, und dass der Hund das alles aushalten muss. So war es in der letzten Familie. Fridolin sagt in Hundesprache: Mir reicht es gleich! Und das ist eigentlich gut. Andere beißen gleich zu. Er muss zweimal am Tag raus, mindestens eine Stunde, und er hört wirklich gut. Er möchte gerne gemocht werden.« Iris sah noch einmal zu Fridolin hinüber, der sein Nickerchen beendet hatte, aber eingerollt zwischen Wand und Schrank liegen geblieben war. »Er liebt Höhlen, wie man sieht.« Sie lächelte. »Und er liegt auch gerne unter Betten. Manchmal bleibt er stecken, dann muss man ihn befreien. Er jagt nicht, was echt gut ist, aber du solltest ihn in den ersten Wochen an einer Schleppleine führen, bis ihr euch aneinander gewöhnt habt. Futter hast du schon vor langer Zeit gekauft. Steht in der Garage. Morgens und abends eine große Tasse davon.« Sie legte die Stirn in Falten und schien nachzudenken. »Wenn etwas ist, kannst du mich jederzeit anrufen.«

»Danke«, sagte ich, und dann fiel mir doch direkt etwas ein. »Kann er alleine bleiben? Weil ich nur noch diese Woche krankgeschrieben bin und nächste Woche wieder arbeiten gehe.«

Iris betrachtete mich einen Moment. »Ich bin mir sicher, dass du auch dieses Problem schon lange gelöst hast.« Sie grinste mich an und erhob sich vom Sofa. Fridolin kletterte sofort aus seiner Nische und schüttelte sich. Dann folgte er Iris in den Flur. Als sie mich umarmte und aus der Haustür verschwand, gab der Hund ein sonderbares Wuffen von sich. Es klang irritiert. Ich schloss die Tür und hockte mich neben ihn.

»Du wohnst jetzt hier«, sagte ich und streckte vorsichtig eine Hand nach ihm aus, was ihn dazu bewog, seine Ohren zu spitzen. »Das ist gut, weil ich dann nicht alleine bin. Und du auch nicht.« Vielleicht war der Beweggrund, nicht alleine sein zu wollen, ziemlich eigennützig. Ich betrachtete den Hund, der wiederum mich intensiv begutachtete und schließlich einen Schritt nach vorne machte, um an meinen Fingerspitzen zu schnüffeln. Er tat das konzentriert und mit halb geschlossenen Augen, und es schien, als wäre diese Tätigkeit eine sehr intensive Erfahrung für ihn. Vielleicht saugte er sämtliche Bestandteile meiner Existenz in seine Nase und bewertete sie dort nach Hundeart. Zu welchem Schluss er dabei kam, konnte ich allerdings nicht mehr in Erfahrung bringen, denn weit entfernt hörte ich mein Handy klingeln. Was Fridolin furchtbar aufzuregen schien. Er wuffte tief und trabte mit erhobener Rute zurück ins Wohnzimmer. Ich folgte ihm, angelte mein Handy von der Fensterbank und nahm das Gespräch entgegen, während er sich setzte und mich beobachtete.

»Hallo Mama, ich wollte wissen, wie es dir geht«, fragte meine Tochter. Im Hintergrund ertönte Straßenlärm.

»Hallo Maddi«, antwortete ich und spürte eine tiefe Sehnsucht in mir aufflammen. Ihr so verändertes Zimmer tauchte wieder vor meinem inneren Auge auf, und mir wurde bewusst, dass sie 350 Kilometer weit weg war. Und dort auch für eine enorm lange Zeit bleiben würde. Ich biss mir von innen auf die Wange, um die Welle der Trauer zu vertreiben. Sonst war es meinem Kind zuzutrauen, dass es sich in den nächsten Zug setzte und wieder nach Hause kam. Dabei war ich ja hier die Große und sie immer noch die Kleine.

»Was macht denn da so komische Geräusche?«

»Hier ist gerade ein Hund eingezogen«, antwortete ich und setzte mich wieder auf meinen Sessel. Madeleine gab einen verhaltenden Jubelschrei von sich. »Fridolin! Ich hatte ihn ganz vergessen! Ist er da? Behältst du ihn, oder willst du ihn jetzt nicht mehr?«

»Ich … bin ein wenig überfordert mit der ganzen Situation. Aber er ist da, und ich gehe davon aus, dass er bleibt.«

»Finde ich super, Mama. Alleine zu wohnen ist dir nicht gut bekommen. Und der Hund mochte dich sofort.«

»Ich kenne ihn also schon?«

Sie schwieg einen Moment. Vermutlich um sich zu erinnern, dass ich mich nicht erinnerte. »Ja, genau. Ihr kennt euch. Du hast ihn im Tierheim besucht.«

»Ich wollte mit ihm das Joggen anfangen.«

»Erinnerst du dich daran?«, fragte Madeleine und klang plötzlich aufgeregt.

»Nein«, antwortete ich. »Das hat Iris mir erzählt. Warum ist es mir nicht gut bekommen, alleine zu wohnen?«

»Na ja«, sagte sie, jetzt allerdings sehr zögerlich. »Du hast dich halt immer um alle gekümmert. Und dann …«

Ich unterbrach sie und vervollständigte den Satz: »… waren alle weg.«

»Jep. Das ging alles los, als Papa dich verlassen hat. Daran erinnerst du dich aber?«

»Leider ja«, antwortete ich und legte die Füße auf den kleinen Hocker. Daran erinnerte ich mich genau, und auf diese Erinnerung konnte ich eigentlich verzichten. Seine Worte hatten mir damals den Boden unter den Füßen weggezogen. Es war ja quasi erst vorgestern gewesen, zumindest in meiner Zeitrechnung.

Fridolin beobachtete mich noch einen Moment, dann duckte er sich und schob sich unter den Hocker, was recht interessant aussah, denn der Hund war genauso groß wie das Möbelstück und hob es ein wenig an, woraufhin ich meine Füße wieder herunternahm.

»Du warst dann halt ein wenig komisch«, fuhr meine Tochter fort. »So penetrant irgendwie. Du hast das ganze Haus nach dem Prinzip einer ganz strikten Aufräum-Domina aus Japan ausgemistet. Seitdem darf niemand mehr etwas mitbringen, weil du das sonst nach diesem komplizierten System einsortieren müsstest. Und du hast so viel abgenommen, dir die Haare abgeschnitten und warst sehr streng mit dir.«

»Keinen Zucker und keinen Kaffee«, sagte ich und spürte allein schon bei diesen Worten einen schmerzlichen Verlust.

»Irgendwie bist du ein wenig dem Selbstoptimierungswahn erlegen«, bestätigte meine Tochter vorsichtig, und ihre Worte taten mir im Herzen weh. Ich hatte das Wort »Selbstoptimierung« bis zu diesem Zeitpunkt sicherlich noch nie in den Mund genommen, es aber laut meiner Tochter das ganze letzte Jahr über zur Perfektion gebracht. Das war doch einfach zum Verrücktwerden!

»Ich glaube, ich mache mir jetzt erst mal einen Kaffee«, sagte ich langsam, was meine Tochter zum Lachen brachte.

»Nee, Mama. Selbst früher hast du nach fünf keinen Kaffee mehr getrunken. Weil du sonst die ganze Nacht nicht mehr schläfst.«

Ich schloss die Augen und erinnerte mich tatsächlich wieder an einen meiner Grundsätze: Keinen Kaffee nach fünf.

»Stell dir vor, ich hätte mein ganzes Leben vergessen«, sagte ich leise und rieb mir die Schläfe.

»Oder der Blitz hätte dich umgebracht. Es ist ein Wunder, dass es dir so gut geht. Was ist schon ein Jahr?«

Ich hielt inne und starrte durch das große Küchenfenster in den dunkler werdenden Garten. »Ein Jahr sind immerhin 365 Tage. Ich habe Iris vergessen. Und dass sie Mutter geworden ist. Was habe ich noch alles vergessen?«

Madeleine schwieg. Vermutlich, weil in 365 Tagen unendlich viel passierte und sie keine Ahnung hatte, wo um alles in der Welt man da anfangen sollte, die Wissenslücke zu schließen. »Es war ein schwieriges Jahr«, sagte sie schließlich leise und benutzte damit die gleichen Worte, wie auch Merle es getan hatte. »Vielleicht ist es gar nicht schlecht, wenn du dich nicht an alles erinnern kannst.«

»Na hör mal!«, sagte ich empört.

»Ich hab dich lieb, Mama!«, rief meine Tochter. »Ich ruf dich morgen wieder an!«

Sie legte auf, und ich ließ das Handy sinken, nur um es gleich wieder hochzunehmen und auf das Display zu starren. Potz Blitz. Ich hatte während des Telefonats sage und schreibe vier Nachrichten bekommen. Alle von meiner Schwiegermutter. Mein Handy war zuvorkommend und präsentierte mir die ersten Nachrichten immer schon auf dem Sperrbildschirm, wo jetzt stand:

Ruf jetzt bitte mal an, damit wir über Hannover sprechen können.

Während ich las, wurde mir ein wenig übel. Meine Kopfhaut kribbelte, als hätte jemand Säure darauf geträufelt. Ich ließ das Handy fallen und griff mir mit allen zehn Fingern an den Kopf. Fridolin drehte sich umständlich unter dem Hocker und lugte zu mir hoch. Ich hielt ganz still, umfasste nur meinen Kopf, und nach einigen Atemzügen wurde es besser.

»Vielleicht sollte ich doch wieder in die Klinik fahren?«, fragte ich ihn und konnte die Tränen in meiner Stimme hören. Er schnaubte und kroch geschickt unter dem Hocker hervor, um an meinem Ellenbogen zu schnüffeln. Ich ließ vorsichtig die Hände sinken. »Ich hasse meine Schwiegermutter«, flüsterte ich, und nun roch er auch an meinen Händen. »Wieso will sie immer noch, dass ich sie durch die Gegend kutschiere? Wo sich doch ihr Traumsohn schon vor anderthalb Jahren von mir getrennt hat?«

Fridolin kniff kurz die Augen zusammen und legte dann den Kopf sanft auf meine Hand. Vorsichtig strich ich mit einem Zeigefinger über seinen Nasenrücken, was unerwartet beruhigend war. Und als es im nächsten Moment klingelte, trotteten wir in stiller Eintracht nebeneinanderher zur Tür.

Merle stand davor. Beladen mit zwei Tüten.

»Ich habe dir ein paar Sachen eingekauft«, beschied sie knapp und reichte mir ihre Beute.

Ich lugte in die eine Tüte und entdeckte Joghurt, Brot und Butter. Und Kaffee. Und ein Paket Zucker. »Danke«, sagte ich und trat zur Seite. »Komm doch rein.«

»Ich muss gleich wieder los. Ist das dein neuer Mitbewohner?«, fragte meine Schwester und deutete auf den großen schwarzen Hund an meiner Seite. »Er ist riesig.« Sie blickte zu mir und runzelte die Stirn.

»Komm doch rein«, sagte ich erneut, doch sie war quasi schon wieder die Treppe hinuntergesprungen. »Kann nicht. Ich komme morgen nach der Schule vorbei. Wenn was ist, ruf an.« Und mit diesen Worten verschwand sie mit eiligen Schritten durch meinen aufgeräumten Vorgarten und ließ mich etwas bedröppelt stehen.

Ich trug die Sachen in die Küche und räumte sie auf die blitzsaubere Arbeitsplatte. Ob Merle vergessen hatte, dass ich keinen Kaffee mehr trank? Und keinen Zucker zu mir nahm? Ich legte neben Kaffee und Zucker noch eine Tüte Gummibärchen und zwei Tafeln Schokolade auf den Tresen. Hatte sie es wirklich vergessen, oder hatte sie es schlicht ignoriert? Irritiert zog ich nun auch noch einen Schokoladenriegel mit Nüssen aus der Tüte, was meinen Magen dazu veranlasste, laut und vernehmlich zu knurren. Was wiederum Fridolin dazu brachte, tief und nicht minder vernehmlich zu seufzen. Und bevor ich noch darüber nachdenken konnte, riss ich das Papier vom Schokoladenriegel und biss hinein.

Es war förmlich eine Geschmacksexplosion. Mein Gehirn gab ein schrilles Summen von sich, und mein Magen schlug einen Salto. »Himmel, ist das köstlich!«, brummte ich und biss noch einmal ab. Kurzentschlossen vertilgte ich den kompletten Riegel in weniger als einer Minute, dann konnte ich dem sehnsüchtigen Blick des Hundes nicht mehr standhalten und machte mich auf die Suche nach dem Hundefutter.

Immer noch kauend wanderte ich in die Garage, die durch eine weiße Holztür mit der Küche verbunden war. Der Raum war stockfinster. Der Lichtschalter befand sich etwas versteckt rechts neben einem zugerümpelten Regal, das ich schon seit zehn Jahren aufräumen wollte. Ich streckte die Hand aus und tastete blind über die nackte Mauer. Als ich den Schalter schließlich ertastet hatte und das Licht mit einem Klicken anging, traute ich meinen Augen nicht. Ich befand mich mitten in einer Wohnzeitschrift. In der Rubrik »Ordnung und Struktur«. Verwirrt knipste ich das Licht wieder aus.

»Ich habe wirklich viel vergessen«, erklärte ich Fridolin, der mich erwartungsvoll anblickte. »Offenbar auch, dass ich die Garage in einen Luxus-Wohlfühl-Tempel verwandelt habe.«

Ich drückte erneut auf den Schalter. Fridolin sah sich das Ganze etwas genauer an und begann, die Ecken und Regale zu beschnüffeln. Er fand sein Futter auf Anhieb. Es stand fein säuberlich einsortiert im untersten Boden eines Regals, das ich nicht kannte. Hier hatte vorher ein alter Kleiderschrank gestanden, der seine Türen nicht mehr schließen konnte, weil er so voll gewesen war mit alten Kleidern, Kindersachen, Fahrradhelmen, Kuscheltieren und Krimskrams. Der Schrank war weg, stattdessen standen im neuen Regal jetzt durchsichtige Plastikboxen, die jemand fein säuberlich beschriftet hatte. Ich trat einen Schritt näher und begutachtete die Kisten. Es war meine Handschrift, in der dort stand: »Gartendünger«, »Fotos 2000–2003«, »Steuerunterlagen 1999« und »Kinderkleider Gr. 156«.

Mir wurde ein wenig schwindelig, und ich lief zurück in die Küche, um die Gummibärchen zu holen. Während ich mir eine Handvoll davon in den Mund steckte, betrachtete ich das Gesamtwerk an perfekter Ordnung. Ich hatte sogar die Wände in einem zarten Mintgrün gestrichen. Vielleicht war ich im vergangenen Jahr ja verrückt geworden. Dann hatte Madeleine recht. Vielleicht war es gar nicht so schlecht, das alles vergessen zu haben.

Kapitel sechs

Ich schleppte den Sack Hundefutter in die Küche. Neben ihm hatte auch noch ein riesiges Körbchen gelegen, in das man getrost ein Mammut hätte betten können, sowie eine lange Leine in Orange und diverse Hundebücher. Sie waren gespickt mit kleinen gelben Zetteln, also schien ich sie intensiv durchgearbeitet zu haben. Wie schade, dass ich nichts mehr davon wusste. So viel Mühe für nichts! Fridolin bekam eine große Tasse von seinem Futter und stürzte sich darauf, während ich mir ein weiteres Glas Wein eingoss. Schokolade, Gummibärchen und Wein zum Abendessen entsprachen ganz sicher nicht meinem Ernährungskonzept der vergangenen Monate, aber ich war ja auch gerade dem Tod von der Schippe gesprungen. Da grenzte dieses Abendmahl schon fast an einen Festakt. Im Stehen aß ich dann auch noch eine halbe Tafel Schokolade, während Fridolin sein Körbchen inspizierte und mich fragend ansah.

»Dein Schlafplatz«, erklärte ich ihm. »Nehmen wir mit nach oben. Vielleicht möchtest du lieber in meinem Schlafzimmer schlafen?« Er sah mich reglos an, als würde er Buch über mich führen. Immerhin war ich jetzt seine neue Familie, und dabei hatte er kein Wörtchen mitzureden gehabt. Er setzte sich vor mich und betrachtete mich weiter.

Vielleicht versuchte er, aus mir schlau zu werden. Was ihm nicht so leicht gelingen würde. Ich wurde ja aus mir selbst auch nicht schlau. Und schien auch in den vergangenen 365 Tagen damit so meine Probleme gehabt zu haben.

»Da bist du ja!«, ertönte plötzlich eine Stimme aus dem Nichts, und ich zuckte derartig zusammen, dass ich einen Teil des Rotweins auf den Hund schüttete, der sich nicht entscheiden konnte, was er schrecklicher fand: Rotwein im Pelz oder einen fremden Mann im Wohnzimmer. Er gab ein dumpfes Bellen von sich und baute sich vor Mark auf, der wie aus dem Boden geschossen plötzlich vor uns stand.

»Hast du dir echt dieses Ungeheuer ins Haus geholt?« Mark war einige Schritte zurückgewichen und starrte Fridolin an, der zurückstarrte, sich dann allerdings zu mir umblickte.

»Ach«, sagte ich erstaunt. Offenbar verstand der Hund ohne Probleme, dass dies mein Haus war. Und dass er erst mal gucken musste, was ich von der Anwesenheit dieses fremden Mannes hielt, bevor er sich irgendeiner Aktion hingab. »Das ist mein zukünftiger Ex-Mann«, erklärte ich Fridolin. Das reichte dem Hund offensichtlich als Erklärung, denn er ging an mir vorbei in sein Körbchen, das noch neben der Küche stand.

»Feli, so ein riesiger Hund ist nicht so einfach zu kontrollieren. Ich weiß nicht, ob das was für dich ist«, sagte Mark. »Außerdem finde ich, du solltest dich ein wenig schonen und dir nicht zu viel zumuten. Kann Iris den nicht erst mal nehmen? Oder ihn zurück ins Heim bringen?«, fragte er und lächelte. Es war sein gewinnendes

Mark-Lächeln, mit dem er mich früher direkt um den Finger gewickelt hätte. Heute allerdings verfehlte es seine Wirkung. Ein sonderbarer Unmut breitete sich in mir aus.

»Was geht dich das an?«, fragte ich spitz, woraufhin Marks Miene sich in ehrlicher Betroffenheit umwölkte.

»Na hör mal«, sagte er. »Der Blitz ist dir offenbar nicht bekommen. Nur weil wir uns getrennt haben, heißt das doch nicht, dass du nicht mehr wichtig für mich bist.«

Ich ließ seine Worte auf mich wirken. »Wir haben uns doch gar nicht voneinander getrennt«, sagte ich schließlich. »Sondern du dich von mir.« Wenigstens das wusste ich doch ganz genau. Irgendetwas begann in meinem Kopf zu surren. Es wurde lauter, je länger Mark dort stand und mich ansah.

»Feli, wir waren uns doch einig«, sagte er und klang wirklich gekränkt. Ich schloss für einen Moment die Augen. Mein Leben war mir ganz offensichtlich entglitten. Ich fühlte sonderbare Dinge, die ich keiner Situation zuordnen konnte. Trauer und Schmerz und ein sonderbares Gefühl völliger Hilflosigkeit.

»Es ist auch für mich schwierig, dass wir offenbar all die Gespräche, die wir im vergangenen Jahr geführt und die uns beide viel Kraft gekostet haben, jetzt noch einmal führen müssen.« Er sah wirklich mitgenommen aus und rieb sich die Stirn.

Und er hatte recht. *Ich* hatte ja schließlich alles vergessen. Nicht er. »Okay, tut mir leid«, sagte ich leise, und sofort kribbelte meine Kopfhaut wieder wie verrückt. »Ich gehe jetzt lieber ins Bett«, erklärte ich, stellte mein

Weinglas auf die Küchentheke und rieb mir mit den Fingern über den Schädel.

»Soll ich dich noch mal zum Arzt fahren? Oder soll ich Merle anrufen, damit sie heute Nacht bei dir bleibt?«, fragte er.

»Nein«, sagte ich fest, und endlich ließ das Kribbeln nach. »Ich gehe jetzt schlafen«, erklärte ich noch einmal und lief an Mark vorbei, der mich zwar sonderbar ansah, aber keine Anstalten machte, noch etwas zu sagen oder gar mir zu folgen.

»Komm, Fridolin«, sagte ich, und wie durch ein Wunder erhob sich der Hund und trottete mir hinterher. Er legte wohl keinen gesteigerten Wert darauf, sich noch länger mit Mark in einem Raum aufzuhalten. Auf dem Weg in den Flur machte er einen großen Bogen um ihn und trabte dann hinter mir die Treppe rauf.

Im Flur schlüpfte ich aus meiner Jeans und ließ sie einfach fallen. Dann wand ich mich aus dem Sweater und legte ihn im Schlafzimmer auf den Boden. Zwei meiner Kuscheldecken lagen auf der kleinen Kommode, und ich griff sie mir, schüttelte sie aus und legte sie zu meinem Pulli.

»Bett«, sagte ich zu dem Hund. »Provisorisch.«

Ich kletterte in mein eigenes Bett und fühlte mich augenblicklich verloren. Ich war es nicht gewohnt, alleine zu schlafen, und hatte mich offenbar auch in den vergangenen Monaten nicht daran gewöhnt. Dabei hatte Mark immer geschnarcht wie ein Berglöwe mit Schnupfen. Steif lag ich auf der linken Matratze und starrte an die Schlafzimmerdecke. Ich hörte, wie Fridolin atmete. Irgendwann gab er einen wohligen Seufzer von sich, und erstaunlicherweise war es dieses Geräusch, das den Aufruhr in meiner Seele ein wenig beruhigte.

Der nächste Morgen begann mit einem Brummen. Einen Moment lang lag ich ganz still und horchte irritiert in mich hinein. Ein weiteres Blitz-Symptom? Ein Grund, direkt in die Klinik zu fahren? Dann aber wurde mir klar, dass es nicht in meinem Kopf brummte, sondern irgendwo im Haus. Ich richtete mich vorsichtig auf. Fridolin hob gleichzeitig seinen Kopf aus dem Deckenberg, den er dekorativ durch das Schlafzimmer geschoben hatte, und wedelte mit der Rute. Geschwind erhob er sich und kam zum Bettrand gelaufen. Er streckte mir seine feuchte Nase entgegen, und ich kraulte ihn sanft am Kinn. Das gefiel ihm, denn er kniff die Augen zusammen, und für einen Moment war mir warm ums Herz. Ich war nicht alleine.

Wie viel schlimmer wäre dieser Morgen gewesen, wenn ich alleine hier gewesen wäre? Ich schwang die Füße aus dem Bett und stand auf. Dann schüttelte ich den letzten Rest Schlaf aus meinem Kopf, rieb mir die Augen und warf einen Blick auf mein Handy. Es war halb neun. Spät für meine Verhältnisse. Ich deaktivierte den Flugmodus, und schlagartig ploppten drei Nachrichten auf. Ganz offensichtlich war ich im vergangenen Jahr zu einer gefragten Frau geworden. Gleich als Erstes sah ich eine Nachricht meiner Schwiegermutter, woraufhin ich rasch den Bildschirmschoner aktivierte. Nicht jetzt. Im Bad suchte ich nach einer Jogginghose, aber es gab nicht mal ein verlorenes Haar auf dem blitzblanken Fußboden. Im

Kleiderschrank fand ich auch nichts. Ordnung und Struktur, wohin das Auge blickte. Alles war farblich sortiert, fein säuberlich zusammengelegt oder eingerollt. Fassungslos starrte ich auf meinen Kleiderschrankinhalt. Ich schob vorsichtig einen Stapel zusammengelegter weißer T-Shirts beiseite, räumte eine Kiste mit eingerollten Socken auf den Fußboden und wurde endlich fündig: Meine uralte Lieblingsjogginghose in Lila. Ausgeleiert und mit einem Loch über dem linken Knie. Offenbar war sie meinem Aufräum- und Wegwerfwahn irgendwie entkommen und hatte sich geschickt an die Rückwand des Kleiderschranks gedrückt. Gott sei Dank!

»Das ist nicht mein Kleiderschrank«, erklärte ich Fridolin, der mir natürlich gefolgt war und jeden meiner Handgriffe gebannt verfolgte, um weiter an seinen Chroniken über das Leben von Felicitas Morgenstern schreiben zu können. »Dieser Schrank gehört einer anderen Frau. Einer Frau, die ihre T-Shirts nach Farbe sortiert und ihre Unterwäsche faltet. *Ich* habe so etwas noch nie getan.« Ich schloss die Schranktür mit einem Rums, um nicht noch eine Sekunde länger auf diese Absonderlichkeit blicken zu müssen. Und dann marschierte ich die geschwungene Holztreppe ins Erdgeschoss hinunter, wobei ich auf der Mitte der Treppe stehen blieb. Das Brummen war lauter geworden, und ich lauschte unschlüssig. Fridolin stand ebenfalls unschlüssig am oberen Treppenabsatz, den Kopf schräg gelegt und die Ohren gespitzt.

Unsicher lugte ich um das Treppengeländer herum nach unten, doch dort war nichts zu erkennen. Das Brummen kam aus dem Wohnzimmer. Mir war unwohl. Fridolin auch. Er beobachtete nämlich jetzt sehr genau, was ich tat. Ich könnte vielleicht jemanden anrufen, verwarf den Gedanken aber wieder. Merle war in der Schule, Mark kam nicht infrage, Madeleine war weit weg, und alle meine Freundinnen mussten arbeiten. Also musste ich selber ran und herausfinden, was für ein Problem da durch mein Wohnzimmer surrte. Leise stieg ich die Treppe weiter hinunter. Ich durchquerte den Flur und stupste dann vorsichtig die angelehnte Wohnzimmertür an, die langsam aufschwang.

»Oh«, entfuhr es mir, und ich wich entsetzt einen Schritt zurück. Ich hätte mir gerne die Augen zugehalten. Wie man es als Kind oft tat, um schreckliche Dinge nicht sehen zu müssen. Aber stattdessen drehte ich mich zu Fridolin um, der mir zwar die Treppe hinunter gefolgt war, seinen Hintern jetzt aber auf die vorletzte Stufe gequetscht hatte und um die Ecke des Treppenpfostens lugte. Ich räusperte mich. »Es war sicherlich keine Absicht«, sagte ich leise. »Wir haben vergessen, gestern Abend rauszugehen.«

Ich trat einen Schritt vor und blickte erneut ins Wohnzimmer, nicht allerdings, ohne mir eine Hand fest vor den Mund zu pressen.

Sagen wir so: Den Start in mein neues Leben hatte ich mir ein klein wenig anders vorgestellt. Aber er begann nun mal sonderbar, daran war nichts zu ändern. Er begann nämlich mit Hundekacke. Und einem Staubsaugroboter, den ich nicht kannte, der aber fleißig vor sich hin arbeitete. Und der offenbar über keinerlei Erfahrung im Umgang mit Hundehinterlassenschaften verfügte, denn er verteilte alles großflächig und mit Sorgfalt auf dem Parkett.

»Halleluja«, murmelte ich, und Fridolin seufzte.

»Nicht deine Schuld.« Ich drehte mich zu ihm um. Der große Hund blickte mich betroffen von unten her an. Er schien zu wissen, dass Hundehaufen in menschlichen Wohnzimmern nicht gut ankamen. Aber ich hatte gestern Abend einfach vergessen, noch mal mit ihm rauszugehen. Ich hatte ihn noch nicht mal mehr in den Vorgarten gelassen, was ich jetzt schleunigst nachholte. Als Fridolin sichtbar erleichtert wieder hereinkam, kämpften wir uns im Zickzack durch das Wohnzimmer bis zu der kleinen Höllenmaschine, die völlig unbeeindruckt Kurs auf uns nahm und Fridolin dazu brachte, einen entsetzten Satz nach hinten zu tun. Ich hatte keine Ahnung, wo man dieses Ding ausschaltete, deswegen griff ich beherzt mit beiden Händen zu und hob es hoch. Es fing augenblicklich an zu bimmeln, offenbar ein Hilfeschrei, aber ich trug es entschlossen mit ausgestreckten Armen vor die Tür und legte es mit dem Bauch nach oben draußen auf die Treppe.

Die restliche Prozedur war langwieriger. Und ungemein ekelig. Und ich brauchte dazu viel Kaffee, der in meinen Adern ungeheure Dinge anstellte und mich richtig auf Trab brachte. Als ich fertig war, stank es nicht mehr, der Boden war frei von Hundekacke, und sogar die kleine Höllenmaschine hatte ich so gut es ging gereinigt. Sie sah sündhaft teuer aus, und ich ließ sie erst mal auf der Theke liegen. Mit dem Bauch nach oben. Wo sie alle zehn Minuten vor sich hin bimmelte, weil ich den Ausschalter nicht gefunden hatte.

Ich frühstückte jetzt endlich ein Brot mit Butter und Marmelade und trank meinen vierten Kaffee. Mittlerweile fühlte ich mich, als hätte ich in die Steckdose gefasst, und beim letzten Schluck fiel mir dann auch endlich ein, warum das so war: Mein Körper war koffeinentwöhnt. Mein Herz raste, und ich war von einer inneren Unruhe erfüllt. Irgendwann fingen meine Hände wie ferngesteuert an, die Schublade vor mir zu sortieren. Alle Messer zusammen, alle Löffel raus, die Gabeln ordentlich nebeneinander, einmal durchwischen. Ich beobachtete meine Hände dabei. Es fühlte sich schräg an. Ganz besonders, weil die Besteckschublade ohnehin sauberer war als in den ganzen zwanzig Jahren nach unserem Einzug. Als ich fertig war, schob ich die Schublade wieder zu. Hatte ich das letzte Jahr wirklich mit Aufräumen verbracht? Ich betrachtete meine Fingerspitzen, die leicht zitterten. Dann blickte ich an mir runter und entdeckte meine Jogginghose, die mir wie ein Sack am Leib hing. Sie hatte mal gut gepasst. Ich hatte immer schon runde Hüften gehabt. Einen Hintern, der diese Bezeichnung auch verdiente, und starke Beine. Ich hatte also ein Jahr lang das gesamte Haus aufgeräumt und geputzt, nichts mehr gegessen und Pilates gemacht. Aber warum? Hatte es mit der Trennung von Mark zu tun gehabt?

Ich legte meine zitternden Hände auf die kühle Arbeitsplatte und betrachtete sie. Es waren keine jugendlichen Hände mehr. Mein Alter war mir erst mit Anfang vierzig zum ersten Mal an meinen Händen aufgefallen. Sie hatten begonnen zu schrumpeln. Ihre feinen Konturen hatten sich aufgelöst und waren einer gewissen Stämmigkeit gewichen. Mit vierzig hatte mich das furchtbar erschreckt, weil ich mich doch tatsächlich bis zu diesem Zeitpunkt für relativ unsterblich gehalten hatte. Kurz nach dieser Erkenntnis, dass mit meinen Händen wohl auch der Rest von mir alterte, war meine Freundin Melanie an Brustkrebs erkrankt und drei Monate vor Marks und meiner Trennung gestorben. Ich räusperte mich. Mir fehlte sehr viel, aber offenbar auch dieses Jahr der Trauer.

Etwas berührte mein Knie. Ich blickte hinunter, und Fridolin sah herauf. Erneut berührte er mein Knie ganz vorsichtig. »Wir sollten spazieren gehen«, sagte ich mit piepsiger Stimme und räusperte mich. »Bring dich bitte zwischendurch in Erinnerung. Ich muss mich erst an einen Hund gewöhnen. Und an mein Leben.«

Ich strich ihm vorsichtig über den Kopf, dann lief ich nach oben, um mir das Gesicht zu waschen. Danach suchte ich in meinem fürchterlich aufgeräumten Kleiderschrank nach einer Jeans und einem Pullover, fand aber erst mal nichts. Ordnung mochte eine gute Sache sein, wenn man sie selbst etabliert hatte. Das hier aber wirkte alles sehr fremd auf mich. Sogar meine ganzen Schals und Tücher waren fein säuberlich in einer Kiste zusammengelegt und nach Farben sortiert. Als ich endlich meine alte Gartenjeans gefunden hatte, lief ich zu meinem kleinen Nachtschrank, um mein Handy dort ans Ladegerät zu hängen. Dabei blieb ich mit dem Fuß im Deckenwust hängen, den Fridolin über Nacht produziert hatte, und wäre fast der Länge nach hingeschlagen. Ärgerlich wand ich mich aus der festen Umklammerung der Decken und hob sie vom Boden auf, um sie schnell zusammenzulegen. Dabei fiel etwas aus dem ganzen Stoffberg heraus und landete vor meinen Füßen.

Das alte Schneidermaßband. Es hatte meiner Mutter gehört und war aus einem weichen, flexiblen Material und in einem so hübschen Hellblau, dass meine Mutter es immer das »Himmel-Maßband« genannt hatte. Ich legte die Decken beiseite und hob es auf. Es war zerschnitten. Erschrocken sog ich die Luft ein. Jemand hatte mein altes Maßband kaputt gemacht. Ich klaubte auch die restlichen Teile vom Boden auf und legte alle Stücke auf das ungemachte Bett. Es waren drei ungleiche Teile. Bei 46 Zentimetern war es zerschnitten worden, und dann noch einmal bei 82 Zentimetern. »Was zur Hölle ist hier eigentlich los?«, fragte ich Fridolin, der sich zu mir gesellt hatte. Doch er hatte auch keine Antwort.

Kapitel sieben

Das Wochenende verbrachte ich mit intensiver Internet-Recherche, um herauszufinden, was in den vergangenen 365 Tagen in der Welt passiert war. Es war eine Menge. Aber nichts davon hatte mit mir zu tun. Mit mir zu tun hatten nur die vielen To-do-Listen, die ich überall im Haus fand. Ich wollte noch den Wasserkocher entkalken, die Haustür streichen, irgendeinen Schrank bei eBay verkaufen und allerlei anderen Blödsinn erledigen. Dinge, die nicht wirklich wichtig waren, aber auf diese Listen Einzug gehalten hatten. Offenbar war ich im vergangenen Jahr sehr beschäftigt gewesen.

Merle kam zweimal vorbei, um nach mir zu sehen, blieb aber jedes Mal draußen auf der Treppe stehen. Zwischen uns war eindeutig etwas vorgefallen, doch ich verbot mir vorerst, darüber nachzudenken, denn dabei wurde ich so unfassbar traurig, dass es mich im Herz schmerzte. Merle fehlte mir, und es war so sonderbar, ganz alleine im Haus zu sein. Wobei ich ja nicht ganz alleine war. Fridolin leistete mir wunderbare Gesellschaft, und ich hatte mich erstaunlich schnell daran gewöhnt, zweimal am Tag mit ihm durch den Wald zu laufen. Es war herrlich, und ich konnte gar nicht verstehen, warum ich es in zwanzigjähriger Nachbarschaft zu diesem Wald nie geschafft hatte, ihn ausgiebiger zu erkunden.

Am Sonntagabend sah ich mich dann auch endlich in der Lage, all die Nachrichten zu beantworten, die in den letzten Tagen von Freunden und Bekannten auf meinem Handy eingetrudelt waren. Nur meine Schwiegermutter hatte ich nicht angerufen. Ich hatte ihr nur geschrieben, dass ich mich melden würde. Damit meinte ich, dass ich mich *irgendwann* melden würde. Vielleicht nächstes Jahr oder so. Das sonderbare Kribbeln auf meinem Kopf hatte mich auch wieder ereilt. Mehrmals sogar, und ich war mir jetzt sicher, dass ich noch einmal zum Arzt gehen sollte. Aber auch das hatte ich auf irgendwann vertagt. Denn heute musste ich mich auf meinen Jobstart am nächsten Morgen vorbereiten. Das tat ich, indem ich vor Angst innerlich bibberte. Und irgendwann auch äußerlich. So war es mir als Kind nach den großen Ferien auch immer gegangen. Irgendetwas in mir fürchtete offensichtlich, dass sich in den vergangenen Monaten etwas verändert haben könnte und ich mich nicht daran erinnerte. Dass ich wichtige Dinge nicht wusste, dass ich außen vor war …

Was ja in diesem Fall sogar stimmte. Ich hatte keinen blassen Schimmer, was mich erwartete. Nur das mit Fridolin hatte ich, wie von Iris vermutet, bereits geklärt, und zwar schon vor Wochen. In meinem Posteingang hatte ich nämlich eine Mail von meiner Chefin gefunden, in der sie mir erklärte, dass ein Hund im Beerdigungsinstitut kein Problem für sie sei. Er müsse sich nur angemessen benehmen. Und nachdem ich die ganze Woche mit besagtem Hund verbracht hatte, war ich mir sicher, dass er das ohne Probleme hinbekommen würde. Angemessenes Benehmen war für ihn eine Leichtigkeit.

Am Montagmorgen drehte ich mit Fridolin eine kleine Runde über die Felder. Es war noch dunkel, und ein eisiger Ostwind pustete uns um die Ohren. Danach machte ich mir ein kleines Frühstück und trank einen sehr großen Kaffee. Mein Körper hatte sich in null Komma nix wieder an das Koffein gewöhnt, als sei nichts gewesen. In den wenigen Tagen, seit ich wieder zu Hause war, hatte ich auch schon zwei Kilo zugenommen. Dieser erschreckende Zustand des Dünnseins war wohl nur mit eklatantem Fleiß und strikten Entbehrungen aufrechtzuerhalten gewesen. Und das alles nur wegen einer blöden Bemerkung meines baldigen Ex-Mannes? Oh, Feli, dachte ich.

Als ich fertig war, schlüpfte ich in mein schwarzes Kostüm und versuchte, meine kurzen Haare irgendwie in Form zu bringen. Meine Chefin legte viel Wert auf ein angemessenes Äußeres. Das mit den Haaren allerdings gestaltete sich schwierig. Es war mir in der ganzen vergangenen Woche schon nicht gelungen, sie zu bändigen. Nur war es hier zu Hause relativ egal gewesen, und ich hatte eine schicke schwarze Strickmütze entdeckt, die meine sonderbare Frisur tarnte, sobald ich das Haus verließ. Aber Strickmützen waren keinesfalls angemessen für ein Beerdigungsinstitut, und so tupfte ich etwas Gel in meine stacheligen Haare, auf dass sie sich endlich als Frisur entpuppten.

Als ich schließlich halbwegs präsentabel aussah, nahm ich meine alte, abgeschrabbelte Handtasche, die ich ganz unten in einer Schublade wiedergefunden hatte, und schlang mir den Riemen um die Schulter. Dann lief ich gemeinsam mit Fridolin und seiner Hundedecke durch den kleinen Garten hinter das Haus. Hier stand mein Auto. Also ein Auto, das laut Papieren mir gehörte, das ich aber vor einer Woche zum ersten Mal gesehen hatte. Es war groß und dunkelblau und hatte im Kofferraum ein Absperrgitter für Hunde. Vermutlich hatte ich meinen kleinen Fiat in Zahlung gegeben, um auch autotechnisch für Fridolin gerüstet zu sein. Der aber mochte das Auto gar nicht. Er ließ sich nur mit Widerwillen in den Kofferraum bugsieren und starrte dann mit angestrengter Miene gestresst hechelnd aus dem Fenster. »Tut mir leid, mein Freund«, beschied ich knapp. »Wir müssen von A nach B kommen. Dazu braucht man ein Auto.«

Ich verließ den kleinen Vorort von Braunschweig und fuhr Richtung Stadtrand, wo Marias Beerdigungsinstitut lag. Das Gebäude, ein alter Kornspeicher mit angeschlossenen Nebengebäuden, war malerisch schön. Der alte Backstein leuchtete hellrot in der Morgensonne, und die prachtvollen Kletterrosen an der Hauswand zeigten bereits ihre ersten grünen Triebe.

Mit Fridolin im Schlepptau betrat ich pünktlich um zehn vor acht das alte Gebäude. Der Holzfußboden glänzte in einem sanften Honigton, die Wände strahlten weiß, und die riesigen, deckenhohen Türen standen einladend offen.

Ich erinnerte mich an den Tag, an dem ich vor zehn Jahren zum ersten Mal hier gestanden hatte. Damals hatte ich mich wie losgelöst von der Welt gefühlt. Unsere Mutter war grade gestorben, und eine Freundin hatte mir das Beerdigungsinstitut Grestenbuch empfohlen. Merle und ich waren an den Stadtrand gefahren, um alles Weitere »zu regeln«, wie man das so schön nannte. Dabei hatten wir nicht das Gefühl, irgendetwas regeln zu können. Wir wollten die Zeit anhalten, um wieder Luft zu bekommen, denn unsere Mama war mitten an einem lauen Sommerabend auf ihrer Gartenbank sitzend gestorben. Einfach so. Und wir waren plötzlich wieder die beiden kleinen Mädchen, die ohne Vater aufwuchsen, ohne Familie, die ihre Mutter doch so verdammt dringend brauchten. Und nun war sie weg. Einfach fort. Wir konnten nichts regeln wie erwachsene Menschen. Wir konnten uns nur zitternd an den Händen halten und hoffen, dass alles wieder gut werden würde. Allerdings fühlte es sich nicht so an, als ob das jemals wieder möglich wäre.

Aber dann erschien Maria und rettete uns. Sie wollte uns keinen teuren Sarg verkaufen, kein seidenes letztes Hemd für unsere Mutter, sie wollte uns ermöglichen zu trauern. So wie wir es brauchten. Sie wollte uns eine gute Erinnerung an diesen letzten Weg verschaffen, der uns helfen würde, den Verlust zu verarbeiten. Und so ermutigte sie uns, die Trauerfeier selbst zu gestalten. Sie ließ uns den Sarg unserer Mutter bemalen. Hellblau mit gelben Blumen. Es war die schönste Trauerfeier, die ich je erlebt hatte.

Sechs Wochen später begann ich bei Maria Grestenbuch zu arbeiten. Madeleine war damals neun Jahre alt, und es war an der Zeit, ein neues Kapitel aufzuschlagen.

Ich blieb einen Moment lang in der Eingangshalle stehen und lauschte. Irgendwo lief leise Norah Jones. Eine dieser zarten und leichten Balladen, die gute Laune verbreiteten. Norah Jones war die Lieblingssängerin von Eduard, unserem Bestattungsmeister. Auf der Fensterbank stand als Willkommensgruß ein Strauß bunter Tulpen. Alles sah aus wie vor einem Jahr. Und einer Woche. Und doch hatte sich so viel verändert.

Leise durchquerte ich den Flur bis zum Mitarbeiterraum, in dem sich schon fast alle Kolleginnen und Kollegen versammelt hatten. Wie jeden Morgen. Fridolin spitzte die Ohren und tapste an der Leine neben mir her. Er schien ein wenig eingeschüchtert zu sein, und mir schlug das Herz bis zum Hirn. Ich fühlte mich hilflos. Schließlich fehlte mir ein Jahr, das alle anderen noch hatten. Zögernd trat ich um die Ecke in den großzügigen Raum mit dem lang gestreckten Tisch und den bunt zusammengewürfelten Stühlen in der Mitte. Eduard hielt wie immer seine rosafarbene Kaffeetasse in der Hand. Maria trug ein weites, buntes Gewand in den Farben des Frühlings, die schwarzen Haare zu einem komplizierten Knoten gewunden. Ihr roter Lippenstift war wie immer ein wenig verwischt, als hätte sie einfach keine Zeit, ihn langsam und mit Ruhe aufzutragen. Christiane und Rocco, unsere Bestatter, und Alex, mein Kollege aus dem Büro, der im Gegensatz zu mir Vollzeit arbeitete, hatten sich, jeder mit einer Kaffeetasse, im Raum verteilt.

Als ich eintrat, drehten sich alle Köpfe zu mir, und Fridolin blieb instinktiv stehen und setzte sich hin. Fragend sah er mich an, und ich legte eine Hand auf seinen Kopf. Zum Glück war er so groß. Meine Hand fand auf seinem dicken Schädel einen guten Platz, und seine Wärme gab mir Kraft.

»Guten Morgen«, sagte ich, klang aber verschüchtert

wie ein Kindergartenkind bei seinem ersten Auftritt auf einer Bühne.

»Feli!« Maria strahlte mich an und eilte zu mir, um mich beherzt in den Arm zu nehmen. »Es ist eine große Freude, dass du wieder da bist!« Hinter ihr bildete sich eine Schlange, denn nun wollten offenbar alle mich willkommen heißen. Eduard gab mir einen festen Händedruck, Christiane und Rocco klopften mir auf die Schulter, und Alex drückte mich ebenfalls. Währenddessen saß Fridolin ganz ruhig neben mir. »Feli ist also wieder da.« Maria hatte einen Arm um mich gelegt und sich zu unseren Kollegen gedreht. »Sie wird begleitet von …« Fragend sah sie mich an.

»Fridolin«, sagte ich schnell.

»Fridolin«, wiederholte meine Chefin. »Er hat ja schon mal die richtige Farbe für unser Gewerbe. Hallo Fridolin.« Sie nickte ihm zu, und er blinzelte sie an, während die Spitze seiner Rute sanft wackelte. »Bitte vergesst nicht: Feli hat ein ganzes Jahr vergessen. Deshalb ist Alex erst einmal für alles zuständig, was im letzten Jahr angefallen ist. Neue Sachen übernimmt Feli, sobald sie sich fit genug fühlt.« Sie sah mich streng an, und ich nickte.

»Mir geht es gut«, versicherte ich ihr. »Es ist nur dieses vergessene Jahr.« Und das Kribbeln, das mich immer wieder aus der Bahn warf. Und die Traurigkeit, die Kaffee- und Zuckerabstinenz, die blitzblanke Hütte, in der eine zwanghaft Putzwütige zu leben schien. Sonst war wirklich alles bestens.

Ich räusperte mich. »Ich habe Fridolin eine Decke mitgebracht und leine ihn neben meinem Schreibtisch an. Er ist ein freundlicher Hund, aber so gut kennen wir uns noch nicht. Bitte stürzt euch nicht auf ihn, dann bekommt er vielleicht Angst. Und er mag Kinder nicht so gerne.«

»Wer tut das schon. Vollstes Verständnis, Hund«, brummte Christiane leise.

»Gut. Es wird das Beste sein, wenn wir alles so machen wie immer. Deswegen lasst uns zusammenkommen!«, rief Maria und klatschte in die Hände. Alle traten mit großer Ernsthaftigkeit in die Mitte vor den Tisch und senkten den Kopf.

»Wir haben eine große Aufgabe. Wir begleiten die Menschen in den schwersten Stunden ihres Lebens. Sie haben Angst und sind voller Schmerz. Den können wir ihnen nicht nehmen. Aber wir können sie liebevoll begleiten, fürsorglich an ihrer Seite sein und ihnen eine gute, eine tragfähige Erinnerung an ihren geliebten Menschen geben. Das ist unsere Aufgabe. Wir nehmen ein aufgeregtes Wort niemals persönlich. Wir geben Zeit und Raum. Wir ehren die Verstorbenen, begleiten sie voller Fürsorge auf ihrem letzten Weg. Wir sind achtsam, mit den Trauernden, den Toten und uns selbst. Es ist mir eine Freude, mit euch arbeiten zu dürfen.«

Diesen Spruch sagte Maria jeden Morgen. Seit über zehn Jahren. Das erste Mal war ich fast peinlich berührt gewesen. So viel Pathos! Aber keiner meiner Kollegen hatte damals gegrinst oder es sonderbar gefunden. Sie alle waren voller Ernst, und Eduard sprach ihre Worte jeden Morgen leise mit. Nach und nach hatte ich begriffen, dass Maria jedes Wort auch ernst meinte. Dass es unsere Prämisse im Umgang mit Menschen war. Und ich hatte begonnen, ihre Worte in meinem Herzen zu tragen. Als Leitfaden und Stütze.

»Wir haben heute zwei Trauerfeiern.« Eduard war vorgetreten und hatte einen Zettel gezückt. »Frau Mildrede und Herr Roskost. Einmal um zehn und einmal um halb zwölf. Rocco und ich fahren gleich los, um einen Verstorbenen aus Rautheim abzuholen. Feli, auf deinem Tisch liegen zwei Laufzettel für die Beerdigungen in den kommenden Tagen. Da muss noch ein wenig organisiert werden. Christiane, einer der Wagen muss dringend in die Inspektion. Könntest du das heute noch irgendwie unterbringen? Das haben wir jetzt schon zweimal verschoben. Ansonsten: Willkommen zurück, Feli. Hallo Fridolin.«

Ich wollte gerade etwas erwidern, als die Tür zu unserem Besprechungsraum aufflog und jemand förmlich in den Raum geschossen kam. Die versammelte Mannschaft zuckte zusammen.

»Ich bin zu spät«, keuchte der Hereinfliegende im dunklen Anzug, schmiss erst einen Mantel und dann eine Aktentasche auf einen der Stühle und stellte sich zu uns.

»Herr MacAlister«, sagte meine Chefin erstaunt. »Sie fangen doch erst nächsten Montag an!«

»Oh.« Der Mann blinzelte. Dann legte er die Stirn in Falten und schien angestrengt nachzudenken. »Sind Sie sich sicher?«

»Bin ich«, antwortete Maria und grinste. »Aber besser zu früh als zu spät, nicht wahr?«

»Ich bitte diese Unannehmlichkeit zu entschuldigen«, erwiderte er förmlich und deutete eine Verbeugung an.

»Ah, der Neue«, ließ Eduard vernehmen. »Wenn Sie

schon mal da sind, können Sie gleich mitkommen. Gibt viel zu tun.«

»Ich denke, ich sollte ihn erst mal herumführen. Damit er einen Überblick bekommt«, sagte Maria. »Und dann fängt Herr MacAlister besser nächsten Montag an. Sonst ist er nämlich nicht versichert.«

Eduard nippte an seinem Kaffee und seufzte tief und vernehmlich. Zumindest das hatte sich im vergangenen Jahr nicht verändert: Eduard war meistens ein wenig missmutig. Und dass sein neuer Kollege nicht direkt anfangen und mithelfen konnte, machte es keinesfalls besser. Maria hatte lange nach jemandem gesucht, der das Team der Bestatter unterstützen konnte, und offenbar erst jetzt jemanden gefunden, der zu uns passte.

»Um die Ecke, im Büro, steht eine Kaffeemaschine. Nehmen Sie sich doch einen Kaffee. Ich bin gleich bei Ihnen«, erklärte sie Herrn MacAlister. Der nickte und machte sich auf die Suche nach dem Kaffeeautomaten. Maria richtete noch ein paar kurze Worte an die anderen und beendete das Meeting. Kaum hatte sie zu Ende gesprochen, verteilten sich meine Kollegen in alle vier Himmelsrichtungen.

Als wir alleine waren, drehte sie sich zu mir. »Es ist wunderbar, dass du wieder da bist. Fühlst du dich dem allen wirklich schon wieder gewachsen?«

Ich zuckte die Schultern und umklammerte Fridolins Leine fester. »Es ist alles sehr verwirrend«, sagte ich schließlich leise. »Mir ist nicht nur ein Jahr verloren gegangen, sondern gleich ein schwieriges Jahr, wie meine Tochter und meine Schwester mir unabhängig voneinander bestätigt haben. Ich bin gerade noch auf der Suche nach den ganzen Puzzlestücken, um alles wieder zusammenzusetzen. Und mit meiner Schwester muss ich einen heftigen Streit gehabt haben.«

Maria nickte. Wissend, wie ich fand. Dann sagte sie: »Ich glaube, es ist vor allem wichtig, dass du dich dabei nicht unter Druck setzt.«

»Ja, schon. Aber das ist gar nicht so einfach. Ich fühle mich selbst so fremd. So anders.« Ich sah meine Chefin an und raunte: »Ich habe ein Jahr lang keinen Kaffee und keinen Zucker konsumiert.«

Maria spitzte die Lippen. »Das ist wohl wahr«, sagte sie dann langsam.

»Alle wissen, was in diesem Jahr passiert ist. Nur ich nicht. Das fühlt sich nicht gut an.«

Wieder nickte sie. »Also, ich kann dir nur sagen, dass der Tod deiner Freundin und die Trennung von deinem Mann dich sehr mitgenommen haben. Du hast keine Einzelheiten erzählt, aber du hast dich verändert. Du hast angefangen, alles zu kontrollieren. In deinem Beruf waren wir das von dir gewohnt. Aber es erstreckte sich plötzlich auf alle Lebensbereiche.«

Der neue Kollege kam mit einer Kaffeetasse in der Hand in den Raum geschlendert. Als er sah, dass wir noch in ein Gespräch vertieft waren, wandte er sich höflich ab und betrachtete das große Wandgemälde. Es stammte von einer Familie, deren Oma wir vor fünf Jahren beerdigt hatten. Sie alle waren Künstler und hatten uns dieses Werk gestaltet. Darauf zu sehen waren Wolken, die Sonne, ein Wald und ihre Oma, Frau Drebensbroks. Mit wallendem, grauem Haar lachend im Sonnenschein auf einer grünen Wiese. Damit befasste Herr MacAlister sich jetzt eingehend.

»Willst du ihn vielleicht herumführen? Es hat sich nichts verändert. Vielleicht hilft das deinen Erinnerungen auf die Sprünge. Sonst kann ich das natürlich auch machen«, raunte meine Chefin mir zu.

Ich zögerte einen Moment, doch dann gab ich mir einen Ruck und sagte: »Nein. Ich übernehme das.« Mit einem kurzen Blick zu unserem neuen Kollegen fragte ich flüsternd: »Wo hast du ihn her?«

»Er hat sich initiativ beworben. Kommt aus Lüneburg. Und davor aus Schottland. Gelernt hat er allerdings in Amerika. Weit gereist, der Mann. Und sehr offen für Neues. Ich mochte ihn gleich.« Maria betrachtete unseren Neuzugang über meine Schulter hinweg und kniff die Augen zusammen.

»Aber eins musst du mir noch sagen, Feli.« Sie sah mich ernst an. Ich nickte. »Wie bitte hast du es geschafft, dass dich ein Blitz getroffen hat?«

Ich zuckte die Schultern. »Wenn ich das wüsste.«

Ich würde es herausfinden müssen. Dringend.

Kapitel acht

Wir haben zwei Feierräume, halten die Trauerfeiern aber eigentlich überall ab, wo es der Kunde möchte«, erklärte ich, und Herr MacAlister trabte hinter mir in den ersten der beiden großen Räume. »Hier im Raum Waldesruh geht es etwas klassischer zu. Wir haben eine normale Bestuhlung, Blumenschmuck, was man so kennt. Hier finden über fünfzig Leute Platz. Ach, die Verstorbene ist auch schon da.« Ich war stehen geblieben und betrachtete den weißen Sarg, der vor dem samtroten Vorhang stand. Eine schöne Farbkombination. Tiefes Rot und strahlendes Weiß. So war auch der Blumenschmuck gestaltet. Rote Rosen und weiße Nelken. Hübsch. Ich eilte nach vorne, Fridolin dicht auf den Fersen, nickte Frau Mildrede in ihrem Sarg zu und richtete dann noch einmal kurz die Kerzen in den silbernen Leuchtern, die ein wenig krumm standen. Als ich mich wieder umdrehte, stand mein neuer Kollege mit geneigtem Kopf im Mittelgang zwischen den Stühlen.

»Herr MacAlister?«, fragte ich.

Er hob den Kopf und blinzelte mich an. »Sehr hübsch sieht das aus. Haben Sie das organisiert? Den Blumenschmuck und die farbliche Gestaltung?«

Ich schüttelte den Kopf. »Nein«, sagte ich leise. »Ich war

ein paar Tage krank. Das hat Alex Moneberg gemacht. Und natürlich alle anderen. Ich zeige Ihnen jetzt noch die Büros. Eduard Meier wird Sie dann nachher mit in die Räume nehmen, wo die Verstorbenen versorgt werden.«

»Danke«, sagte er und neigte noch einmal seinen Kopf in Richtung des Sarges. Ich tat es ihm gleich. Ich mochte das. Respekt vor den Toten. Das Wissen, dass hier etwas Besonderes vonstattenging. Ein Mensch trat seine letzte Reise an. Nach einem hoffentlich langen und erfüllten Leben waren wir die Letzten, die mit ihm zu tun hatten. Das war eine große Verantwortung.

Herr MacAlister folgte mir in mein kleines Büro. Ein sehr hübsches Büro mit bunten Sesseln und einem dicken Teppich auf dem Boden. An der Wand hatte ich ein Bild des spanischen Malers Sorolla aufgehängt. *Das Bad des Pferdes.* Ein Junge und ein Pferd kamen nass und glücklich aus dem Meer. Ich mochte die farbintensiven Bilder Sorollas sehr, während Mark sie immer kitschig gefunden hatte.

Auf den tiefen Fensterbänken der Sprossenfenster stand immer ein Strauß frischer Blumen. So auch heute. Vielleicht hatte Alex ihn dort hingestellt. Oder Maria. Zumindest leuchteten mir die Tulpen in Orange entgegen.

Ich platzierte Fridolins Decke zwischen Heizung und Schreibtisch. Ich hatte das Gefühl, der Hund war eine ziemliche Frostbeule und konnte ein wenig Wärme gut vertragen. Er war ja auch nur spärlich bekleidet.

Es fühlte sich sonderbar an, wieder in meinem Büro zu sein, dabei sah alles aus wie immer. Nur ein paar Kleinigkeiten waren verändert. Auf der Fensterbank stand eine neue Teekanne mit hübschen Blumenornamenten. Mein

Schreibtisch war aufgeräumt, aber übersät mit Post-it-Zetteln. Das sah vertraut aus, aber es fühlte sich irgendwie fremd an.

»Setzen Sie sich doch«, sagte ich, und Herr MacAlister, der recht hochgewachsen war, klappte so fix auf einem der Sessel zusammen, dass ich zusammenzuckte und für einen Moment vergaß, was ich eigentlich hatte tun wollen. Doch dann entdeckte ich meine grüne Mappe mit den Särgen, Urnen und Ausstattungen und griff sie mir vom Regal. Ich drückte sie ihm in die Hand, während Fridolin sich zu seiner Decke bewegte, dreimal im Kreis drehte und dann mit einem Seufzer niederließ. Ich legte die Leine neben ihn und drehte mich zu unserem neuen Kollegen um.

»Wir haben keine große Auswahl«, erklärte ich und setzte mich ebenfalls. »Die Menschen sind auch so schon überfordert. Egal welches Model, alle sind hübsch. Eduard bietet außerdem an, den Sarg mit seiner Hilfe selbst zu bauen. Er ist eigentlich Schreiner und hat das schon ein paarmal gemacht. Es hat den Hinterbliebenen sehr gut getan, etwas selbst zu gestalten. Das bieten wir übrigens grundsätzlich an. Dass Familien die Trauerfeier selbst gestalten können. Vom Blumenschmuck über die Dekoration im Raum bis hin zur Musik. Oft sorgt das dafür, sich nicht so hilflos zu fühlen.«

Herr MacAlister blickte zu mir auf und klappte die Mappe wieder zu. »Das sehe ich genauso«, sagte er langsam, und mir fiel auf, was für sonderbar grüne Augen er hatte. Vielleicht lag es auch nur an der schräg stehenden Frühlingssonne, die durch das Fenster fiel.

»Alles Organisatorische läuft über mich und Alex«, fuhr

ich fort. »Ich bin in der Regel nur vormittags hier. Wir teilen uns nach Trauerfeiern auf. Jeder ist für seine eigenen Veranstaltungen verantwortlich, wenn aber eine wichtige Sache nachmittags ansteht, komme ich natürlich.« Es klopfte an meiner Tür, und ich drehte den Kopf. Ein älterer Herr stand im Türrahmen, in einem sehr schicken Anzug, das schüttere Haar akkurat gekämmt, das Gesicht makellos rasiert. Nur seine Augen wirkten glasig.

»Hallo, wie kann ich Ihnen helfen?«, fragte ich und stand auf. Die Fremdheit, die mich so fest im Griff gehabt hatte, verschwand fast schlagartig. Der Mann sah ein wenig orientierungslos aus, und ich konnte ihm helfen. Wenigstens für den Moment.

Der ältere Herr räusperte sich, als müsste er erst seine Stimme suchen. »Mein Name ist Manfred Mildrede. Ich komme zur Trauerfeier meiner Frau. Ich bin ein wenig früh. Herr Moneberg ist nicht in seinem Büro.«

»Hallo, ich bin Feli Morgenstern. Die Kollegin von Herrn Moneberg. Mein herzliches Beileid.« Ich war zu ihm getreten und reichte ihm die Hand. Sie war ganz kalt, und gleichzeitig pulsierte die Schlagader an seinem Hals hektisch. Er räusperte sich erneut. »Danke. Kann ich schon reingehen?«

»Natürlich«, sagte ich.

Herr MacAlister war ebenfalls aufgestanden und neben mich getreten. »Mein aufrichtiges Beileid«, sagte er fest und reichte Herrn Mildrede ebenfalls die Hand. Seine Worte klangen ernsthaft und aufrichtig, und doch waren sie frei von diesem dunklen Pathos, der Kollegen in diesem Gewerbe manchmal in Fleisch und Blut überging. Das gefiel mir.

»Ich begleite Sie und zeige Ihnen den Raum. Es ist alles vorbereitet und sieht sehr hübsch aus«, sagte ich und deutete Richtung Flur. Kaum hatte ich einen Schritt nach vorne gemacht, sprang Fridolin von seiner Decke auf und eilte zu mir. Richtig. Der Hund. Unschlüssig überlegte ich, ob ich ihn zurück auf seine Decke bringen und die Leine um eins der Tischbeine wickeln sollte, da sagte Herr Mildrede: »Der Hund kann gerne mitkommen.«

»Dann kommt er mit«, sagte ich und griff nach der Leine. Zu dritt wanderten wir still über den Flur. Norah Jones sang immer noch leise im Hintergrund, was irgendwie beruhigend wirkte. Sonst schwieg sie zu den üblichen Geschäftszeiten, vielleicht war sie heute vergessen worden.

»Hier entlang bitte.« Ich öffnete Herrn Mildrede die Tür und registrierte, dass er kalkweiß im Gesicht geworden war. »Möchten Sie vielleicht einen Kaffee? Oder einen Tee oder Schnaps?«

Das entlocke ihm ein gequältes Grinsen. »Sie bieten um neun Uhr morgens Schnaps an?«

»Wir hätten auch noch Rotwein«, ergänzte ich mein Angebot. »Wir bieten das an, was es ein wenig leichter machen könnte.«

Er schüttelte leicht den Kopf. »Ich möchte nichts. Aber würden Sie mit mir reingehen?«

»Aber natürlich.« Ich trat vor ihm in den Raum und aktivierte am neben der Tür hängenden Tablet die Musikauswahl für die Trauerfeier. Leise begann im Hintergrund Frank Sinatra zu singen. Dann griff ich mir das Feuerzeug vom kleinen Tischchen neben der Tür und ging langsam nach vorne. Fridolin folgte mir an durchhängender Leine.

Er schien überhaupt kein Problem mit seiner neuen Umgebung zu haben. Er hatte sowieso wenig Probleme. Er war ein zufriedener, großer schwarzer Hund.

Ich entzündete alle Kerzen und blieb dann noch einen Moment vor dem geschlossenen Sarg stehen, um Herrn Mildrede die Möglichkeit zu geben, sich an den Anblick zu gewöhnen. Langsam drehte ich mich zu ihm um. Er war mir bis zum Ende der Stuhlreihe gefolgt, und Tränen glitzerten in seinen Augen.

Wenn jemand gestorben war, gab es zwei wirkliche Wendepunkte. Der erste war, wenn der Bestatter den Verstorbenen mitnahm. Ein schwieriger Moment für alle Beteiligten. Es kam oft zu ganz unverhofften Gefühlsausbrüchen, selbst wenn die Hinterbliebenen vorher scheinbar ruhig gewesen waren. Eduard hatte da schon viel erlebt. Und der zweite Moment war der Anblick des Sarges. Oder der aufgebahrten Toten.

Auch Herr Mildrede kämpfte mit sich, sagte aber zu meiner Überraschung: »Das ist ein hübscher Hund.«

»Danke«, sagte ich. »Er heißt Fridolin. Und er wohnt erst seit ein paar Tagen bei mir.«

Herr Mildrede streckte vorsichtig eine Hand aus, und Fridolin schnüffelte freundlich daran. Dann trat der Hund einen Schritt nach vorne, und Herr Mildrede legte ihm seine faltige Hand auf den Kopf. »Kann er vielleicht hierbleiben?«, fragte er leise, und seine Stimme bebte.

»Oh.« Ich betrachtete Fridolin, der jetzt leicht mit der Rute wedelte und sich dichter an die Knie von Herrn Mildrede drückte. Er sah so aus, als wäre das okay für ihn. Ich hoffte, dass ihn ein eventueller Gefühlsausbruch nicht überfordern würde, aber Herr Mildrede hatte sich auf dem ersten Stuhl niedergelassen und kraulte Fridolin jetzt intensiv die Brust, was der definitiv recht angenehm fand.

»Er kann natürlich bei Ihnen bleiben«, sagte ich. »Wenn die anderen Gäste eintreffen, hole ich ihn wieder ab.«

»Danke.« Der alte Mann blickte auf und schenkte mir ein tränenverhangenes Lächeln. Ich ging langsam zurück in mein Büro, wo Herr MacAlister auf mich wartete und mit einer Kaffeetasse in der Hand in den Garten blickte.

»Sie haben einen Trauerbegleithund«, sagte er, als ich mich neben ihn stellte.

»Das wussten weder ich noch der Hund bis eben«, erwiderte ich.

Herr MacAlister drehte die Tasse in den Händen. »Ich werde dann mal nach Herrn Eduard sehen und ihn fragen, ob er mir die anderen Räume zeigen kann. Es ist mir ein wenig unangenehm, dass ich hier eine Woche zu früh aufgetaucht bin«, vertraute er mir an. »Ich bin manchmal ein wenig verpeilt. Ich bin gestern nach Braunschweig gezogen und dachte wirklich, heute ist mein erster Arbeitstag.« Er seufzte, und ich grinste.

»Ich bin aktuell auch ein wenig verpeilt«, antwortete ich. Das Wort passte irgendwie hervorragend auf meine Situation.

»Ach ja?« Herr MacAlister sah mich von der Seite an.

»Ich bin von einem Blitz getroffen worden«, erklärte ich, »und habe ein ganzes Jahr vergessen.« Wenn ich das so aussprach, klang es wie die Storyline einer Vorabendserie im ZDF.

Mein neuer Kollege sah mich immer noch an. »Das

klingt äußerst unangenehm«, sagte er dann leise. »Es tut mir leid. Handelt es sich um das vergangene Jahr?«

»Ab März. Ab meinem 45. Geburtstag.«

»Ein wichtiges Datum«, erwiderte er.

Erstaunt sah ich ihn an. »Der 45. Geburtstag ist wichtig?«

Er nickte. »Es ist knapp über die Hälfte des Lebens vergangen. Man hat viel erreicht, aber man erkennt auch, dass man für vieles jetzt keine Zeit mehr hat. Die letzte Gelegenheit, neu anzufangen. Viele Menschen regt das auf.«

Was er sagte, fühlte sich vertraut an. Als wäre es wahr. Wenn ich mich auch nicht mehr daran erinnerte.

Er sah mich an. »Ich habe jetzt eine Woche frei. Ich kann für Sie recherchieren und Ihnen ein Dossier über das vergangene Jahr zusammenstellen, wenn Sie mögen. Mit Themengebieten, die wichtig für Sie sind. Wie ökologischer Landbau, Sozialpolitik, solche Dinge.« Es klang fast wie ein Scherz, aber Herr MacAlister meinte es ernst. Das konnte ich glasklar in seinen grünen Augen erkennen.

»Äh«, antwortete ich langsam. »Danke, das ist sehr freundlich. Ich habe aber schon recherchiert.«

»Okay«, sagte er und lächelte. Im Flur ertönten Schritte. Die Trauergäste von Frau Mildrede trafen ein. Es war Zeit, Fridolin wieder einzusammeln. »Ich komme gleich wieder«, sagte ich und machte mich auf den Weg.

Herr Mildrede saß immer noch regungslos auf einem der vorderen Stühle. Fridolin hatte sich vor ihm auf dem Boden ausgestreckt und den Kopf auf seinen linken Schuh gebettet. »Ich nehme ihn wieder mit«, sagte ich leise und beugte mich zu dem alten Mann hinunter.

»Ja, natürlich«, flüsterte er und reichte mir die Leine.

Fridolin stand auf, schüttelte sich und verabschiedete sich von Herrn Mildrede, indem er noch einmal gegen seine Hand stupste.

»Ihre Gäste sind da. Herr Moneberg steht schon am Eingang und begrüßt alle. Kann ich Ihnen noch etwas bringen?«

Stumm schüttelte er den Kopf und erhob sich etwas schwerfällig. Er nickte mir zu, war aber in Gedanken ganz woanders, und ich verließ mit Fridolin den Raum.

Zurück in meinem Büro, tanzte Maria gerade mit ihrer Trauerrede um meinen Schreibtisch, was Herrn MacAlister ganz offensichtlich irritierte. Er konnte schließlich auch nicht wissen, dass Maria gerne tanzte. Überall und zu jeder Gelegenheit. Nur auf Trauerfeiern und bei Trauergesprächen sah sie davon ab. »Ich suche den Laufzettel für die Beerdigung von Herrn Roskost«, sagte sie. Offenbar hatte sie vergessen, dass ich alles vergessen hatte. Man sah es mir ja schließlich auch nicht an.

»Ich habe 365 Tage vergessen, die suche ich auch. Vielleicht fragst du lieber Alex?«, wagte ich vorsichtig einzuwenden.

»Feli.« Maria blieb abrupt stehen. »Es tut mir leid!« Sie riss den Zettel mit der Rede hoch. »Du wirkst so normal, und da habe ich es doch tatsächlich vergessen. Feli ist hier für die Ortung zuständig, müssen Sie wissen«, wandte sie sich an Herrn MacAlister. »Wenn Sie etwas suchen oder eine Frage haben, wenden Sie sich am besten an sie. Zumindest sobald sie sich wieder erinnern kann. Was passieren wird, da bin ich mir sicher!« Maria drehte sich wieder zu mir um, und ich rang mir ein Lächeln ab.

»Hoffen wir es.«

Mittlerweile verstand ich den Sinn und Zweck von Selbsthilfegruppen. Manche Dinge verstand man nur, wenn man sie selbst erlebt hatte. Vielleicht sollte ich mich auf die Suche nach Menschen begeben, die ebenfalls ein Jahr vergessen hatten? Wobei es davon nicht so viele geben dürfte, das hatte mir die Ärztin in der Klinik schon erklärt. Die meisten vergaßen schließlich noch ganz andere Dinge. Ihre Kinder oder gleich ihre gesamte Vergangenheit. Ich sollte wohl dankbar sein für meinen doch sehr partiellen Gedächtnisverlust. War ich auch kurz.

Ich brachte Fridolin zurück auf seine Decke und setzte mich hinter meinen Schreibtisch, während Maria sich wieder Herrn MacAlister zuwandte. »Herr MacAlister. Sie können dann fahren. Eduard ist furchtbar beschäftigt und wird Sie doch erst bei Arbeitsantritt herumführen können.«

»Ich könnte ihm schon zur Hand gehen.« Unser neuer Kollege hob eine Augenbraue und sah sie fragend an.

Aber Maria schüttelte den Kopf, während sie ihren zerknitterten Redezettel glatt strich. »Aus versicherungstechnischen Gründen geht das nicht«, beschied sie streng.

»Ich könnte den Hof fegen. Oder etwas streichen. Ich kann sehr gut Dinge streichen.«

Er war hartnäckig. Ich fuhr meinen Computer hoch und tat unbeteiligt. Maria runzelte die Stirn. »Dinge streichen?«, fragte sie erstaunt zurück. Herr MacAlister nickte knapp. »Ich bin ja erst hergezogen und kenne hier niemanden. Außer Sie beide.« Er deutete auf mich und Maria, und ich verkniff mir ein Grinsen. »Deswegen könnten Sie meine Arbeitskraft anderweitig nutzen. Ich habe Zeit.

Und das wäre dann keine Tätigkeit im Rahmen meiner Anstellung, sondern ein … Freundschaftsdienst.«

Maria kniff die Augen zusammen und betrachtete ihn intensiv. »So, so«, sagte sie langsam. »Sie könnten die Rosen schneiden. Wissen Sie, wie das geht?« Bedächtig nickte Herr MacAlister. »Rosenschere und Handschuhe finden Sie in der Truhe im Flur.«

»Ich schneide die Rosen«, erklärte Herr MacAlister unternehmungslustig und verschwand.

Maria sah mich an. »Der ist lustig.«

Ich grinste. »Rosenschneiden ist doch aber eine sehr seltene Handwerkskunst. Macht der die nicht kaputt, wenn er es doch nicht richtig machen sollte?«, fragte ich vorsichtig.

»Weil er ein Mann ist und sich selbst überschätzen könnte? Nein. Meine Rosen sind robust. Die haut auch ein schottischer Bestattungsmeister nicht aus dem Wurzelstock. Und wie wir jetzt erleben, weiß er sich zu helfen.« Sie deutete aus dem Fenster. Herr MacAlister war im Rosenbeet aufgetaucht. Bewaffnet mit Handschuhen, der Schere, einer Schubkarre und seinem Smartphone – das er dicht neben die Rose hielt, wobei sein Blick hin und her schweifte. Ein sehenswerter Anblick, weil es ihm offenbar nicht gelang, das Video auf dem Display zu drehen, sodass er kurzerhand den Kopf schräg legte.

»Ich habe letzte Woche mithilfe eines YouTube-Tutorials meinen Abfluss im Bad repariert. Ich mag Menschen, die sich zu helfen wissen«, erklärte Maria und tanzte zufrieden lächelnd aus meinem Büro.

Ich sah ihr noch einen Moment nach und richtete dann meine Aufmerksamkeit auf den Bildschirm. Doch sobald ich mein Postfach öffnete, verpuffte schlagartig das klitzekleine bisschen Seelenfrieden, das mir der Vormittag bis jetzt gebracht hatte.

Die dreiundzwanzig neuen Mails waren nicht das Problem. Es waren die Mails, die ich schon beantwortet hatte. Mit aufsteigender Panik klickte ich mich durch die vielen Vorgänge. Bestellungen, Fragen, Antworten, eine Erzieherin, die nächste Woche mit ihrer Kindergartengruppe kommen wollte, was ich fröhlich zugesagt hatte, die Mail einer Dame, mit der ich offenbar schon intensiv über ihren bevorstehenden Tod gesprochen hatte und die sich erkundigte, ob ich Duftwicken besorgen könne. Für ihren Sarg. Sie liebte Duftwicken. Und ich brach übergangslos in Tränen aus.

Kapitel neun

Geh jetzt. Du musst zur Trauerfeier«, schniefte ich und schob Maria von der Sessellehne. »Ich schaffe das schon!« Es fühlte sich zwar nicht so an, aber da es mir leicht von den Lippen kam, musste ich das im vergangenen Jahr häufiger mal gesagt haben.

»Du musst wirklich gehen!«, mischte Alex sich ein, der vor mir auf dem kleinen Tischchen hockte und mir Taschentücher reichte. Zugegen waren außerdem noch Eduard, der mit erstarrter Miene am Fensterrahmen lehnte und betroffen auf den Boden blickte, und Christiane, die mir den Kopf streichelte. Und Fridolin, der es aber vorzog, sich von Herrn MacAlister die Brust kraulen zu lassen.

»Es ist völlig normal, dass du dich so fühlst«, erklärte Alex jetzt mit Nachdruck.

»Das weißt du doch gar nicht«, sagte Christiane hinter mir und fing jetzt an, mir den Nacken zu massieren, was unerwartet angenehm war.

»Kann man denn irgendetwas tun, um die Erinnerung zurückzuholen?«, fragte Alex. Ich zuckte die Schultern. »Vermutlich wäre es hilfreich herauszufinden, was in der Nacht passiert ist. Ich wüsste einfach gerne, warum ich überhaupt durch die Gegend gelaufen bin. Offenbar ja bei einem Gewitter, wo doch bei mir zu Hause eine Party stattfand«, sagte ich leise und schnäuzte mich noch einmal in mein Taschentuch. »Meinem Kind habe ich zumindest beigebracht, sich bei Gewitter nicht im Freien aufzuhalten«, fügte ich hinzu.

»Manchmal bewahrt das Unterbewusstsein uns so vor weiterem Schaden«, sagte Herr MacAlister plötzlich leise aus dem Hintergrund. Ich blickte ihn über Alex' Schulter hinweg an. Er biss sich auf die Lippen, als wäre es ihm jetzt unangenehm, sich eingemischt zu haben. »Nach Unfällen ist es manchmal auch so, dass man sich nicht erinnert. Weil man es vielleicht nicht ertragen könnte.«

»Es ist furchtbar. Diese vielen Dinge, die ich vergessen habe. Diese vielen Menschen«, sagte ich.

Er nickte, und es wirkte, als würde er das wirklich verstehen.

»Also, Feli«, mischte Alex sich wieder ein. »Du kommst jetzt mit in mein Büro, und ich erzähle dir einfach alles, was gerade so ansteht. Dann steigst du langsam wieder ein. Wir bekommen das schon hin. Du bist ja nicht alleine damit.« Er lächelte über seine ganzen strahlend weißen Zähne, und erneut kamen mir die Tränen.

Als ich drei Stunden später meine renovierungsbedürftige Haustür aufschloss, hatte ich mit Fridolin schon eine große Runde um die Riddagshäuser Teiche hinter mir. Alex' Einführung in die laufenden Vorgänge hatte mich regelrecht entkräftet, und ich hatte frische Luft gebraucht. Tatsächlich konnte ich mich an nichts von dem, was er mir erzählt hatte, erinnern. Weder an die Trauerfeiern noch an die Verstorbenen oder deren Familien. Es war alles weg.

In dem Teil meines Gehirns, in dem sich die Erinnerung des vergangenen Jahres befinden sollte, befand sich nur noch ein schwarzes Loch. Das hatte ich zwar auch schon vorher gewusst, aber offenbar noch nicht in Gänze gespürt. Bis heute.

Ich betrat den Flur, nahm Fridolin das Halsband ab und schlüpfte aus meinen Schuhen. Und dann starrte ich auf den Flurspiegel und konnte im ersten Moment gar nicht begreifen, was ich dort sah. Ich runzelte die Stirn und kniff die Augen zusammen. Auf dem großen Flurspiegel mit dem verschnörkelten goldenen Rahmen stand:

Hallo Feli! Wollte mal nach dem Rechten schauen!
War im Büro. Melde dich doch mal bei meiner Mutter!
Grüße, Mark!

Langsam trat ich einen Schritt näher, und plötzlich begann mein Kopf wieder zu kribbeln. Ich kniff kurz die Augen zusammen, dann öffnete ich sie. Zahnpasta. Ich konnte es riechen. Mark war hier gewesen und hatte mit Zahnpasta auf meinem Flurspiegel rumgemalt. So etwas taten nur Menschen, die noch nie in ihrem Leben einen Spiegel geputzt hatten. Mein Kopf kribbelte wieder, und ein leichtes Stechen schoss mir durch den Körper. Ich zuckte zusammen. Fridolin tauchte neben mir auf und berührte mit seiner feuchten Nase meine Hand. Ein wenig Wasser tropfte von seinem Maul auf den Teppich. Er hatte offenbar seinen Wassernapf leer gesoffen. Ich legte meine Hand auf seinen seidenweichen Kopf, und er hielt ganz still. Das Stechen ließ langsam wieder nach, und ich atmete auf.

Mark war damals direkt am nächsten Tag, nachdem er mir verkündet hatte, dass er sich trennen würde, ausgezogen. In eine kleine Wohnung nach Braunschweig. Eine hübsche Wohnung mit Balkon und Blick auf den Prinzenpark. Ich hatte sie einmal gesehen. Mittlerweile war ich vielleicht noch mal dort gewesen. Er hatte damals noch nicht ganz seine Klamotten ausgepackt, da hatte er schon eine Putzfrau engagiert. Er arbeite ja schließlich so viel, da könne er nicht auch noch putzen. Ich vermutete, dass er gar keine Ahnung hatte, wie diese ominöse Tätigkeit überhaupt vonstattenging. Klar erkennbar an der Zahnpasta am Flurspiegel.

Während ich auf die Nachricht starrte, erinnerte ich mich an eine andere Situation, in der ich am liebsten aus der Haut gefahren wäre. Ich drehte mich um und ging langsam die Treppe ins Obergeschoss hoch. Oben angekommen, marschierte ich an Madeleines Zimmer vorbei bis zum Ende des Flurs. Die Tür war nur angelehnt, und dahinter befand sich … Marks Büro. Deckenhohe Regale. Ein Glasschreibtisch, Drucker, Computer.

Mark hatte sein Büro nämlich immer noch hier. In meinem Haus. Er hatte mir damals todernst und mit zusammengekniffenen Augen erklärt, ich solle mich nicht so anstellen, natürlich würde er sein Büro weiterhin hier in unserem Haus haben. Seine Wohnung sei zu klein. Ich erinnerte mich sogar an den genauen Wortlaut: »Du vergisst dabei etwas sehr Wichtiges, Feli: Ich zahle hier die Rechnungen. Und jetzt führe ich sogar einen doppelten Haushalt. Mein Büro bleibt natürlich hier.«

Mir wurde ein wenig übel, als ich daran dachte. Doch dann keimte Hoffnung auf. Konnte ich mich wieder an etwas erinnern? Ich rieb mir die Stirn, doch dann fiel mir ein, dass wir dieses Gespräch kurz nach der Trennung geführt hatten. Als ich nichts anderes wollte, als dass er endlich ging. Was er nicht getan hatte. Stattdessen war er jeden Tag zurückgekommen, um in seinem verdammten Büro Geld zu verdienen, um unsere Rechnungen zu bezahlen. Er hatte jeden Tag wieder auf der Matte gestanden, und ich erinnerte mich, dass sogar Madeleine, meine friedfertige Tochter, sich deswegen mit ihm angelegt hatte. Sein Kommentar dazu war mir auch in Erinnerung geblieben: »Wer die Musik bezahlt, entscheidet, was gespielt wird.«

Ich schüttelte mich leicht und machte einen Schritt in den Raum. Neben dem Schreibtisch lag etwas auf dem Boden. Ich trat noch einen Schritt näher und ging in die Hocke. Fridolin folgte mir und begann zu schnüffeln, doch ich drückte ihn sanft zur Seite. »Ich weiß nicht, was das ist«, sagte ich leise. »Vielleicht ist es giftig. Vielleicht ist es meinem lieben Mann aus dem Kopf gerieselt?«

Fridolin sah mich erstaunt an.

»Guck nicht so«, antwortete ich. Dabei war ich selbst erstaunt über meine bösen Worte. Auf dem Boden lagen grünbraune Krümel. Ich senkte den Kopf und betrachtete sie genauer. Aber ich hatte keinen blassen Schimmer, was das war. Allerdings hatte ich auch keine Gelegenheit, mich näher damit zu befassen, denn irgendwo im Haus fing es an zu brummen. Fridolin zog konzentriert die Stirn kraus und gab ein Wuffen von sich. Gemeinsam rannten wir die Treppe wieder hinunter und beobachteten erstaunt, wie sich die Höllenmaschine mit einem Höllenlärm anschickte, das Wohnzimmer zu saugen. Dabei schob sie Fridolins Ball vor sich her.

Empört wuffte der Hund erneut.

»Okay«, rief ich gegen den Lärm an, entriss der Maschine den Ball und suchte in meiner Tasche nach dem Handy. Jemand musste mir sagen, wie ich dieses Ding zur Ruhe brachte. Und dieser Jemand war der Digital Native, den ich großgezogen hatte.

Es klingelte genau einmal, dann war Madeleine schon am Telefon. »Mama? Alles okay?«

»Alles toll«, sagte ich mit belegter Stimme und hielt mir das andere Ohr zu, um sie besser zu verstehen.

»Was ist das für ein Krach?«, fragte meine Tochter.

»Das Staubsauger-Ding. Wie stelle ich es aus?«

»Der ist aber laut. Ist er kaputt?«

»Ist mir egal. Wie stelle ich ihn aus? Wenn du es nicht weißt, steck ich ihn in die Waschmaschine. Oder in die Dusche.«

»Er hat einen großen grünen Knopf auf der Oberseite. Den musst du lange drücken.«

»Bleib dran«, befahl ich und näherte mich dem Ding, das begonnen hatte, mit beständiger Beharrlichkeit gegen die Wand zu fahren. Dazu gab es noch ein schrilles Klingeln von sich. Mit einer beherzten Bewegung klemmte ich den Staubsauger mit einem Fuß an der Wand fest und drückte auf den grünen Knopf. Nach einigen Sekunden erstarb der Motor, und es herrschte wieder wundervolle Ruhe. »Er ist aus«, stöhnte ich. »Ich hasse dieses Ding!«

Mein Kind schwieg einen Moment. »Der war echt teuer, und du hast ihn behandelt wie einen Diamanten.«

»Jetzt hasse ich ihn.«

»Geht es dir gut?«

»Nein«, erklärte ich und ließ mich neben dem Staubsauger auf den Boden sinken, was Fridolin freute, denn er kam umgehend zu mir gelaufen und schmiss sich neben mich.

»Soll ich nach Hause kommen?«, fragte mein Kind mit Angst in der Stimme.

»Natürlich nicht«, erwiderte ich fest. »Es geht mir nicht so schlecht, dass ich Betreuung bräuchte. Aber ich war heute arbeiten und habe festgestellt, was es wirklich bedeutet, ein Jahr vergessen zu haben. Und dann habe ich gerade entdeckt, dass Papa sein Büro immer noch hier im Haus hat.«

Madeleine lachte trocken auf. »Wie hätte sich das ändern sollen?«

»Wie meinst du das?«

»Es gab ja keinen Grund für ihn, das zu ändern. Im Grunde wolltest du es doch nicht anders.«

Ich schwieg, denn die Richtung des Gesprächs gefiel mir nicht und verursachte wieder leichtes Kopfkribbeln.

»Du hast das doch so hingenommen. Weil er immer behauptet, wenn er ein externes Büro mieten muss, muss er das Haus verkaufen.«

Ich kniff die Augen zusammen und versuchte krampfhaft, mich zu erinnern. »Das Haus gehört mir«, sagte ich schließlich langsam.

»Und es ist abbezahlt«, ergänzte meine Tochter. »Mit dem Geld von Oma.«

»Daran erinnere ich mich natürlich«, erwiderte ich.

»Aber Papa sagt, er muss dann bei einem Verkauf von dir ausgezahlt werden. Also wäre es so die beste Lösung für alle.« Beim letzten Satz äffte sie unverkennbar ihren Vater nach.

Ja, es war ein schwieriges Jahr gewesen.

»Mama?«, fragte Madeleine mich im nächsten Augenblick. »Vielleicht ist das der richtige Moment für die Superheldinnenpose.«

Ich seufzte. »Ja«, sagte ich schließlich.

»Wir machen es zusammen. Stell den Lautsprecher an!«

Ich drückte den kleinen Knopf, stellte mich hin und legte mein Handy auf das Fensterbrett. »Geht los, Mama. Superheldinnenpose!«

Ich ballte die Hände zu Fäusten und stemmte sie mir in die Hüften. Dann reckte ich das Kinn, nahm die Schultern zurück und presste meine Füße in den Boden.

»Wir sind Superheldinnen!«, sagte meine Tochter mit verschwörerischer Stimme durch den scheppernden Lautsprecher. »Nichts haut uns um. Wir können ALLES!«

»Nichts haut uns um. Wir können ALLES!«, wiederholte ich, doch ich konnte es nicht fühlen. Es erreichte mich nicht. Ich blinzelte.

»Alles gut bei dir, Superheldin?«, fragte meine Tochter.

»Aber klar!«, rief ich sehr viel enthusiastischer, als mir zumute war.

Die Superheldinnenpose war nach Madeleines erstem Tag in der Grundschule erschaffen worden. Mein Kind fand Schule furchtbar. Es hatte Angst vor der Lehrerin, dem Klassenzimmer und den anderen Schülern, einfach vor allem. Ich hatte mir also etwas ausdenken müssen. Etwas, das meine Tochter immer dabeihatte, das ihr Kraft schenkte, um mit all den neuen Herausforderungen umgehen zu können. Superhelden hatte sie schon immer gemocht. Leider gab es immer noch viel zu wenige weibliche Superheldinnen, und so hatte ich sie kurzerhand selbst zu einer gemacht: Madeleine, die Superheldin. Seitdem erinnerten wir uns in schwierigen Momenten daran und nahmen umgehend die Superheldinnenpose ein. Und eigentlich half es immer. Nur heute nicht. Aber das musste ich meinem Kind nicht auf die Nase binden.

Ein paar Minuten später verabschiedeten wir uns voneinander, und ich ließ mich wieder auf den Boden sinken, wo Fridolin die ganze Zeit gelegen und mich interessiert beobachtet hatte. Brütend starrte ich an die Wand. Wenn selbst meine Tochter und die Superheldinnenpose mir keine Kraft schenken konnten, war es wahrlich schlecht um mich bestellt.

Mein Handy klingelte. Noch immer in Gedanken versunken, drückte ich auf den Annahmeknopf und hielt es mir ans Ohr. Ein Fehler, wie sich im nächsten Moment herausstellte.

»Hier ist deine Schwiegermutter!«, rief Irmi fröhlich, und ich unterdrückte einen Schmerzlaut. Verdammt. Ich hatte sie nicht zurückgerufen. Ich hatte mich einfach gar nicht gemuckt, was sehr untypisch für mich war. Aber für ein Telefonat mit meiner Schwiegermutter brauchte man Kraft, und die hatte mir bisher gefehlt.

»Hallo Irmi«, antwortete ich matt.

Meine Schwiegermutter räusperte sich. »Also, du hättest dich ja mal melden können!«

Ja, hätte ich. Ich sagte aber stattdessen erst mal nichts.

»Wie geht es dir denn?«

Ich räusperte mich. »Ganz gut.« Völlig übertrieben. Beschissen ging es mir.

»Du, das ist ja wirklich schön. Wir haben uns alle schon so große Sorgen gemacht. Aber du bist ja zäh! Nicht so wie ich. Ich war die ganze Woche furchtbar erkältet. Die Nebenhöhlen waren ganz dicht, und der Doktor sagt, ich muss ein Antibiotikum nehmen, wenn es nicht besser wird.«

»Oh«, antwortete ich.

»Also wegen des Augenarzttermins in Hannover habe ich jetzt den 17. vereinbart. Um 11 Uhr, da müssen wir um 9 Uhr losfahren. Die A2 ist ja immer so voll, nicht?«

»Irmi, um 9 Uhr arbeite ich. Und um 11 Uhr auch.«

Meine Schwiegermutter schwieg irritiert. »Du kannst dir doch freinehmen«, erklärte sie schließlich langsam und akzentuiert, weil sie mich für ein bisschen dämlich hielt. War doch ganz klar. Ich konnte mir ja schließlich freinehmen. Hatte ich immer gemacht bei Irmis Belangen, und davon hatte sie eine Menge. Dabei waren meine ganzen Urlaubstage draufgegangen. Das hatte sich im vergangenen Jahr also auch nicht geändert.

»Frag doch mal deinen Sohn. Der kann sich doch auch mal freinehmen.«

Meine Schwiegermutter schwieg einen Moment. Ich konnte aber hören, wie sie empört Luft holte. »Feli, Schatz. Dein Mann muss arbeiten.«

Ich lachte freudlos auf. Marks Arbeit war wichtig, meine nicht. Überhaupt spielte ich in Irmis Leben eine untergeordnete Dienstleisterrolle. So war es vom ersten Tag an gewesen. Ich schloss irritiert die Augen. Das Kribbeln auf dem Kopf war wieder da. Es zuckte so plötzlich durch mein linkes Ohrläppchen, dass ich mich erschrocken aufrichtete.

»Irmi, mein ›Mann‹ hat sich vor über einem Jahr von mir getrennt. Ich fahre dich nach Hannover, aber nur nachmittags. Und ich brauche mehr Vorlaufzeit, denn ich habe jetzt einen Hund, und ich muss organisieren, ob er in dieser Zeit zu Iris kann.«

»Ja, von dem Hund habe ich gehört. Ist Iris die, die gleich nach der Geburt wieder arbeiten gegangen ist? Wo der Mann zu Hause bleibt?«, fragte meine liebe Schwiegermutter, und ein spitzer Tonfall hing in ihren Worten.

»Genau die. Sie ist Tierärztin und hat eine eigene Praxis«, sagte ich fest und war mir sicher, dass meiner Schwiegermutter eine böse Bemerkung schon auf den Lippen hockte, sie aber aufgrund meines Tonfalls davon absah, sie zum Besten zu geben.

»Das heißt also, ich muss den Termin schon wieder verlegen? Weißt du, wie schwierig das ist?«

»Bestimmt«, sagte ich und dachte: »Ist mir egal, du alte Schreckschraube!« Von diesem bösen Gedanken wurde mir erneut ganz schwindelig. So etwas dachte ich doch sonst nicht.

»Ich rufe dich dann an und hoffe, dass du es einrichten kannst«, erwiderte meine Schwiegermutter spitz und legte dann einfach auf. Vermutlich um ihren Unmut über mein Verhalten zum Ausdruck zu bringen.

Ich ließ das Handy sinken und lehnte den Kopf an die Wand. Dann nahm ich alle Kraft zusammen und stemmte mich erneut in die Höhe. Ich presste die Füße aufs Parkett, beugte leicht die Knie, drückte die Fäuste in die Taille und reckte den Kopf. Dann nahm ich die Schultern zurück und fixierte durch das Fenster die Spitze des Kirschbaums.

Es passierte … nichts.

Ich fühlte mich keinen Deut besser. Eher im Gegenteil. Was vielleicht daran lag, dass ich wusste, dass ich mich besser fühlen sollte, aber rein gar nichts passierte. Die Superheldinnenpose funktionierte nicht mehr. Ich war verloren.

Schnell griff ich nach meinem Handy und suchte mit fliegenden Fingern Merles Nummer. Ich konnte jetzt keine Rücksicht auf irgendeinen Streit nehmen, an den ich mich nicht mal erinnerte. Ich brauchte jetzt meine kleine Schwester. Als Merle dranging, sagte ich dumpf: »Merle, kannst du bitte kommen? Die Superheldinnenpose hilft nicht.«

Kapitel zehn

Meine Schwester kam, und gemeinsam saßen wir heulend auf dem Flurteppich. Ich heulte, weil mein Leben so schrecklich war. Warum Merle gleich mitweinte, wusste ich nicht. Aber das hatte sie schon als Kind getan. Hatte ich mir wehgetan, weinte sie so lange mit mir, bis ich wieder aufhörte.

Fridolin war sehr besorgt und legte sich kurzerhand zwischen uns, trotzdem konnte Merle mich noch in den Arm nehmen und mir beruhigend den Kopf kraulen, wie sie es immer schon getan hatte, wenn das Leben schwierig wurde. Als Mark mich verlassen hatte, war sie die Erste gewesen, die ich angerufen hatte.

»Warum hilft denn die Superheldinnenpose nicht?«, schluchzte ich an ihrer weichen Schulter und strich mir eine ihrer wirren Dreadlocks aus dem Gesicht. Merle schwieg einen Moment. »Weil das Problem tiefer liegt. Die Superheldinnenpose hat ihre Grenzen.«

Ich hob den Kopf und sah sie an. Dann runzelte ich die Stirn. »Und wie tief liegt das Problem?«

»Es liegt vermutlich in den letzten 365 Tagen verborgen. Und in den zwanzig Jahren davor.«

»Danke für diese kryptische Antwort«, erwiderte ich indigniert. »Was willst du mir damit sagen?«

Merle hörte auf, mich zu kraulen, und ließ stattdessen Fridolin diese freundliche Liebesbekundung zuteilwerden. Der streckte umgehend alle vier Pfoten in die Luft und grunzte selig.

»Dass ich sehr froh bin, dass Mark aufgehört hat, dich zu tyrannisieren«, beschied sie schließlich knapp. Erschrocken starrte ich meine Schwester an und rückte ein kleines Stück von ihr ab.

»Wie meinst du das?«

»Mensch, Schwester. Dass ich so meine Probleme mit deinem Ex hatte, ist dir aber nicht entgangen, oder?«, fragte sie knapp und kniff missbilligend ihre Lippen zusammen. »Das Ganze ist ja auch nicht erst im letzten Jahr zum Problem geworden. Also er.«

Ich schüttelte den Kopf. Zwischen den beiden hatte es vom ersten Tag an eine beharrliche Abneigung gegeben.

»Immer weiß Mark alles besser, immer ist er wichtiger als alle anderen, ständig will er, dass die Dinge so laufen, wie er es möchte. Kommt dir das bekannt vor?« Fragend sah sie mich an. Natürlich kam mir das bekannt vor. »Und dann dieser Ordnungsfimmel. Alles musste an seinem Platz liegen, nur dass er gar nicht in der Lage war, Ordnung herzustellen. Er war doch derjenige, der wie ein Wasserfall Dinge um sich herum verteilte. Ständig hat er einfach alles stehen und liegen lassen, damit du es dann wegräumst.«

Ich starrte sie immer noch wortlos an, und Merle biss sich auf die Wangen, um ihren ungebremsten Redeschwall unter Kontrolle zu bringen.

Wir hatten nämlich eine Abmachung getroffen. Vor

vielen Jahren. Wir redeten nicht mehr über Mark. Also nur noch rudimentär, weil er ja nun in meinem Leben vorkam. Löschen konnte ich ihn nicht. Aber immer, wenn wir über ihn geredet hatten, hatten wir uns gestritten. Irgendwann hatten wir dann beschlossen, dass wir beide wichtiger waren, dass unsere tiefe Schwesternliebe leiden würde, wenn wir so weitermachten. Also gab es diesen Redestopp. Mark war kein Thema mehr. Sie fand ihn doof. Er sie auch.

Ich schloss die Augen und dachte darüber nach, was Merle gesagt hatte. Aber dann hätte es nach unserer Trennung doch eigentlich einfacher werden müssen zwischen ihr und mir. War es aber offenbar nicht. Zwischen uns lag etwas. Es war groß, schwer und lastete uns beiden auf der Seele. Sogar mir, obwohl ich ja noch nicht mal wusste, was genau das große, schwere Ding überhaupt war.

»Das ist doch alles ein Drecksmist!«, schnauzte ich inbrünstig und riss die Augen wieder auf.

Merle sah mich von der Seite an. »Respekt, große Schwester. Du brüllst neuerdings so laut. Das sieht dir nicht ähnlich, steht dir aber gut«, sagte sie, und dann tauchte ein sonderbar zufriedenes Lächeln in ihrem Gesicht auf. »Habe ich dir immer gesagt: Du musst viel mehr brüllen im Leben.«

Von irgendwoher ertönte ein Brummen. Dann summte es und zischte. »Was ist das?«, fragte Merle und hob den Kopf.

»Warte ab«, erwiderte nun ich kryptisch und spürte, wie Fridolin seinen Rücken dichter an mich drückte. Merle hatte sich mittlerweile halb aufgerichtet. »Das klingt gefährlich. Müssen wir fliehen?«

»Nein, das ist cool«, erwiderte ich und blieb völlig entspannt liegen. Und dann kam die Höllenmaschine um die Ecke gefahren. Sie drehte sich elegant einmal im Kreis, um Maß zu nehmen, und begann dann fein säuberlich die Ecken zu saugen.

»Ich fasse es nicht!« Merle lachte und ließ den Kopf wieder sinken. »Du hast einen Hauselfen. Du bist wahrlich eine glückliche Person.«

Eine Weile beobachten wir den Hauselfen bei seinem eifrigen Tun. Dabei kuschelte Fridolin sich noch dichter an uns heran. Ihm war die Höllenmaschine nach wie vor unheimlich. Mir ja eigentlich auch, aber ich wusste jetzt, wo der Aus-Knopf war. Merle streichelte dem Hund über den Kopf, und er schloss genüsslich die Augen.

»Ich mag ihn«, sagte Merle und klang zufrieden. »Mehr als Mark.«

Ich schwieg. Früher hatten Merle und ich sehr viel Zeit miteinander verbracht. Als Madeleine noch klein gewesen war, kam sie fast jeden Tag vorbei. Wir kochten zusammen, und Merle war es, die ihrer Nichte beibrachte, sich die Schuhe zuzubinden, Drachen steigen zu lassen und lange Romane zu lieben.

Irgendwann waren ihre Besuche seltener geworden. Und offenbar war sie im letzten Jahr kaum noch hier gewesen. Sonst hätte sie ja zumindest die Höllenmaschine kennen müssen.

»Wo wir gerade von Fridolin sprechen: Ich möchte ihm ein Halsband nähen. In Weiß mit roten Sternen drauf. Würde dem schwarzen Ungeheuer bestimmt gut stehen.«

»Sähe bestimmt perfekt aus«, stimmte ich zu, froh darüber, dass wir uns einig waren. Merle konnte hervorragend nähen und stricken. Jahrelang hatte Madeleine Klamotten von ihr getragen. Und mir hatte sie sogar mal einen gelben Pullover gestrickt. Der war eigentlich fantastisch, nur dass Mark meinte, ich sähe darin aus wie ein irrer Kanarienvogel.

»Kannst du mal Mamas Maßband holen? Damit ich seinen Halsumfang messen kann?«

Ich erhob mich, packte den Hauselfen und beförderte ihn zurück ins Wohnzimmer, dann lief ich die Treppe hoch in mein Schlafzimmer. Kaum stand ich vor der Kommode, in der ich Mamas Nähsachen aufbewahrte, fiel es mir allerdings siedend heiß ein: Ich hatte das Maßband kaputt gemacht. Und ich wusste immer noch nicht warum. Unschlüssig stand ich in meinem Schlafzimmer und hielt das zerschnittene himmelblaue Band in den Händen. Merle würde ausflippen. In Vollendung. Denn obwohl sie diejenige war, die wirklich nähte, hatte ich Mamas Nähsachen bekommen. Weil mir das kleine Kästchen, in dem sie ihre ganzen Utensilien aufbewahrt hatte, so wichtig gewesen war. Unsere Mutter hatte immer alles selbst genäht, und es gehörte zu meinen frühesten Kindheitserinnerungen, wie ich neben ihr auf dem Sofa gelegen hatte, während sie die Löcher im Bettzeug stopfte. Das kleine Kästchen hatte auch neben ihr gestanden, als sie gestorben war. Es war ihr stetiger Begleiter gewesen.

Ich schluckte trocken und umklammerte das Band. Dann steckte ich es mir in die Hosentasche und trabte langsam die Treppe wieder hinunter, wo Merle immer noch neben Fridolin auf dem Teppich lag. Ich setzte mich neben sie und erwog kurz zu lügen. Eiskalt zu behaupten, dass ich es nicht gefunden hatte. In Anbetracht meiner neuen Ordnungswut eine ziemlich unwahrscheinliche Aussage.

Merle sah mich an und streckte die Hand aus. »Maßband!«, sagte sie und richtete sich auf. Dann stupste sie Fridolin an, der sich ebenfalls hinsetzte. »Er ist der tollste Hund der Welt«, erklärte sie mir und lächelte. So harsch sie auch sein konnte, tief in ihr steckte ein extrem liebevoller Mensch, der für seine Familie und seine Freunde das letzte Hemd geben würde.

Ich verharrte erst mal regungslos.

»Was ist?«, fragte sie und kräuselte die Nase.

»Ich muss dir etwas sagen. Es wird dir nicht gefallen.«

»Aha. Dann mal los.«

»Also, es hat mit dem Himmel-Maßband zu tun.«

»Aha.«

Ich zog es aus der Hosentasche und legte die drei Einzelteile auf den Teppich. Merle atmete schnaubend aus. »Du hast Mamas Maßband kaputt gemacht?!«, fragte sie und klang angemessen fassungslos.

»Ich weiß nicht, warum ich das getan hatte. Ich muss einen Grund gehabt haben.«

Merle zog die Augenbrauen hoch. »Zerstörungswut? Dummheit?«

Ich schwieg und starrte sie an. Merle hatte die Lippen so fest zusammengekniffen, dass sie förmlich aus ihrem ebenmäßigen Gesicht verschwunden waren. »Es tut mir leid«, fügte ich kleinlaut hinzu.

»Okay«, sagte meine Schwester langsam, aber ihre Stimme klang jetzt sonderbar dünn. »Ich muss los. Tschüss.«

Sie sprang auf, und ich kam ebenfalls auf die Füße.

»Warte doch. Lass uns noch einen Kaffee trinken.« Ich sah ihr zu, wie sie in ihre Schuhe schlüpfte, und fügte leise hinzu: »Bitte.«

Doch Merle ging. Weil ich Mamas Maßband kaputt gemacht hatte. Weil zwischen uns dieses große Ding lag. Weil ich vielleicht im vergangenen Jahr keine gute Schwester gewesen war.

Mit einem tiefen Seufzen ließ ich mich auf den alten Berberteppich im Flur sinken. Auf ihm hatte Madeleine krabbeln gelernt, und in seinen Untiefen beherbergte er die Krümel der vergangenen zwanzig Jahre meines Lebens. Wie viel hatte dieser Teppich im letzten Jahr wohl gesehen, von dem ich keinen blassen Schimmer hatte?

Nach einer Weile raffte ich mich schließlich auf und stieg erneut die Treppe ins Obergeschoss hoch. Ich öffnete die Türen meines Kleiderschranks weit und starrte auf den sortierten Inhalt. Es sah perfekt aus. Lücken gab es nur an den Stellen, wo ich zwischendurch schon Klamotten herausgezogen hatte. Dort lag meine Unterwäsche unordentlich zerknüllt, einer der Kleiderbügel hing verkehrt herum auf der Stange, weiter rechts hatte ich gestern eine blaue Bluse herausgezupft. Und meine Jeans waren auch alle zerwühlt, weil ich irgendwie an die unterste Hose hatte kommen müssen. Ordnung lag mir nicht. Dieser Gedanke brachte mich zu einem verzweifelten Auflachen. Wieso hatte ich mich dann das vergangene Jahr über derartig dazu gezwungen? Ich war kaum eine Woche zu Hause, und schon breitete sich das Chaos langsam, aber stetig wie ein unaufhaltsamer Lavastrom wieder aus. Schließlich gab ich mir einen Ruck und zerrte alle Klamotten aus dem Schrank. Es war mir tatsächlich zuzutrauen, dass ich Merles Pullover weggeschmissen hatte. Ich konnte nur hoffen, dass in diesem Fall die Vernunft rechtzeitig nach mir gegriffen und es verhindert hatte. Ich wühlte mich durch meine Habseligkeiten. Einige Dinge warf ich gleich auf einen Haufen. Sie passten mir schon jetzt nicht mehr. Wie wenig hatte ich bitte in diesem Jahr gegessen, um in solche Teilchen zu passen? Mein Körper hatte bereits innerhalb weniger Tage begonnen zu expandieren und sich langsam, aber sicher wieder meiner gewohnten Körperform anzunähern.

Schließlich stand ich knietief in Klamotten. Fridolin kam um die Ecke getrabt, warf einen verzückten Blick auf das Chaos und begann dann in Windeseile, sich aus meinen Blusen und Socken ein Bett zu bauen. Ich hatte nicht genug Kraft, ihn daran zu hindern. Auch weil er so glücklich aussah.

Und dann fand ich ihn. Merles gelben Pullover. Ich seufzte auf und schlüpfte umgehend hinein. Er reichte mir fast bis zu den Knien, und auch an den Ärmeln war er zu lang. Er war für einen sehr großen Menschen gestrickt, oder für jemanden, der ein Kleidungsstück brauchte, um sich darin zu verstecken. Ich erinnerte mich an Marks lautes Lachen, als ich ihn zum ersten Mal getragen hatte. »Tweetie« hatte er mich genannt. Wenn man das alles bedachte, kam man zu dem Schluss, dass Mark ein furchtbarer Mensch war. Dabei hatte ich ihn ja mal geheiratet.

Und wenn ich die Ergebnisse meines ganzen Selbstoptimierungswahns in den letzten Monaten so betrachtete, musste ich nach unserer Trennung sogar noch daran gearbeitet haben, ihn wieder zurückzubekommen.

Kapitel elf

Ich dachte, wenn ich mir einen jungen Mann suche, bleibt mir das alles erspart.«

Lena Burghausen war wohl das, was man landläufig als harten Knochen bezeichnete. Vom Leben als alleinerziehende Mutter gestählt, selbstständig, finanziell unabhängig, mit einer klaren Meinung zum Leben. Ihr Humor war allerdings so bitter, dass ich immer wieder zwischen Lachen und Weinen schwankte.

»Martin ist fünfzehn Jahre jünger als ich, was in meinem Freundes- und Bekanntenkreis durchaus für Erheiterung gesorgt hat. Und dann kam vor sechs Monaten die Diagnose: Magenkrebs. Jetzt dauert es nicht mehr lange. Einen Platz im Hospiz scheinen wir nicht mehr zu bekommen. Aber das interessiert Sie ja alles gar nicht, wir wollen hier ja über Fakten sprechen. Sie befassen sich tagtäglich mit dem Tod. Ihre Kapazität, sich Gejammer anzuhören, ist sicherlich auch begrenzt.« Sie holte ein schwarzes Notizbuch heraus und legte es auf den Tisch. Ich stellte meine Teetasse daneben.

»Gut, fangen wir noch einmal ganz vorne an«, sagte ich ernst und erntete dafür einen verständnislosen Blick. »Bis jetzt habe ich verstanden, dass wir die Beisetzung Ihres Mannes planen. Der sehr schwer erkrankt ist und in absehbarer Zeit sterben wird.«

Frau Burghausen nickte. »Ich muss jetzt sehr viele Dinge auf einmal entscheiden«, sagte sie, und ich hörte ein leichtes Zittern in ihrer Stimme.

»Nein, eigentlich nicht«, erwiderte ich. »Sie können sich erst einmal ganz mit dem bevorstehenden Tod Ihres Mannes befassen ...«

Sie unterbrach mich. »Sie sind bisher die Einzige, die den Tod auch Tod nennt. Es gibt unfassbar viele Synonyme dafür. Wussten Sie das? Und jedes einzelne habe ich in den vergangenen Wochen von den Pflegern und Ärzten und auch von meinen Freunden zu hören bekommen.«

»Ich weiß. Es fällt uns schwer, den Tod auch Tod zu nennen. Wir hier allerdings glauben, dass wir es nur verstehen, wenn wir den Tod nicht umschreiben. Besonders Kindern gegenüber ist das sehr wichtig. Wenn man ihnen nämlich erzählt, der Opa schläft nur, bekommen sie vielleicht selbst Angst vor dem Schlafen. Dass der Opa nicht mehr da ist, das verstehen sie nämlich durchaus.«

Einen Moment lang musterte Frau Burghausen mich regungslos. Dann blinzelte sie. »Mein Mann wird sterben«, sagte sie dann so leise, dass ich sie kaum verstand. »Er wird sterben, und ich kann es nicht verhindern. Ich bin nicht sicher, wie ich das aushalten soll.« In ihren Augen konnte ich sehen, dass sie sich mit ihrem Gefühlsausbruch selbst ein wenig überrascht hatte. Im nächsten Moment straffte sie die Schultern, als riefe sie sich innerlich zur Ordnung, und fragte in einem fast normalen Tonfall: »Also, was soll ich jetzt tun?«

»Verbringen Sie Zeit mit Ihrem Mann. Natürlich muss man jetzt schon ein paar Dinge regeln. Aber ganz wichtig ist, dass Sie Zeit für Ihren Mann und auch für sich haben, dass Sie sich auch um sich selbst kümmern.«

Wieder sah Frau Burghausen mich schweigend an. »Die habe ich schon seit Monaten nicht mehr«, sagte sie schließlich. »Wissen Sie, was mich wirklich erschüttert hat?«, fragte sie dann. Ich schüttelte den Kopf. »Mich hat zutiefst getroffen, dass meine Umwelt davon ausgegangen ist, dass ich als seine Frau ihn pflegen würde. Gerade die ältere Generation war ganz aus dem Häuschen, dass ich das über Pflegedienste organisiert habe. Ich hätte eigentlich gedacht, dass mich diese Missbilligung kaltlässt. Tut sie aber nicht.« Sie blickte auf und knetete ihre Finger im Schoß. »Dabei ist das alles auch so schon schwer genug. Ich kann ihn nicht pflegen. Ich kann dem Mann, den ich liebe, nicht den Hintern abwischen.«

»Müssen Sie auch nicht«, erwiderte ich fest und beugte mich etwas nach vorne. »Wir erleben hier oft genug Frauen, die von der Pflege ihrer Angehörigen völlig aufgefressen werden, denen gar keine Zeit mehr bleibt, liebevoll Abschied zu nehmen. Die es aber einfach akzeptieren, neben dem Beruf, den Kindern, dem Haushalt auch noch die Schwiegermutter zu pflegen. Was natürlich völlig in Ordnung ist, wenn es nicht über die eigenen Kräfte geht, was oft genug passiert. Und dann ist da kein Raum mehr für einen guten und würdevollen Abschied.«

Frau Burghausen sah mich regungslos an, aber in ihrem Kopf wirbelten ganz offensichtlich die Gedanken.

»Wir sind so ungeübt mit dem Tod«, fuhr ich fort. »Er kommt in unserer Gesellschaft nicht mehr vor. Wir klammern ihn und alles, was damit zusammenhängt, völlig aus. Vielleicht können wir ihn deswegen auch nicht mehr beim Namen nennen und umschreiben ihn nur noch. Und wenn er kommt, was unausweichlich ist, haben wir keine Ahnung und folgen den Ritualen, die wir vorgelebt bekommen. Es gibt im Bestatterwesen sehr viele Regeln. Aber es gibt keine einzige Regel, die besagt, wie man richtig trauert. Jeder muss seinen eigenen Weg finden. Wir hier möchten Ihnen dafür Raum geben. Wir begleiten Sie und helfen Ihnen herauszufinden, wie Ihr eigener Weg aussehen kann. Was möchte denn Ihr Mann? Sie haben doch sicherlich darüber gesprochen?«

»Oh«, sagte sie und klappte ihr Buch auf. »Er ist der Coole in dieser Situation. War er aber immer schon.« Sie zog einen Zettel aus ihrem dicken Notizbuch. »Er möchte verbrannt werden. Und er will es schlicht. Entspannt. Alle Freunde sollen kommen. Er hat ein paar Lieder aufgeschrieben, die gespielt werden sollen. Ich soll etwas sagen, wenn ich mag. Wenn nicht, ist das auch nicht schlimm.« Sie schluckte, und in ihrem Gesicht zuckte es, doch sie gewann den Kampf. Vielleicht, weil sie es gewohnt war, immer weiter zu funktionieren, obwohl sie mit ihren Kräften eindeutig am Ende war. »Das Einzige, was er sehr deutlich gesagt hat, ist, dass er nicht auf einem Friedhof beigesetzt werden möchte.«

Ich verzog das Gesicht. »Es gibt da leider eine rechtliche Regelung. Wir haben eine Friedhofspflicht in Deutschland. In Bremen gibt es eine Ausnahme, aber das ist kompliziert. Man kann das auch über die Schweiz versuchen. Aber faktisch darf man nicht mal einen Toten durch die Gegend fahren, wenn man nicht Bestatter ist.«

»Das ist ja Mist«, sagte sie trocken.

»Was wäre denn für *Sie* schön? Kennen Sie die Friedhöfe hier in der Gegend?«

»Für mich?«, fragte sie erstaunt. »Ich habe keine Ahnung.« Sie ließ die Hände sinken und wurde blass. »Ich weiß nicht, was für mich schön wäre. Ein Grab auf einem Friedhof? Ein Friedwald? Ich weiß es nicht. Bin ich der Typ, der jede Woche zum Friedhof läuft, um die Blumen zu gießen? Die Vorstellung, dass seine Asche bei mir bleibt, hat mich irgendwie die ganze Zeit über ein klein wenig beruhigt.« Jetzt zitterte ihre Stimme.

»Frau Burghausen. Ich mache Ihnen einen Vorschlag. Denken Sie doch einfach mal in den kommenden Tagen darüber nach. Vielleicht gehen Sie mal auf den Friedhöfen spazieren. Da sieht man auch gleich, wie die Friedhofsverwaltung so drauf ist. Einige sind sehr streng, andere lockerer.«

Frau Burghausen schnaubte und sah mich ein wenig an, als hätte ich den Verstand verloren. »Ich hab ja auch sonst nichts zu tun.«

Dazu fiel mir auch nichts mehr ein, und ich lehnte mich in meinem Sessel zurück. Ich verstand sie nur zu gut. Aber es war hilfreich, sich wenigstens über die grundlegenden Dinge Gedanken gemacht zu haben, damit man am Ende nicht völlig kopflos durch die Gegend stolperte.

»Es muss für *Sie* gut sein«, sagte ich schließlich. »Sie sind diejenige, die bleibt.«

Frau Burghausen nickte knapp. Dann schnappte sie sich ihr dickes Notizbuch und erhob sich. »Wann melde ich mich wieder? Wie geht es jetzt weiter? Wenn er tot ist?« Sie schluckte, und ich stand ebenfalls auf.

»Sie melden sich, wenn Sie noch mal darüber sprechen wollen. Oder wenn Sie eine Frage haben. Oder wenn Sie im Rosengarten einen Kaffee trinken wollen, um nachzudenken.«

Jetzt zuckte ein Grinsen in ihrem Mundwinkel. »Danke«, sagte sie knapp und verstaute ihre Sachen in der Handtasche. Dann reichte sie mir die Hand und verließ zackigen Schrittes mein Büro.

Vor dem schon der nächste Besucher stand. Mein Kollege Eduard. Ich schielte auf den Stapel mit den Dingen, die ich noch zu erledigen hatte. »Moin, Kollege, was kann ich für dich tun?«, fragte ich und räumte die Tassen auf das Tablett.

»Du nichts. Ich wollte zu Fridolin.«

»Oh. Äh, bitte«, sagte ich verdutzt, stellte das Tablett auf die kleine Anrichte und setzte mich hinter meinen Schreibtisch, um mich endlich dem dringend notwendigen Papierkram zu widmen. Aus dem Augenwinkel beobachtete ich, wie Eduard sich auf den Boden setzte und Fridolin sich freudig mit der Rute klopfend von seiner Decke erhob und zu ihm lief. Eduard kraulte ihm die Ohrspitzen, was Fridolin genüsslich die Augen schließen ließ, streichelte das samtige Fell auf seinem Kopf, fuhr mit kraftvollen Bewegungen über den Hunderücken. Und schwieg. Mein Hund rückte nach und nach immer ein Stückchen näher und legte ihm schließlich den Kopf auf die Schulter. So verharrte er, während Eduard sanft seine großen, schwieligen Hände um ihn legte. Offenbar musste Eduard etwas loswerden. Vielleicht hatte er einen schwierigen Vormittag gehabt. Es war manchmal auch mit viel Übung nicht leicht, immer die Distanz zu wahren.

Ich fing an, die Bestelllisten durchzugehen und meine Mails zu beantworten. Das Gespräch zwischen Eduard und Fridolin ging mich nichts an.

Drei Stunden später stellte ich mein Telefon auf Alex um, fuhr den Computer runter und sortierte noch einmal grob die Stapel auf meinem Schreibtisch. Heute hatte es nur wenige Dinge gegeben, von denen ich keine Ahnung gehabt hatte, weil sie in den 365 vergangenen Tagen geschehen waren. Oder aber ich hatte sie problemlos in meinen Mails oder den anderen Unterlagen gefunden.

Ich seufzte und streckte mich. Mit meinen fünf Stunden täglich schaffte ich nie das, was ich mir vorgenommen hatte. Fridolin erhob sich und streckte sich wie eine Katze. Dann gähnte er ausgiebig und bleckte dabei sein kräftiges Raubtiergebiss. Zum Abschluss schüttelte er sich so energisch, dass eine Wolke an Staub und Haaren sich um ihn herum erhob. Obwohl wir erst so kurz zusammenlebten, wusste er genau, wenn ich meinen Computer runterfuhr, hieß das Feierabend. Freundlich lächelte er mich an und kam zu mir unter den Schreibtisch, um seine Nase auf mein Bein zu legen. Ich warf einen Blick auf meine Uhr. Fast schon halb zwei. Um zwei hatte ich mich mit Iris zu einem Hundespaziergang im Elm verabredet. Eilig packte ich meine Sachen zusammen, leinte Fridolin an und lief in Alex' Büro.

»Ich bin weg. Bis morgen!«, sagte ich und schob meinen Kopf um die Ecke. Alex hob knapp den Blick von seinem Schreibtisch, der nicht besser aussah als mein eigener, und schlagartig befiel mich ein schlechtes Gewissen.

»Hast du die Blumen für Dienstag bestellt?«, fragte er und wirkte dabei ein wenig hektisch.

»Klar.«

»Ich glaube, der Kaffee ist bald alle.«

»Hab neuen gekauft.«

»Ha!«, schnaufte mein Kollege und versank wieder in seinen Papierstapeln. Und dann murmelte er noch: »Was wären wir bloß ohne dich? Verloren wären wir!«

Da stand ich aber schon auf dem Flur und hatte mir Fridolins Leine um die Schulter gehängt, um in meiner Handtasche nach meinem Autoschlüssel zu suchen. Es kribbelte in mir. Erst dachte ich, mir würde wieder komisch werden, und vorsorglich legte ich schon mal eine Hand auf meinen Kopf. Aber es geschah etwas anderes. Mein Herz machte einen sonderbaren Doppelschlag. Nicht unangenehm. Eher so, als wollte es mir kurz zeigen, zu was es in der Lage war. Fridolin setzte sich abwartend hin und sah zu mir auf.

Maria eilte über den Flur. Ihr buntes Kleid bauschte sich fröhlich im Luftzug, und ihr Lippenstift war heute orange. »Bis morgen!«, rief sie im Vorbeilaufen, und ich blickte ihr hinterher. Ein Gespräch fiel mir ein. Zwischen Maria und mir. Es musste kurz nach Melanies Tod gewesen sein. Wir hatten hier auf dem Flur gestanden, und Maria hatte ein Gewand getragen, auf dem kleine bunte Blumen einen verrückten Reigen tanzten. Aus irgendeinem

Grund konnte ich mich genau an dieses Detail erinnern. Maria war in diesem Gespräch sehr energisch gewesen. Sie sagte mir damals, dass es an der Zeit sei, Vollzeit einzusteigen. Dass sie mich bräuchte. Dass ich eine wertvolle Mitarbeiterin sei, ohne die nichts laufen würde. Und ich erinnerte mich auch an meine Antwort: Nein. Das ginge nicht. Ich runzelte die Stirn. Warum eigentlich nicht? Ich schüttelte leicht den Kopf, wie um meine vergessene Erklärung dazu herauszuschütteln, aber da kam nichts.

»Bis morgen!«, rief ich schließlich mit mehreren Sekunden Verspätung in den leeren Flur hinein, und dann sah ich zu, dass ich in den Elm kam, wo Iris mit Kinderwagen, Baby und ihren beiden bretonischen Tierschutzhunden auf mich wartete.

Wir wanderten strammen Schrittes mitten hinein in den alten Buchenwald, der wunderschön gelegen direkt an das Braunschweiger Land grenzte. Iris erzählte von ihrer Praxis, die sie jetzt mittwochnachmittags schloss, damit ihr Mann zum Sport gehen konnte. Ich merkte an ihren Worten, dass es zu diesem Thema eine Vorgeschichte gab, die ich blöderweise vergessen hatte. Kurz spielte ich mit dem Gedanken, sie danach zu fragen, aber dann ließ ich es bleiben. Iris hatte vergessen, dass ich es vergessen hatte, und ich fand, dass es für den Moment auch keine Rolle spielte. Sie erzählte von ihren Patienten und ihrer neuen Sprechstundenhilfe, die leider Angst vor Schlangen und Spinnen hatte, was ein wenig ungünstig war, denn schließlich gehörten Schlangen und Spinnen durchaus zur üblichen Klientel ihrer Praxis. Und sie erzählte mir, dass ihr kleiner Sohn zum ersten Mal herzhaft gelacht hatte. Ich schwieg und hörte zu. Sie war so voller Tatendrang. Voller Kraft. Und so jung. Während ihr Kind das erste Mal Brei bekam, war meines ausgezogen, um sein eigenes Leben zu führen.

Ein Jogger kam ganz in Neon gekleidet auf uns zu, und Iris rief ihre Hunde zurück. Fridolin brauchte keinen Rückruf, er kam ganz automatisch mit, und ich leinte ihn ebenfalls an. Als der farbenfrohe Jogger vorbei war, ließen wir die Hunde wieder laufen.

»Wie geht es denn dir, Feli?«, fragte Iris, als sie die Leinen wieder unter dem Kinderwagen verstaute. »Wenn ich dich treffe, habe ich irgendwie immer das Bedürfnis, dir mein ganzes Leben zu erzählen.« Sie klang plötzlich ein wenig betroffen. Offenbar war ihr mein verlorenes Jahr wieder eingefallen. Sie räusperte sich. »Vielleicht liegt es auch daran, dass du plötzlich so entspannt wirkst«, sagte sie, jetzt allerdings sehr viel leiser, so als würde sie mir ein Geheimnis anvertrauen.

»Vielleicht sollte ich anfangen, Vollzeit zu arbeiten«, sagte ich ganz unvermittelt. Das hatte ich so gar nicht geplant, aber kaum hatte ich den Mund geöffnet, war dieser Satz herausgekommen.

»Also, ich finde ja, dass das ein toller Gedanke ist.« Iris lächelte mich sonderbar scheu von der Seite an, und wieder hatte ich das Gefühl, dass es hier eine Vorgeschichte gab. Iris war nämlich eine Menge, nur nicht unbedingt scheu. Ich betrachtete die von der Sonne beschienenen Baumwipfel über uns. »Warum habe ich das nicht schon längst getan?«

»Hm«, brummte sie. Sie tat mir ein wenig leid, denn ganz offensichtlich hatte sie zwar eine Meinung zu diesem Thema, es fehlte ihr aber offenbar der Mut, diese auch auszusprechen.

»Ich weiß es wirklich nicht mehr«, erklärte ich ihr. »Ich habe immer gesagt, wenn meine Tochter auszieht, fange ich wieder an, Vollzeit zu arbeiten.«

Iris schien sich ein Herz zu fassen. »Du warst so beschäftigt.«

»Aber womit denn?« Ich blieb stehen und sah sie an. Iris stoppte ebenfalls und drehte sich zu mir um. Sie schien noch einen Moment zu zögern, dann sagte sie leise: »Mit dir. Außerdem fand dein Mann, dass du nicht arbeiten solltest. Zumindest nicht mehr.« Das war Marks beständiger Monolog gewesen in den letzten Jahren, daran erinnerte ich mich durchaus.

»Das muss dir doch ziemlich schräg vorgekommen sein. Immerhin stand so eine Rollenverteilung bei euch nie zur Debatte«, sagte ich, dachte einen Moment nach und fügte hinzu: »Glaube ich.«

Iris grinste. »Nein, das stand bei uns nie zur Debatte. Aber jeder muss so glücklich werden, wie er oder sie es für richtig hält. Und die Idee, dass auch Männer ohne Weiteres Kinder großziehen können, scheint ja jetzt erst überhaupt ins Rollen zu kommen«, sagte ich und hatte plötzlich einen Kloß im Hals. Es war, als würde ich mich selbst in aller Deutlichkeit sehen. Wie um das klarzumachen, schien mir plötzlich ein Sonnenstrahl durch die unbelaubten Baumwipfel ins Gesicht. »Hast du mich nicht für furchtbar spießig gehalten?«

Iris räusperte sich wieder und begann langsam, wie nebenbei, den Kinderwagen zu schaukeln. Dabei schlief ihr Kind tief und fest. »Ich habe dich auf diesem Straßenfest kennengelernt und hatte tatsächlich diesen Gedanken. Dass dein Leben so viel einfacher ist als meins. Schon allein, weil ich bei uns für die finanziellen Belange zuständig bin. Gleichzeitig geht es aber um so viel mehr. Es geht unter anderem um eine Rente. Und um das Gefühl, meinen Lebenstraum zu verwirklichen. Denn das ist die Praxis für mich. Für mich kann es nur eine geteilte Elternschaft geben. Beide gleichberechtigt.« Sie kniff kurz die Lippen zusammen und schien nachzudenken. »Ich habe mich mit einem Stück Kuchen neben dich gesetzt, während du an einem Apfel gekaut hast. Das hat mich schon mal tief erschüttert. Ich kann nämlich nicht ohne Zucker leben. Aber dann hast du mir einfach zugehört, mich reden lassen. Über meine Ängste. Ich war schwanger und hatte schreckliche Angst. Du hast mir Mut gemacht. Dann habe ich deine Tochter kennengelernt, und die war einfach großartig. Ich habe mit meinem Plan, gleich wieder in die Praxis einzusteigen, echt viel Gegenwind bekommen. Du warst eigentlich die Einzige, die mich darin bestärkt hat. Und der ich das ohne Weiteres glauben konnte, weil du ja wusstest, wovon du sprichst. Du bist eine sehr kompetente Mutter. Gut, als ich dich kennengelernt habe, warst du auch noch ein wenig zwanghaft. Ich habe das darauf geschoben, dass dein Mann dich gerade verlassen hatte.« Ich hob eine Augenbraue, wollte etwas sagen, doch Iris kam mir zuvor: »Abgesehen davon glaube ich, dass du deine Tochter ganz alleine großgezogen hast. Dein baldiger

Ex-Mann«, jetzt war es an ihr, eine Augenbraue hochzuziehen, »hat sich voll und ganz selbst verwirklicht. Aber du hast deinem Kind Wurzeln und gleichzeitig Flügel gegeben. Das hat mich total beeindruckt. Außerdem hast du mir die Superheldinnen-Pose beigebracht. Ohne die wäre ich schon lange tot.«

Kapitel zwölf

Iris hielt mich also für Super Mom. Die allerdings emanzipatorisch nicht so richtig weit gekommen war. Ich schloss die Haustür auf, schmiss die Hundeleine auf die alte Bank und schlüpfte aus meinen Schuhen. Dann folgte ich Fridolin in die Küche, wo er schon mal seinen halben Napf leer getrunken hatte. Ich füllte mir ein Glas Wasser am Wasserhahn und trank es ebenfalls in einem Zug aus. Fridolin gähnte einmal ausgiebig, dann schüttelte er sich und trabte zu seinem Körbchen neben meinem Lesesessel. Ich füllte mir noch einmal nach und betrachtete für einen Moment die feinen Luftperlen in dem zartblauen Trinkglas. Es war alt. Ich hatte es mal auf einem Flohmarkt erstanden und liebte es seither innig. Ursprünglich waren es vier Gläser gewesen. Glas eins und zwei waren eines natürlichen Todes gestorben. Mit Glas drei hatte ich versucht, Mark den Schädel einzuschlagen, nachdem er mir in lässig entspanntem Tonfall mitgeteilt hatte, dass er es für besser hielt, wenn wir uns trennten. Das sei der ganz natürliche Verlauf unserer Beziehung. Ich würde es ja auch spüren. Nur dass ich gar nichts gespürt hatte. Außer Mordlust. Mark hatte einfach weitergeredet und erklärt, nach zwanzig Jahren Ehe sei ich halt ein wenig fad geworden. Und während er sich in seinem Beruf immer neuen

Herausforderungen stellte, sei bei mir ja schon ein wenig die Luft raus.

Ich starrte auf mein antikes Wasserglas und schnaubte. Fad. Ich. Aber, so hatte er mir damals großzügig zugestanden, ich wäre ja irgendwie auch seine beste Freundin, und die ganze Trennung sollte deshalb ganz friedlich und freundschaftlich verlaufen. Er war sehr erstaunt, als Wasserglas Nummer drei direkt neben seinem Schädel zerschellte. Und doch hatten seine Worte ganz offensichtlich etwas bei mir bewirkt. Ich trank noch einen Schluck Wasser und stellte dann Glas vier auf den Küchentresen zurück.

Im Haus rumpelte es.

Fridolin hob lauschend den Kopf, und ich hielt den Atem an. Kurz warf ich der Höllenmaschine einen Blick zu, doch die ruhte friedlich an ihrer Ladestation. Bevor ich jedoch in Panik ausbrechen konnte, kam schon jemand die Treppe runtergepoltert wie ein Elefant auf der Flucht. Das alte Haus bebte unter diesen mächtigen Schritten, dabei war mein baldiger Ex-Mann nicht viel größer als ich. Er war nur einfach viel mehr da, als ich es je war. In jeder Hinsicht.

»Ach, du bist zu Hause. Hab dich gar nicht kommen hören.« Als Mark in der Küche auftauchte, hielt Fridolin nichts mehr in seinem Körbchen. Er schoss nach vorne und bellte. Marks selbstsichere Schritte stoppten abrupt, und ich konnte gar nicht so schnell gucken, wie er sich mit einem Stuhl bewaffnete.

»Ruf die Bestie zurück!«, schrie er und holte doch tatsächlich mit dem Stuhl aus.

Ich trat einen Schritt vor. »Runter mit dem Stuhl!«, sagte

ich, und meine Stimme bebte plötzlich vor Wut. Wie der Rest von mir auch. Die Wut schoss durch mich hindurch und brachte mich gänzlich aus der Fassung.

»Feli. Dieser Hund ist gefährlich!«, sagte Mark, ließ aber den Stuhl sinken, denn die Bestie hatte beschlossen, dass es hinter meinen Beinen vermutlich sicherer war als davor. Offenbar glaubte er, ich hätte die Gefahr im Griff.

»Felicitas. Du musst dieses Tier zurück ins Heim bringen. Es ist gefährlich.« Die letzten Worte artikulierte mein baldiger Ex-Mann ganz langsam und laut. Als wäre ich ein wenig dämlich. Dabei war er es, der nicht begriffen hatte, was hier gerade passierte.

Mein Kopf hatte wieder begonnen, furchtbar zu kribbeln. Ein ganzer Ameisenhaufen trabte mir über die Kopfhaut. Mein Atem raste, und mein Herz sprang mir fast aus dem Hals. Etwas stimmte nicht mit mir. Ich blinzelte angestrengt, doch irgendwie flimmerte es vor meinen Augen. Vorsichtig legte ich mir eine Hand auf den Kopf, ungeachtet der Tatsache, dass das sonderbar aussehen musste.

Mark seufzte tief. »Es geht nicht, dass dieses gefährliche Tier hier frei herumläuft. Ich muss hier arbeiten. Er hätte mich anfallen können.«

»Er hat sich erschreckt, weil du plötzlich aufgetaucht bist«, sagte ich dumpf. »Wo ist dein Auto?«

Mark zögerte. Und dann log er. Ich erkannte seine Lügen meistens auf den ersten Blick. Er kniff dann immer so sonderbar die Augen zusammen, als müsste sein Gehirn hart arbeiten, um sich schnell irgendein Konstrukt auszudenken. »Ich bin mit dem Fahrrad da. Was für die schlanke Linie tun.« Ich nickte nur knapp, weil es mir eigentlich egal war, dass er seinen Führerschein mal wieder verloren hatte. Er fuhr notorisch zu schnell. Und parkte überall dort, wo man als normaler Mensch nicht parken sollte.

Das Beben in meinem Kopf ließ immer noch nicht nach. Im Gegenteil, es wurde immer heftiger. Ich kniff kurz die Augen zusammen und beugte den Kopf nach vorne.

»Alles okay?«, fragte Mark.

»Ich habe Kopfschmerzen«, erwiderte ich, weil ich das, was sich in meinem Kopf abspielte, nicht genau in Worte fassen konnte. Es war kein richtiger Schmerz, mehr wie ein Dauerblitz.

»Dann nimm doch eine Tablette und leg dich ein wenig hin«, sagte er, und wieder nickte ich nur. »Feli. Ich meine es ernst. Der Hund muss weg. Ich kann nicht jedes Mal um mein Leben fürchten, wenn ich in mein Büro muss.«

»Der Hund bleibt«, sagte ich leise.

»Wir haben darüber gesprochen, dass wir das Haus nicht halten können, wenn ich mir ein externes Büro suchen muss.« Seine Worte klangen fast kalt, und irgendetwas stimmte daran nicht.

»Lass uns wann anders darüber sprechen«, erwiderte ich, denn das war jetzt eindeutig ein Blitz in meinem Kopf. Er brachte mich zum Vibrieren. Zuckte in meinem Hirn hin und her. Mark zögerte. Wohl nicht, weil es mir nicht gut ging, sondern weil ich nicht auf seine Worte einging. Aber ich konnte nicht. Ich konnte ihm nicht zustimmen. Ich wollte nicht, dass er weiterhin in diesem Haus ein- und ausging, als würde er hier noch wohnen.

Ich wollte nicht, dass er anderen Leuten erzählte, wir hätten uns friedlich getrennt und wären immer noch die besten Freunde. Denn das waren wir nicht. Ich öffnete den Mund, um etwas zu sagen, aber es kam nichts heraus. Noch nicht. In mir brodelte wieder diese sonderbare Wut, und sie war sehr mächtig, aber vorerst fehlten mir die Worte.

»Ich fahr dann mal. Aber mit dem Hund musst du eine Lösung finden. Vielleicht sperrst du ihn in die Garage. Oder er kommt doch weg. Er ist gefährlich.« Mit diesen Worten schenkte er mir unter Einsatz all seiner strahlend weißen Zähne ein Lächeln und ging.

Er war noch nicht ganz aus der Küche, da hob sich meine Hand. Sie tat das ganz automatisch. Wie ferngesteuert. Und dann holte sie aus und warf.

Das blaue Glas zersplitterte mit einem unerwartet lauten Knall an der Zimmerwand. Blassblaue Splitter regneten auf das Parkett. Und im selben Moment knallte die Haustür ins Schloss. Regungslos starrte ich auf die blauen Scherben, die die kleine Lampe auf dem Beistelltisch mit zauberhaften Lichtreflexen versah. Das Ganze war fast hübsch anzusehen.

Benommen schüttelte ich den Kopf. Das Kribbeln war verschwunden. Ich blinzelte, und meine Sicht schärfte sich wieder, als wäre nichts geschehen. Im nächsten Moment klingelte es an der Tür, und der schrille Ton riss mich endgültig aus meiner Trance.

»Komm«, sagte ich zu Fridolin, der mir in respektvollem Abstand zur Tür folgte. Ich wollte keinesfalls, dass er in die Scherben trat, deswegen drückte ich im Vorbeigehen noch den grünen Knopf der Höllenmaschine. Sollte sie gefälligst sauber machen.

In der Erwartung, Mark schon wieder vor mir zu sehen, riss ich die Tür auf. Mein lieber Ex war ja schließlich erst einen Atemzug lang verschwunden. Vielleicht traute er sich nicht mehr, seinen Schlüssel zu benutzen. Unten an der Treppe stand aber Herr MacAlister, was mich noch mehr aus dem Konzept brachte. Schließlich war das hier der völlig falsche Kontext.

»Hi«, sagte er und grinste.

»Hallo«, sagte ich matt und ließ Fridolin vorbei, der unseren Besucher überschwänglich begrüßte.

»Ach, und Sie sind ein Kollege? Auch so ein Totengräber, ja?«

Mark. Ich beugte mich vor und sah ihn vor dem Gartentor stehen. Er hielt sein Rad betont lässig mit einer Hand am Lenker und sah irgendwie verstört aus. Offenbar hatte es, bevor ich die Tür geöffnet hatte, bereits einen Wortwechsel zwischen den beiden gegeben.

»Ja, ein Kollege von Felicitas«, nickte Herr MacAlister, würdigte Mark aber keines Blickes. Stattdessen sah er mich an.

»Sie haben Ihr Handy in der Firma vergessen. Ich dachte, Sie brauchen es sicherlich.« Er hatte plötzlich einen ganz leichten englischen Akzent. Der war mir bisher nie aufgefallen. Und er sah völlig anders aus. Statt des dunklen Anzugs trug er eine Jeans, blaue Sneakers und ein etwas fadenscheiniges hellblaues Shirt. Alles in allem sah er ein wenig abgerissen aus und erschien damit wie das genaue Gegenteil des Sebastian MacAlister, den ich bisher kennengelernt hatte.

Mark lehnte immer noch am Tor.

»Tschüss, Mark«, sagte ich und rang mir ein Lächeln ab.

»Ja, tschüss«, sagte er und drehte sich um.

»Ich hoffe, ich komme nicht ungelegen«, sagte mein neuer Kollege. »Ich werde auch gleich wieder gehen.« Er hielt mir das Handy entgegen, und ich nahm es ihm aus der Hand. »Ihr Haus lag auf dem Weg. Und anrufen konnte ich nicht.« Mit einem schiefen Grinsen deutete er auf das Gerät in meiner Hand. Einen Festnetzanschluss hatte ich schon lange nicht mehr.

»Danke.« Ich runzelte die Stirn. Das Kribbeln war komplett verschwunden. Ich fühlte mich plötzlich blendend. »Kommen Sie doch rein«, sagte ich und trat zur Seite.

»Oh, no!« Er grinste noch breiter und verwendete zum ersten Mal überhaupt ein englisches Wort. Oder ein schottisches, wie man es nahm. »Ich habe Sie total überrumpelt, und das tut mir leid.«

»Reinkommen«, sagte ich und musste jetzt ebenfalls grinsen. Mein neuer Kollege sah in meinem frühlingshaften Vorgarten so herrlich deplatziert aus. Die Tatsache, dass er ohne seinen Anzug unterwegs war, verlieh der ganzen Angelegenheit einen sonderbaren Touch. Und aus irgendeinem Grund wollte ich tatsächlich, dass er reinkam.

»Okay«, sagte er schließlich, nachdem er mich einen Moment lang prüfend gemustert hatte. »Wenn ich nicht störe.«

»Sie stören nicht.« Ich trat zur Seite, und er trat ins Haus. Nicht allerdings, ohne neben meiner Eingangstür für den Bruchteil einer Sekunde innezuhalten und mit dem Finger über die abgeblätterte Farbe zu streichen. »Sie braucht einen Anstrich«, sagte er leise, und es klang mehr, als erklärte er sich das selbst oder der Tür als mir.

»Ja, irgendwann. Möchten Sie einen Kaffee? Oder Tee?«

»Gerne.« Er schlüpfte aus seinen Sneakers und trug doch tatsächlich zwei verschiedenfarbige Ringelsocken. Ich musste wieder grinsen. Er bemerkte meinen Blick. »Ich sortiere sie nicht.«

»Klar. Vertane Lebenszeit«, erwiderte ich, und während er mir in die Küche folgte, dachte ich kurz und beschämt an meinen eigenen Kleiderschrank, in dem die Socken ein Jahr lang aufrecht und in farblicher Abstufung sortiert gelegen hatten. Die Höllenmaschine machte einen Höllenkrach, vermutlich war sie mit den Scherben überfordert, aber sie hatte sie zumindest fein säuberlich eingesaugt. Keine Verletzungsgefahr mehr für Hundepfoten oder Männer in Ringelsocken. Ich stellte sie aus, doch Sebastian MacAlister musste offenbar auch erst die Höllenmaschine begrüßen.

Er ging vor ihr in die Hocke und betrachtete sie. »Das ist toll.« Er blickte auf.

»Ja, und praktisch.« Ich stellte die Kaffeemaschine an und griff mir eine Tasse. »Aber wenn sie durch Hundedurchfall fährt, steht die Welt kurz davor unterzugehen.«

Er lachte. So herzlich, dass mir gar nichts anderes übrig blieb, als mit einzustimmen. Und so standen wir in der Küche und lachten. Bis ich es endlich schaffte, die Tasse in die Maschine zu stellen und ein Kaffeepad einzulegen.

»Milch und Zucker?«

»Beides, *please*«, erwiderte er und streichelte Fridolin über den Kopf.

Ich lächelte. »Ich dachte, Ihr schottischer Nachname wäre einfach nur ein schottischer Nachname. Sie kommen wirklich aus Schottland?«

»Ich bin ein Außenseiter. Ich habe einen schottischen Nachnamen und komme aus Irland. Aber ich habe auch in Schottland gelebt. Und tagsüber geht es gut, aber nach Feierabend bricht meine Muttersprache aus mir heraus.« Entschuldigend hob er die Schultern und nahm den Kaffee entgegen.

»Und dann waren Sie in Amerika?« Ich zog ihm und mir jeweils einen der Hocker unter der Küchentheke hervor, und wir setzten uns.

Er lächelte mich an, aber ich spürte, wie er ganz plötzlich die Schotten dicht machte. Einfach so. Dabei war das doch eine ganz einfache Frage gewesen. »Ja«, lautete die einsilbige Antwort. Einen Moment lang schwiegen wir, und im nächsten Moment tauchte ein sonderbarer Hauch von Unsicherheit in seinen grünen Augen auf, der aber wieder verschwand, als er mich fragte: »Sind die 365 Tage wieder aufgetaucht? Ich habe viel darüber nachgedacht.«

Ich schüttelte den Kopf und nippte an meinem Kaffee. »Nein. Die sind noch weg.«

»Sie sind sehr kompetent in Ihrem Beruf. Es fällt nicht auf, dass diese vielen Tage aus Ihrem Kopf verschwunden sind.« Er sagte das mit der ihm eigenen Ernsthaftigkeit. Mit der gleichen Nachdrücklichkeit, mit der er auch Angehörigen sein Beileid aussprach, sich vor der Urne oder dem Sarg verneigte oder den Blumenschmuck im Trauerraum verteilte.

Ich räusperte mich. »Ich merke die fehlende Zeit sehr deutlich.« Jeden Tag. Und ich stand jeden Tag vor neuen Rätseln.

Jetzt räusperte er sich. Er stellte die Tasse ab und blickte zu Boden.

»Können wir uns duzen? So wie alle in der Firma?«, fragte er und klang fast schüchtern.

Ich musste lächeln. Er hatte recht. Wir duzten uns alle, nur bei ihm war ich noch nicht dazu gekommen, es ihm anzubieten. »Sehr gerne. Ich bin Felicitas«, erwiderte ich und reichte ihm die Hand, die er ergriff und »Sebastian« murmelte.

»Wenn du darüber sprechen möchtest, also über das verlorene Jahr, kannst du das jederzeit tun«, sagte er dann ganz förmlich. Ich sah ihn an. In seinen grünen Augen lag etwas Wissendes. Etwas sehr Tiefes. Sebastian MacAlister hatte schon einiges erlebt, und das hatte sich in diese Augen eingebrannt.

»Das ist sehr nett von dir«, erwiderte ich leise und spürte, dass dieser Gedanke überhaupt nicht abwegig war.

»War das eben dein Mann?«, flüsterte er im nächsten Moment und deutete in Richtung Haustür.

»Mein baldiger Ex-Mann«, antwortete ich.

Er nickte bedächtig. »Versteh ich«, antwortete er kryptisch. Doch bevor ich dazu kam, diese Aussage zu hinterfragen, klingelte es erneut an der Tür.

»Entschuldige«, sagte ich, rutschte vom Hocker und eilte zur Haustür.

Vor der Merle stand. Mit zwei Papiertüten im Arm. »Ich hab für dich eingekauft«, sagte sie schroff. »Außerdem habe ich dir eine Nachricht geschickt. Aber du hast nicht geantwortet.« Meine kleine, furchtbare Schwester.

»Erdnussbutter, Weißbrot und Schokoriegel?«, fragte ich.

»Was denkst du denn?« Sie zog eine Augenbraue hoch, und ich trat zur Seite, damit sie mir in die Küche folgen konnte. »Verdammt. Du hast Herrenbesuch. Sag das doch«, zischte sie, als wir um die Ecke bogen.

»Das ist Sebastian«, erklärte ich. »Wir arbeiten zusammen. Er hat mir mein Handy vorbeigebracht. Das hatte ich im Büro vergessen.« Ich stellte noch eine Tasse unter die Kaffeemaschine. Meine Schwester konnte zu jeder Tages- und Nachtzeit Kaffee trinken.

»Hi«, sagte sie ein wenig knapp zu Sebastian und stellte die Tüten mit einem Rums auf die Theke. »Ich bin Merle. Felis Schwester.«

»Sebastian«, antwortete mein Kollege und lächelte ihr arglos zu. Er konnte ja nicht ahnen, wie meine kleine Schwester so drauf war.

»Willst du Schokolade?« Sie griff in eine der Tüten und zog einen Riegel hervor, den sie ihm mit einer energischen Bewegung vor die Nase hielt.

»Ich will immer Schokolade«, erklärte Sebastian mit großer Ernsthaftigkeit.

»Du auch?«, fragte sie mich und starrte mir böse ins Gesicht. Vorsichtig nickte ich und tauschte dann die Kaffeetasse gegen den Schokoladenriegel. »Ich werde dir nie verzeihen, dass du Mamas Maßband kaputt gemacht hast. Aber ich muss dich lieben. Du bist meine Schwester«, erklärte sie dann hoheitsvoll und nippte an ihrem Kaffee.

»Ah«, antwortete ich. »Das ist schön«, fügte ich noch

hinzu, während Sebastian von seinem Riegel abbiss und uns interessiert zuhörte.

»Sie hat ein Jahr lang keinen Zucker gegessen. Und keinen Kaffee getrunken. Vermutlich auch keinen Alkohol.«

»Merle«, sagte ich warnend, aber das schien irgendwie keinen Effekt auf sie zu haben.

»Genuss- und lebensfeindlich«, erklärte sie Sebastian. »Dann kam der Blitz, und jetzt ist sie weitestgehend wieder normal.«

Sebastian hatte sich ein wenig nach vorne gebeugt und sagte leise: »Aber sie hat das ganze letzte Jahr vergessen.«

»Ich kann euch hören«, erklärte ich energisch.

»Gut so. War ein Scheißjahr«, knurrte Merle und zog sich den dritten Hocker unter der Arbeitsplatte hervor, um sich mit einem Stöhnen darauf fallen zu lassen. Womit sie direkt neben Sebastian saß.

»Hattest du auch einen Scheißtag?«, fragte ich knapp und schob mich mit meinem Hocker zwischen die beiden. Als Puffer. Nicht, dass der irische Bestatter mit dem schottischen Namen ein völlig falsches Bild von mir bekam.

»Ja. Hatte ich«, erklärte sie knapp. »Mein Lieblingsschüler hat sich geprügelt und wurde der Schule verwiesen. Er hat so viel Potenzial. Und ein Stipendium. Und jetzt das. Dann ist mein Auto kaputt, ich soll dem Finanzamt Geld nachzahlen, und meine Ex-Freundin hat eine neue Freundin, und die beiden bekommen ein Kind. Ein Kind!«

»Das ging aber schnell«, sagte ich schwach.

»Ja«, schnaubte sie, und dabei zuckte ihre Nase, wie immer, wenn sie wütend war. »Sie war schon schwanger, als sie sich kennengelernt haben. Sie hatte da so eine

Abmachung mit einem Freund, weil sie unbedingt ein Kind wollte. Und jetzt rennt sie händchenhaltend mit einer anderen durch die Stadt. Und meine Nachbarin hat mich grad gefragt, ob ich jetzt endlich einen netten Mann kennengelernt habe. Weil ein Handwerker da war, der die Heizung repariert hat. Die war nämlich auch noch kaputt. Diese Frau denkt doch tatsächlich, wenn ich nur den richtigen Kerl treffe, wird sich mein kleines ›Problem‹ schon geben. Als wäre lesbisch zu sein eine Phase, die sich mit dem richtigen Kerl im Bett schon wieder legt.« Sie atmete schnaubend aus, und Sebastian MacAlister hatte in wenigen Minuten meine Schwester kennengelernt. Wie sie leibte und lebte, so wie sie nun einmal war. Mit dem Herz auf der Zunge.

»Fuck!«, sagte er beherzt. »Es tut mir sehr leid!«

Ich spürte, dass Merle überlegte, ob er das ernst meinte, aber da er sogar das FUCK mit großer Ernsthaftigkeit vorgetragen hatte, konnte man nicht anders, als es ihm abzunehmen. Merle seufzte und schien sich ein wenig zu entspannen. Vorsichtig legte ich ihr den Arm um die Schulter.

»Ich habe Whisky im Auto. Also echten Whisky, von dort, wo mein Nachname herkommt. Möchte jemand?«, fragte Sebastian, woraufhin Merle sich am Kopf kratzte. »Klar«, sagte sie dann, und Sebastian stand auf und kam wenige Minuten später mit einer bauchigen Flasche mit bernsteinfarbenem Inhalt zurück.

Das Zeug machte vermutlich blind. Und wirr. Und es brachte uns dazu, wie wild zu husten und zu röcheln. Aber wenn man zwei Gläser davon intus hatte, wurde es besser.

Und so verbrachten wir den Abend zu dritt. Mit viel Gelächter. Mit von Merle gekochten Spaghetti, deren Soße nur aus Butter und Sahne bestand, Whisky, Schokoladenriegeln und Toast mit Erdnussbutter, und mit meiner kleinen Schwester, die mit in meinem Bett schlief. So wie früher, als wir klein waren.

Kapitel dreizehn

Mein irisch-schottischer Kollege hatte uns einen Zettel hingelegt, auf dem er sich für den schönen Abend bedankte, Merle einen sehr viel besseren Tag als den gestrigen wünschte und mich darüber in Kenntnis setzte, dass das Teufelszeug in meinem Speiseschrank stand, falls ich noch einmal Bedarf hatte. Dazu hatte er Merle und mir noch jeweils eine Aspirin neben die bereitgestellten Kaffeetassen auf der Küchentheke gelegt.

Merle lachte einmal dreckig auf, als sie das sah. »Der Kerl ist cool«, sagte sie.

Ich schluckte die Aspirin und trank ein ganzes Glas Orangensaft hinterher.

»Mit meiner Alkoholfahne kann ich unmöglich zur Arbeit gehen«, sagte ich und rieb mir den Kopf. Ich hatte die gestrige Blitzattacke fast gänzlich vergessen. Sie schien wie aus einer anderen Zeit zu stammen. Alles, was ich im Augenblick spürte, war ein leichter Kater. Und der war mir in den letzten zwanzig Jahren nur sehr selten passiert. Merle schmierte uns zwei Scheiben Toast, während ich uns Kaffee kochte. Schweigend frühstückten wir an der Theke, während Fridolin zufrieden sein Futter verschlang.

»Ist wie früher«, sagte meine Schwester schließlich leise.

»Ja. Aber früher hast du mir immer die Bettdecke geklaut.«

»Hab ich heute Nacht auch. Aber du warst so besoffen, ist dir nicht aufgefallen.« Sie stieß ihr dreckiges Lachen aus, und ich bedachte sie mit einem knappen Seitenblick. Wir tranken unseren Kaffee und stellten die Tassen gemeinschaftlich in die Spüle. Ich wollte schon hochgehen, um mich fertig zu machen, da hielt mich Merle am Ärmel meines Schlafanzugs zurück.

»Superheldinnen-Pose«, sagte sie leise, und sofort stemmten wir beide die Fäuste in die Hüfte. Reckten den Kopf. Rammten die Füße in das Parkett. Ob es an dem unerwarteten Abend in Gesellschaft lag, an dem strahlenden Frühlingstag, an Fridolin, der sich ganz verkaspert neben uns auf dem Fußboden wälzte, diesmal verfehlte die Superheldinnen-Pose ihre Wirkung jedenfalls nicht. Merle grinste mich von der Seite an.

»Klappt, was?«, fragte sie knapp, und ich nickte. Ein unerwarteter Energiestoß erfasste mich.

Keine halbe Stunde später waren wir beide fix und fertig und sahen für die versumpfte Nacht sogar ziemlich passabel aus. Vor meinem Haus parkte Merles Auto. Und direkt daneben stand Sebastians Golf.

»Gott. Er hat sich ein Taxi genommen«, hauchte Merle bei diesem Anblick. »Ich habe den ganzen Morgen gegrübelt, ob er vielleicht selbst gefahren sein könnte.«

»Ich nicht«, erwiderte ich erschrocken. »Was sagt das nur über mich aus, dass ich daran keinen einzigen Gedanken verschwendet habe?«

Merle zuckte die Schultern. »Entweder kennst du ihn sehr gut. Oder der Gedanke, was die Nachbarn denken könnten, war einfach mächtiger.«

Entrüstet sah ich sie an, bemerkte dann aber, dass das tatsächlich mein erster Gedanke gewesen war, als ich das schwarze Auto gesehen hatte. Was sollten denn die Nachbarn denken?

»Scheiß auf die Nachbarn«, raunte meine Schwester und schmiss ihre Tasche in den alten Ford, der sie begleitete, seit er vor über zwanzig Jahren gebaut worden war.

Ich fuhr zur Arbeit, drehte dort mit Fridolin eine stramme Runde durch den Wald und betrat dann, bewaffnet mit Hund und Kaffee, mein Büro, wo ich den Computer hochfuhr und mir das Mobilteil vom Telefon schnappte, das ich immer bei mir trug, wenn ich im Haus unterwegs war, bevor ich weiter in unseren Besprechungsraum lief.

Fridolin und ich waren die Letzten.

»Guten Morgen«, grüßte ich verhalten in die Runde.

»Moin«, wurde mir entgegengemurmelt. Sebastian war auch schon da. In seinem schwarzen Anzug mit der Weste unter der Jacke hatte er so gar nichts mehr mit dem lustigen Iren von gestern Abend gemein. Ein wenig befangen betrachtete ich ihn, und er schenkte mir ein leichtes Grinsen. So als wären wir seit gestern Verbündete. Was wir ja auch irgendwie waren. Himmel, ich hatte mich benommen wie eine Sechzehnjährige! Und nicht wie eine Frau mit fünfundvierzig! Äh, sechsundvierzig, korrigierte ich mich in Gedanken.

»Wir haben eine große Aufgabe«, begann Maria wie

jeden Tag. »Wir begleiten die Menschen in den schwersten Stunden ihres Lebens. Sie haben Angst und sind voller Schmerz. Den können wir ihnen nicht nehmen. Aber wir können sie liebevoll begleiten, fürsorglich an ihrer Seite sein und ihnen eine gute, eine tragfähige Erinnerung an ihren geliebten Menschen geben. Dafür tun wir alles. Das ist unsere Aufgabe. Wir nehmen ein aufgeregtes Wort niemals persönlich. Wir geben Zeit und Raum. Wir ehren die Verstorbenen, begleiten sie voller Fürsorge auf ihrem letzten Weg. Wir sind achtsam, mit den Trauernden, den Toten und uns selbst. Es ist mir eine Freude, mit euch arbeiten zu dürfen.«

»Danke«, murmelte ich und beobachtete meine Kollegen. Die ganz offensichtlich hervorragend ausgeschlafen waren und frisch und voller Tatendrang dem Tag entgegensahen, während ich mich wie ein Teenie fühlte, leicht verwirrt nach einer durchfeierten Nacht.

»Was steht heute an?«, fragte Maria und blätterte in ihren Unterlagen. »Und wie war der Polizeidienst heute Nacht?«

»Zwei Todesfälle. Ich kümmere mich darum«, antwortete Eduard, der Nachtdienst gehabt hatte, aber trotzdem weit fitter aussah als ich.

»Gleich findet die italienische Aussegnung statt«, sagte Alex und blätterte ebenfalls in seinen Unterlagen. »Da hat Feli aber gestern schon alles vorbereitet. Dann haben wir noch ein Gespräch für eine Bestattungsvorsorge.« Bei diesen Worten blickte er kurz zu mir. Ich nickte ihm zu. Die Bestattungsvorsorge war mein Metier. Darin war ich richtig gut. »Und eine Trauerfeier auf dem städtischen Friedhof steht noch an. Außerdem viel Arbeit hinter den

Kulissen«, beendete er seinen Bericht. »Sehr schön«, sagte Maria und strahlte in die Runde. »Dann an die Arbeit!«

Wir verteilten uns. Ich brachte Fridolin in mein Büro und trabte zur Aufbahrung im großen Raum. Wir erwarteten sehr viele Gäste. Die Tote hatte zwar schon lange in Braunschweig gelebt, ihr Leichnam würde aber nach Italien gebracht werden, um dort unter der italienischen Sonne seine letzte Ruhe zu finden. Deswegen gab es nur eine Aussegnung, die von einem zweisprachigen Pfarrer abgehalten wurde.

Der Raum war bis auf Sebastian, der noch letzte Hand an den Blumenschmuck legte, leer.

»Kannst du mal kurz mit anfassen?«, fragte er leise und deutete auf einen riesigen Blumenkranz. Ich nickte, trat aber vorher für einen Moment an den geöffneten Sarg und nickte Signora Rossi zu. Sie sah wunderbar aus, als hätte sie sich nur zu einem kleinen Nickerchen hingelegt. Die Haare frisch gemacht, die Wangen fast rosig, die Gesichtszüge entspannt. Ihre auf der Decke abgelegten Hände wirkten so kraftvoll, als könnten sie gleich mit dem Kochen beginnen. Und jemand hatte ihr die Nägel frisch lackiert. In einem wunderbaren Zartrosa, das zur Ausstattung des Sarges passte.

»Sie sieht wunderschön aus«, sagte ich leise und nickte Sebastian zu, der auf mich wartete. Er lächelte und neigte dann würdevoll den Kopf. Gemeinsam hoben wir den filigranen Kranz aus Rosen und Freesien auf den Ständer und drapierten die Bänder, damit man sie gut lesen konnte.

Und dann erschienen auch schon die ersten Trauergäste,

und ich eilte zurück in mein Büro. Wobei ich natürlich nur dort eilte, wo mich niemand sehen konnte. In den öffentlichen Bereichen bewegte ich mich mit würdevollen Schritten, wie es sich gehörte.

Ich war kaum drei Minuten zurück in meinem Büro, als eine ältere Dame vor meiner Tür erschien.

»Hallo Frau Hartwich«, begrüßte ich meine Besucherin und stellte mich vor, ehe ich sie zu einem der Sessel geleitete. »Darf ich Ihnen einen Tee anbieten?«

Frau Hartwich war ein klein wenig aufgeregt, was man ihr nicht verdenken konnte. Seinen zukünftigen Bestatter zu besuchen war kein leichter Gang.

»Tee, bitte.«

Ich goss ihr eine Tasse ein und stellte sie ihr auf den kleinen Tisch. »Sind Sie ein bisschen aufgeregt?«, fragte ich, und die alte Dame schenkte mir ein verkniffenes Lächeln.

»Sehr«, sagte sie dann, und ich nickte.

»Ganz sicher haben Sie sich schon viele Gedanken gemacht. Vielleicht fangen wir damit an, dass Sie mir davon erzählen?«

»Also, ich war ja im Chor. Lange, wissen Sie? In meinem Dorf. Ich möchte gerne, dass die auf der Beerdigung singen. Ich habe auch schon vorbereitet, was gesungen werden soll.« Sie griff sich ihre Handtasche, wühlte darin herum und zog einen abgegriffenen Zettel heraus. Sie strich ihn glatt und reichte ihn mir.

»Sehr gut, danke«, sagte ich und legte ihn zu meinen Unterlagen auf den Tisch.

»Ich möchte einen Sarg. Einen aus Holz mit hübschen Griffen. Und wenn ich im Frühling sterbe, möchte ich

Flieder auf dem Sarg. Sonst Rosen. In Weiß. Und im Sommer noch Phlox, aber nur den in Rosa.« Sie betrachtete mich aufmerksam, während ich das alles mitschrieb. »Ich habe auch schon eine Gästeliste gemacht«, sagte sie schließlich.

Ich hob die Schultern und lächelte. »Das ist ja unglaublich! Sie sind bestens vorbereitet!«

Wieder wühlte sie in ihrer Tasche, und wieder holte sie einen eng beschriebenen, leicht zerknitterten Zettel hervor. Dort stand alles fein säuberlich aufgelistet. Namen mit Anschrift. »Und nicht den Pastor Gondorf! Der ist vermutlich auch bald tot, aber falls der noch leben sollte, den will ich nicht. Nur die Pastorin Gertelmann. Das ist wichtig. Die macht das so schön. Er ist ein ziemlicher Stiesel.«

Bedächtig nickte ich. »Frau Pastorin Gertelmann.«

Wir klärten noch die Feinheiten, und ich schrieb mir alles auf, um Frau Hartwich dann ein Angebot schicken zu können, dabei spürte ich deutlich, wie es der alten Dame mit jeder Minute besser ging. Es war ihre Art, sich dem Tod zu stellen. Hier in diesem Moment verlor er seinen Schrecken, war plötzlich greifbar, etwas, das sie jetzt zu Lebzeiten noch mit planen konnte. Ihre Art von Vermächtnis.

»Und wenn ich tot bin, machen Sie alles ganz genau so, wie es im Vertrag steht?«, fragte meine Besucherin erneut, und wieder nickte ich.

»Ich kümmere mich um die Blumen und die Lieder, die Einladungen und die Anzeige«, erklärte ich. »Unsere Bestattungsfachkräfte kümmern sich um Sie persönlich.«

»Dann sind Sie gar keine Bestatterin?«, fragte sie mit zusammengekniffenen Augen.

»Ich arbeite hier seit zehn Jahren. Aber nein, die sogenannte hygienische Versorgung unserer Verstorbenen übernehme ich nicht. Ich kann Ihnen aber versichern, dass wir nur großartige Mitarbeiter haben, die das ganz wunderbar erledigen werden.«

»Ich möchte einen kennenlernen.«

Ein wenig verdutzt sah ich auf. »Selbstverständlich«, erwiderte ich dann langsam. »Warum nicht?« Hatte ich zwar noch nicht, aber wieso sollte sie nicht jemanden kennenlernen, der sie nach ihrem Tod versorgen würde?

Ich legte alles beiseite, machte mich auf die Suche und fand Rocco, der gerade mit ölverschmierten Fingern am Auto rumwerkelte. Zudem half er zwar hin und wieder beim Versorgen der Verstorbenen aus, übernahm aber sonst eigentlich mehr den technischen Part. Also ging ich weiter, bis ich schließlich vor der Tür zum hinteren Bereich stand. Dem Bereich, in dem die Verstorbenen versorgt wurden. Hier war ich selten. Sehr viel seltener als Alex. Und das hatte seine Gründe. Ich fühlte mich mehr für die Lebenden zuständig. Nachdem ich eine Weile unschlüssig vor der Tür gestanden hatte, klopfte ich vorsichtig.

»Ja!«, rief es von der anderen Seite. Die Tür wurde von innen mit einem Summer geöffnet, und ich schob sie einen Spaltbreit auf. Nachdem einmal ein Trauergast auf der Suche nach dem Klo hier gelandet war, waren die Türen zum hinteren Bereich jetzt alle abgeschlossen.

Der Raum war deckenhoch gekachelt und blitzeblank. In der Mitte standen zwei Stahltische, und neben einem dieser Tische stand ein offener Sarg, während dessen baldiger Bewohner noch auf dem Tisch lag. Leise Klaviermusik lief im Hintergrund. Sebastian hatte sich halb zu mir umgedreht. Obwohl ich ihn ganz offensichtlich gestört hatte, sah er nicht so aus.

»Ich habe eine Dame bei mir, die grad ihre Vorsorge mit mir bespricht, und sie möchte jemanden kennenlernen, der sie nach ihrem Tod versorgt. So eine Anfrage hatte ich auch noch nicht. Bisher habe ich immer ausgereicht«, erklärte ich mein plötzliches Auftauchen.

»Ah, interessant. Ich komme. Herr Meyer, ich bin gleich wieder da«, sagte Sebastian zu meiner großen Überraschung und begann den Toten vor sich sorgsam mit einem weißen Tuch zu bedecken. Als könnte er sonst frieren.

Er band sich die Schürze ab, wusch sich am Waschbecken neben der Tür ausgiebig die Hände und blinzelte mich dann an. »Ich spreche immer mit ihnen. Ich glaube, dass sie es noch merken, ob man freundlich mit ihnen umgeht.«

»Ah«, erwiderte ich schwach und sah dabei krampfhaft auf die Uhr über dem Stahltisch. »Du meinst, obwohl sie tot sind?« Der Anblick des großen, toten Körpers unter dem Laken ließ meinen Puls in die Höhe schnellen. Sebastian nickte mit großer Ernsthaftigkeit, trat vor und musste dann stehen bleiben, weil ich ja immer noch in der Tür stand und den Weg versperrte. Ein kleiner Moment verstrich, während ich seine Worte verarbeitete.

»Wenn ich jemanden abhole«, sagte er in meine Gedanken hinein, »ist seine Seele oft noch da. Oder einzelne Moleküle davon. Es wird dann leichter, wenn man sehr umsichtig und sanft ist.«

»Ich glaube, das sehen nicht alle so wie du«, sagte ich langsam, und Sebastian nickte.

»Weiß ich.«

Als wir in mein Büro kamen, verbeugte er sich knapp vor Frau Hartwich und setzte sich dann neben mich in einen der Sessel. »Mein Name ist Sebastian MacAlister. Ich bin Bestattungsmeister und Thanatologe. Das habe ich in Amerika gelernt. Aber diese Fähigkeiten kommen mehr zum Einsatz, wenn jemand einen Unfall hatte. Oder wenn eine andere hygienische Versorgung gewünscht ist, was in Deutschland meist nicht der Fall ist. Wir möchten ja gerne zu Erde werden«, erklärte er Frau Hartwich ganz unbekümmert. Und während ich bei seinen Worten fast vom Stuhl rutschte, strahlte die alte Dame ihn an.

»Und Sie machen mich dann hübsch? Auch wenn der Sarg zu bleibt?«

»Natürlich. Mit größter Sorgfalt mache ich das«, erwiderte Sebastian freundlich.

Frau Hartwich legte den Kopf schräg. »Kann ich Ihnen jetzt schon einen Lippenstift geben, den Sie dann benutzen?«

Ich blies die Backen auf, aber Sebastian nickte nur. »Natürlich. Den verwahre ich dann ebenso sorgfältig.«

Frau Hartwich kramte wieder in ihrer Tasche und beförderte einen Chanel-Lippenstift ans Tageslicht. Sie reckte das Teil wie eine Trophäe empor und legte es Sebastian dann in die Handfläche.

»Möchten Sie ihn denn nicht mehr tragen?«, fragte ich schnell, was Frau Hartwich dazu brachte, mich sonderbar verwegen anzugrinsen.

»Der ist knallrot. Wenn ich den auflege, halten mich alle für verrückt, mich alte Schachtel. Aber wenn ich tot bin und es keiner sieht, kann man sich so eine Verrücktheit schon leisten, oder?«

»Das werde ich sehr gerne für Sie tun«, erwiderte Sebastian würdevoll.

»Gut. Vielen Dank!« Frau Hartwich stand erstaunlich schwungvoll auf, und für einen Moment wirkte sie nicht mehr wie die alte Frau, die vor zwanzig Minuten den Raum betreten hatte. Als hätte die Aussicht darauf, nach ihrem Tod sündig rote Lippen zu haben, die Abenteuerlust in ihr geweckt. »Dann habe ich jetzt wirklich alles geklärt und kann sterben. Und vorher mache ich noch ein paar schöne Dinge. Heute gehe ich ins Gasthaus Edelgard und esse Wildragout. Und dazu trinke ich ein ganzes Glas Rotwein, obwohl mir das von der Verdauung her gar nicht bekommt«, vertraute sie uns an. »Und es ist doch schön zu wissen, dass Sie, Frau Morgenstern, alles regeln und mich dann auch noch so ein junger, gut aussehender Mann hübsch zurechtmacht.« Sie griff nach ihrer Tasche, und wir standen ebenfalls auf.

»Sie haben übrigens tolle grüne Augen«, sagte sie dann noch zu meiner Verblüffung zu Sebastian, gab uns beiden die Hand und verschwand.

»Vielen Dank. Das ist sehr nett von Ihnen«, erwiderte Sebastian so leise, dass sie es nicht hatte hören können. Er wartete noch eine Sekunde ab, dann zog er die Kappe vom Lippenstift und drehte ihn heraus. Es war tatsächlich ein sündhaftes Samtrot. Sebastian lächelte, und ich spürte ein sonderbares Glück durch meine Adern sprudeln. Was hatte ich für einen verrückten und sinnvollen Job.

Mit dem heraussprudelnden Glück war es dann aber jäh vorbei, denn irgendjemand fing plötzlich an zu schreien. Ganz in unserer Nähe. Offenbar in höchster Todesangst.

»Himmel«, entfuhr es mir. »Wir brauchen einen Notarzt! Jemand stirbt!« Ich stürzte schon los, doch Sebastian hielt mich sanft am Handgelenk zurück.

»Italienische Aussegnung am offenen Sarg«, sagte er leise, als würde das irgendetwas erklären, und bedeutete mir stehen zu bleiben. Er eilte in den Flur, wo schon Maria mit wehendem Blumenkleid angerannt kam. Alex war ihr dicht auf den Fersen. Ich blieb natürlich nicht in meinem Büro. Stattdessen nahm ich die Verfolgung der drei auf, das Telefon schon gezückt, die 112 bereits eingetippt.

Kapitel vierzehn

Irgendwie hatte Sebastian es geschafft, Maria und Alex zu überholen. Was technisch unmöglich war, aber da er gerade wieder aus dem Trauerraum kam, als ich um die Ecke trat und mich zu den beiden gesellte, musste er fliegen können. Oder zaubern.

»Nur eine italienische Aussegnung. Es ist alles okay. Das muss so sein«, erklärte er uns ungerührt, und ich ließ das Telefon sinken.

»Kein Herzinfarkt?«, fragte ich nach, weil ich es nicht glauben konnte. Das Geschrei war immer noch so laut und bedrückend.

»Nur intensive, laute Trauer. Kennen wir hier in unseren Breitengraden nicht. Ist aber vielleicht gar nicht so schlecht«, erwiderte Sebastian. Maria rollte mit den Augen und richtete dann ihr etwas in Unordnung geratenes Kleid. »Das hatten wir aber in dieser Form noch nicht. Dann freuen wir uns, dass gerade keine andere Trauerfeier im Gange ist, und machen uns wieder an unser Tagwerk. Und hoffen wir, dass die Dame sich beruhigt.«

Wir stoben wieder auseinander – der Flur war immer noch leer, und wir konnten eilen, wie wir wollten – und begaben uns zurück zu den Dingen, aus denen uns der schmerzvolle Schrei herausgerissen hatte.

Sebastian kehrte zu Herrn Meyer zurück, und ich setzte mich endlich an meinen Schreibtisch. Ich hatte eine Mail von Frau Burghausen. Eine sonderbare Mail. Sie klang wütend. Und hilflos. Ganz anders, als ich diese energische und kraftvolle Frau in Erinnerung hatte. »Ich weiß es immer noch nicht! Ich brauche Hilfe.«

Der Tod tat einfach Dinge mit uns.

»Ich helfe Ihnen gerne«, schrieb ich ihr zurück. »Wollen wir vielleicht zusammen ein paar Friedhöfe anschauen? Und den Friedwald?«

Prompt kam die Antwort: »Ja. Danke. Ich muss hier auch mal raus. Passt Ihnen Freitag gegen drei?«

»Ganz wunderbar. Treffen wir uns doch gleich auf dem Hauptfriedhof«, antwortete ich. Um drei hatte ich zwar schon lange Feierabend, aber ich wollte einer Frau, die sich um ihren schwerkranken Mann kümmerte, nicht auch noch meine Belange aufs Auge drücken. Kaum hatte ich die Mail abgeschickt, flitzte Maria in mein Büro.

»Feli, auf ein Wort«, schnaufte sie, schloss die Tür hinter sich und setzte sich auf den Besucherstuhl vor meinen Schreibtisch. »Ich warte die ganze Zeit auf eine Antwort von dir, bis mir eingefallen ist, dass du vielleicht einfach die Frage vergessen hast.« Erwartungsvoll sah sie mich an.

»Ah«, sagte ich und legte die Hände in den Schoß. »Wenn du die Frage in den vergangenen 365 Tagen gestellt hast, ist die Wahrscheinlichkeit groß, dass ich sie vergessen habe.«

»Dieser Blitz hat etwas mit dir gemacht«, begann Maria langsam und kniff die Augen zusammen. Ich holte tief Luft und wollte gerade etwas sagen, doch sie kam mir zuvor. »Du bist wieder mehr die Feli von vorher. Vor dem Jahr, das du vergessen hast. Ich habe dich letztes Jahr gefragt, ob du nicht Vollzeit arbeiten möchtest. Und ich habe dir den Vorschlag gemacht, dich zur Bestattungsfachkraft ausbilden zu lassen. Damit du alles in unserem Metier beherrschst.«

Ich sah sie regungslos an.

»Das geht, wenn man fünf Jahre Berufserfahrung hat. Hast du. Und du bringst alle anderen Voraussetzungen mit. Ich weiß, dass dir die hygienische Versorgung der Verstorbenen Sorge macht, aber das kannst du lernen. Du bist sehr …« Sie suchte nach Worten, bis sie schließlich eins fand: »Kompetent. Wir könnten dich als Bestattungsfachkraft wirklich gut gebrauchen. Und abgesehen davon könnte es dir vielleicht die Angst vor dem Tod ein wenig nehmen.« Ihre Stimme war bei den letzten Worten leiser geworden.

»Wie meinst du das?«, fragte ich und klang dabei schroffer als beabsichtigt.

Maria brummte leise, sah zur Decke und fasste sich dann ein Herz. »Ich … also *wir* hatten das Gefühl, dass du nach dem Tod deiner lieben Freundin Melanie und der Trennung von deinem Mann ein wenig Angst bekommen hast.«

»Vor dem Tod?«, fragte ich und schluckte.

»Ja«, antwortete Maria. »Wir alle haben Angst davor. Aber wir versuchen nicht mit allen Mitteln, uns dagegen zu wehren.«

»Und das habe ich getan?«, fragte ich leise und kannte doch schon die Antwort.

»Wenn jemand aus unserem engsten Umfeld stirbt, ist das sehr persönlich. Auch für uns, die ja Profis sind im Umgang mit dem Tod. Du hättest nach Melanies Tod ein wenig mehr Zeit und Stabilität gebraucht, um dich zu fangen. Stattdessen hat dein Mann dich verlassen.« Maria sah mich nicht direkt an, sondern zu den Rosen vor dem Fenster. Ihr fiel das hier ganz offensichtlich nicht leicht. »Du hast einfach vorübergehend dein Vertrauen in die Welt verloren und bist dann ein wenig verbissen geworden.« Zögernd sah sie mich wieder an.

»Kein Zucker, kein Kaffee, kein Alkohol, eine japanische Aufräum-Domina als Bibel?«, fragte ich trocken, und Maria lachte auf. »Wir mussten die Lebensmittel im Küchenschrank nach Ablaufdatum sortieren«, vertraute sie mir an.

»Nein!« Entsetzt starrte ich ihr in die Augen.

»Und die Handtücher im Bad mussten gerollt werden!«

»Nein!«, antwortete ich erneut. »Und das habt ihr getan?«

»Na«, sie zuckte die Schultern. »Du bist Feli. Meistens tun wir, was du sagst.«

Ich schwieg. Dieses verdammte Jahr. Dieses schwierige Jahr. Dieses Jahr, an das ich mich einfach nicht erinnern konnte. Das Jahr, in dem ich zu etwas mutiert war, das ich offenbar völlig vergessen hatte. Nur alle anderen konnten sich erinnern. Das war irgendwie nicht fair.

»Also, die Frage, ob du nicht Vollzeit arbeiten willst, bleibt«, sagte Maria und nahm sich einen leuchtend roten Kugelschreiber aus meinem von Madeleine handgetöpferten Schreibtisch-Utensilien-Becher mit den fliegenden Elefanten drauf. Sie spielte ein wenig an dem Kuli herum und schien ernsthaft auf eine Antwort zu warten. Mein Kopf begann wieder zu kribbeln. Nur ganz leicht, aber spürbar.

»Ich muss ein wenig darüber nachdenken«, sagte ich leise. Nur, welche wichtige Erkenntnis sollte beim Darübernachdenken herauskommen? Ich war einfach so mut- und kraftlos. Als wäre all meine Kraft, von der ich zurzeit eh nicht viel hatte, irgendwo aus mir herausgesickert. Maria war derweil ganz gefangen von dem Kugelschreiber einer kleinen Autowerkstatt in Braunschweig und hatte begonnen, die Mine herausspringen zu lassen. Immer wieder. Knack. Knack. Knack.

»Ja, mach das. Der hat eine tolle Farbe!« Sie sah zu mir auf.

»Kannst ihn behalten«, sagte ich, und im nächsten Moment war er schon in den Taschen ihrer Robe verschwunden.

Es bestand eine gewisse Notwendigkeit, Lebensmittel zu kaufen, auch wenn mir das überhaupt nicht passte, aber ein leerer Kühlschrank war ein leerer Kühlschrank. Ich bog auf den Supermarktparkplatz ein und stellte das Auto in den Schatten. Kaum ging der Motor aus, ließ Fridolin sich im Kofferraum nieder und legte den Kopf auf seine eigene Schwanzspitze. Er hatte nichts gegen das Auto, solange es sich nicht bewegte oder brummte.

»Ich bin gleich wieder da«, sagte ich zu ihm gedreht, ließ die beiden vorderen Fenster ein Stück weit hinunter und schnappte mir meinen Einkaufskorb.

Das kleine Geschäft war gähnend leer, und ich stand

gerade bei den Tütensuppen und Brühwürfeln, als ich aus dem Augenwinkel sah, wie jemand zwischen den Gängen abrupt stehen blieb. Ich hob den Kopf. Mein Herz machte einen freudigen Satz, doch dann hörte es schlagartig mit der Freude auf. Wenigstens dieses Organ schien sich zu erinnern.

»Hallo Magdalena«, sagte ich und wunderte mich, wie steif ich klang.

Magdalena rang sich sichtlich ein Lächeln ab. »Feli! Wie schön, dich zu sehen!« Das sagte sie zwar, aber dieses angebliche »schön« schaffte es nur knapp bis in ihre Mundwinkel.

Langsam und möglichst unauffällig legte ich die Packung Brühwürfel, die ich in der Hand hielt, wieder ins Regal. Es war sonderbar, aber mich beschlich tatsächlich ein schlechtes Gewissen, weil ich hier Fremdbrühe erstehen wollte, wo Magdalena doch eine Brühemanufaktur besaß. Ihre Brühe bekam man aber nur im Internet, und das war mir zu kompliziert. Es war ja immerhin nur Brühe.

»Geht es dir besser?«, fragte Magdalena jetzt rasch und wischte sich eine blonde Strähne aus dem Gesicht.

»Ja, danke«, erwiderte ich artig. »Ich habe nur das ganze letzte Jahr vergessen. Einschließlich meiner Party.« Ich sagte das bewusst, um ihr klarzumachen, dass ich auch einen eventuellen Streit vergessen hatte. Ich war diesbezüglich sozusagen auf Werkseinstellung zurückgesetzt.

Aber Magdalena starrte mich nur einen Moment lang an und zog dabei die Stirn so kraus, dass die beiden Falten über ihrer Nase scharf hervortraten. »Oh«, sagte sie dann und klang fast spitz. Sie öffnete den Mund, wohl um diesem sonderbaren Laut noch etwas hinzuzufügen, doch da klingelte ihr Handy. Mit einer übertrieben schuldbewussten Geste deutete sie auf das Gerät in ihrer Handtasche und nahm das Gespräch an, während sie mir in offensichtlicher Erleichterung zuwinkte und im Gang mit den Putzmitteln verschwand.

Einen Moment lang starrte ich ihr hinterher, dann griff ich mir gleich zwei Brühwürfelpackungen und legte sie in meinen Korb. Das war doch alles mehr als suspekt.

Als wir zu Hause ankamen, sprang Fridolin ein wenig beleidigt, wie immer, wenn er Auto fahren musste, aus dem Kofferraum und lief um das Haus herum in den Garten. Ich atmete tief durch. In unserer Einfahrt blühte mittlerweile der Löwenzahn. Ganze Horden hatten sich angesiedelt und wetteiferten jetzt um jede noch so kleine Lücke. Sogar zwischen dem Pflaster schoben sich Löwenzahnpflanzen empor. Plötzlich hatte ich eine Melodie im Kopf. Peter Lustig. Der Held meiner Kindheit. Und der meiner Tochter. Wir hatten jede Sendung gesehen, und der Vorspann mit dem Löwenzahn, der den Asphalt der Straße wegsprengte wie einen Sandstrand, hatte sich in meinem Kopf eingenistet. Aber auch Peter Lustig war nicht unsterblich gewesen.

Der Löwenzahn hingegen war widerspenstig. So kraftvoll. So überlebensfähig. Kurzerhand bückte ich mich und pflückte ein paar der Blüten ab. Im Haus stellte ich die Stängel in ein Wasserglas, wo sie die Küche förmlich mit ihrem strahlenden Gelb zu erleuchten schienen.

Ich versorgte Fridolin mit Wasser und lauschte seinem lauten Schlappen. Wie sehr ich mich doch in den wenigen Wochen an seine Anwesenheit gewöhnt hatte. Es war, als hätte es nie ein Leben ohne ihn gegeben.

Ich räumte die Geschirrspülmaschine aus und sortierte die frisch gewaschenen Handtücher in die Schublade, allerdings ohne sie aufwendig zu rollen. Dann setzte ich mich in meinen Lesesessel. Fridolin begab sich wieder in die Lücke zwischen Schrank und Wand, und ich schloss für einen Moment die Augen. Nur um sie im nächsten Augenblick wieder zu öffnen. Es war so unfassbar still um mich herum, und das tat meinem Kopf nicht gut. Der war so voll. Vollgestopft mit der Lücke des vergangenen Jahres, dem Gedanken, dass Maria eine Antwort erwartete, und meiner Mutlosigkeit, dem Ganzen entgegenzutreten. Und meinem sonderbaren Zusammentreffen mit meiner Freundin Magdalena, die ganz offensichtlich gar nicht mehr meine Freundin war.

Ich stöhnte leise, was Fridolin dazu veranlasste, den Kopf zu heben. Das war doch alles zum Verrücktwerden. Ich musste verdammt noch mal herausfinden, was in diesem Jahr passiert war. So konnte es nicht weitergehen.

Als mein Handy klingelte, war ich fast erleichtert. Ablenkung! Ich riss es aus meiner Handtasche und nahm das Gespräch ohne vorherigen Blick auf das Display entgegen.

»Felicitas Morgenstern.«

»Hallo. Hier ist Frau Degenhard«, sagte eine Frau mit schleppender Stimme. Ich runzelte die Stirn. Na super. Meine Nachbarin. Meine superordentliche Nachbarin.

»Hallo Frau Degenhard«, erwiderte ich steif.

»Frau Morgenstern. Sie müssten mal den Löwenzahn in Ihrer Einfahrt beseitigen.«

»Was?« Ich sah zu den leuchtenden Blütenköpfen besagten Löwenzahns, der auf meiner Küchentheke stand.

»Das weht mir nachher alles in den Garten. Den wird man ja nie wieder los!« Sie klang angestrengt am Ende des Satzes, so als wäre Löwenzahn im Garten ein ernsthaftes Problem. Ich erinnerte mich schwach, dass sie irgendwann in der Laufbahn unserer gemeinsamen Nachbarschaft schon mal ihre Einfahrt gesaugt hatte. Mit einem großen gelben Industriestaubsauger. Wir waren noch nie Freundinnen gewesen.

»Sie hatten das doch im letzten Jahr so gut im Griff«, fuhr Frau Degenhard ungerührt fort. Das schwierige Jahr war meiner Nachbarin offenbar entgegengekommen. »Es gibt ja so gewisse Regeln im Zusammenleben. Was Sie auf Ihrem Grundstück machen, ist mir natürlich egal. Solange Sie sich an geltende Gesetze halten, versteht sich. Aber Ihre Einfahrt ist direkt neben meinem Garten, und somit bin ich von Ihrem Verhalten betroffen. Ich möchte das auch nicht gleich wieder der Gemeinde melden. Dann würden Sie eine gelbe Karte bekommen, und das muss ja nicht sein.« Ich konnte fast hören, wie sie bei diesen Worten gönnerhaft lächelte. Sie meinte das ernst. Die Gemeinde verteilte tatsächlich gelbe Karten, in denen sie freundlich, aber deutlich darauf aufmerksam machte, dass die Gosse oder der Vorgarten bitte in Ordnung zu bringen waren. Und nachdem ich über die Jahre eine wahre Sammlung an gelben Karten von der Gemeinde angelegt hatte, schien ich letztes Jahr offenbar ohne Strafzettel davongekommen zu sein. Dabei hatten diese Karten meinem niedrigen Blutdruck auf die Sprünge geholfen. Ich brauchte meine beachtliche Sammlung in der Küchenschublade nur kurz anzusehen, um meinen Puls in die Gänge zu bringen und endlich mal nennenswerten Blutdruck zu bekommen. Mit dem Handy am Ohr stand ich auf und machte mich auf den Weg zu besagter Schublade. Doch statt der gelben Karten lagen dort nur die fein säuberlich polierten alten Silberlöffel meiner Oma. Meine gelben Karten waren weg.

»Ich kümmere mich darum«, sagte ich zu Frau Degenhard und fand, ich klang gar nicht nach mir selbst.

»Das ist sehr lieb«, antwortete Frau Degenhard geschmeidig. »Dann haben Sie noch einen schönen Tag!«

Ich legte das Handy beiseite und blinzelte kurz. Irgendwie schien das Licht geflackert zu haben.

Nachdem ich mich wieder ein wenig gesammelt hatte, wanderte ich durch die Zwischentür in meine Garage, um meine Löwenzahn-Wegmach-Utensilien zu suchen, aber kaum hatte ich das Licht angeschaltet, blieb ich wie angewurzelt stehen. Ein Tornado musste durch die Garage gefegt sein. Anders war das, was ich sah, nicht zu erklären. Ein alter Fahrradreifen lag mitten im Weg, die gelbe Luftpumpe lag umgestürzt direkt daneben. Ein ölverschmierter Lappen hing an einem der Regale, und eine Kiste mit Werkzeug stand geöffnet und unmotiviert mitten im Raum herum. Nachdem sie vorher noch ihren Inhalt ausgespuckt hatte. Der lag nämlich drum herum verteilt.

»Mark. Du bist ein verdammter Vollidiot«, entfuhr es mir, und ich zuckte bei meinen eigenen scharfen Worten erschrocken zusammen.

Im Slalom lief ich um das Chaos herum und fing an, wenigstens das Werkzeug in die Kiste zu räumen, um zu verhindern, dass Fridolin sich in dem Chaos verletzte. Dazu hockte ich mich auf den Boden, doch kaum hatte ich eine Zange und einen Hammer zurück in ihr Fach gelegt, fiel mein Blick auf eine Kiste direkt dahinter im Regal. Ihr Deckel war halb geöffnet, und die Rückseite eines Fotos lugte heraus. Ich streckte die Hand aus und zog die Kiste aus dem Regal. Es war eine der unzähligen Fotokisten, deren Inhalt ich irgendwann mal in Fotoalben hatte kleben wollen. Was ich offenbar auch im letzten Jahr der zwanghaften Ordnung und des Aufräumwahns nicht geschafft hatte. Es war fast beruhigend.

Ich legte den Deckel beiseite und zog das Foto heraus, das mir ganz vorwitzig eine Ecke entgegengestreckt hatte. Ein Bild von Madeleine, Mark und mir. In einem Urlaub an der Nordsee. Madeleine mochte vielleicht vier gewesen sein. Sie grinste mit ihren mausekleinen Milchzähnen in die Kamera, während Mark und ich neben ihr hockten und ebenfalls lachten. Wir sahen sehr glücklich aus. Ich ließ mich nach hinten auf den Po fallen, und der Betonboden der Garage fühlte sich unangenehm kühl unter meiner dünnen Stoffhose an.

Auch das war meine Ehe gewesen. Glücklich. Und sicher. Zumindest hatte ich das angenommen. Ich zog weitere Bilder aus der Kiste. Viele Urlaubsfotos aus vielen Jahren. Berge, Rom, Paris, das Meer. Madeleine wurde größer, ihre

Haare weniger blond, Mark wurde immer hagerer und ich … immer weiblicher. Auf einem der Bilder entdeckte ich Melanie, unbeschwert und fröhlich in meiner üblichen Frauenrunde. Nun war sie schon über ein Jahr tot. Magdalena saß auch mit am Tisch. Wir prosten dem Fotografen mit hellgelbem Weißwein zu, die Nebelperlen glitzern noch an den Gläsern. Ein heißer Sommerabend. Ich erinnerte mich daran. Und dann mit schwerem Herzen auch daran, dass ich offenbar mit Magdalena keinen Kontakt mehr hatte.

Ich blätterte weiter und entdeckte ein Foto von mir alleine. In einem weißen Kleid mit großen blauen Blüten drauf. Alles andere als fad. Ich hatte auf dem Bild sicherlich zehn Kilo mehr als jetzt, und ich erinnerte mich an eine Szene, in der ich das Bild erschrocken aus der Hand gelegt hatte, weil ich mich für unendlich fett gehalten hatte. Ich hob das Foto hoch und betrachtete es im Schein der Deckenlampe. Ich war gar nicht fett gewesen. Wie kam ich nur darauf? Vielmehr irgendwie schön. Prall und voller Leben. Meine Lachfalten um die Augen kräuselten sich lustig, und ich hatte ein umwerfendes Dekolleté. Die Farben auf dem Bild waren verblasst, und es wirkte wie aus der Zeit gefallen. Ich drehte es um und fand doch tatsächlich einen handschriftlichen Vermerk: »Mai 2015«.

»Was?«, fragte ich das Bild verdutzt. Das war ja grad mal fünf Jahre her. Ein Fliegenschiss. Auf dem Bild war ich vierzig. Oder gerade einundvierzig geworden. Ich blickte an mir herunter und vermisste schlagartig meine Brüste. Diese wogende Masse, die pralle Weiblichkeit.

»Verdammt«, murmelte ich und schob mir das Foto

umständlich in die hintere Hosentasche. Dann griff ich mir den Karton, trug ihn ins Wohnzimmer, kippte alle Bilder aus und kehrte erneut in die Garage zurück.

Ich kämpfte mich durch das Chaos bis zu dem Regal, in dem ich die Gartengeräte aufbewahrte. Dort suchte ich nach meinem Unkrautmesser, fand es aber nicht. Also kniete ich mich hin und sah unter das Regal. Dort lagen irgendwelche Krümel auf dem Boden. Vorsichtig wischte ich mit dem Finger darüber und betrachtete die graugrünen Brocken. Ich hatte keine Ahnung, was das war. Dafür fand ich endlich mein Unkrautmesser. Es schien vom Regal gerutscht zu sein und lag ganz hinten an der Wand. Ich angelte es hervor und legte es in den Eimer. Dann schnappte ich mir das Ganze, streifte im Gehen noch meine Gartenhandschuhe über und ging durch das Wohnzimmer zur Tür. »Du musst hierbleiben«, erklärte ich Fridolin, der sich eilfertig auf den Weg gemacht hatte, um mich zu begleiten. »Die Einfahrt hat keinen Zaun. Nicht dass du mir abhaust. Ich komme gleich wieder, und dann gehen wir spazieren.«

Wenige Schritte später stand ich in meiner Einfahrt. Der Löwenzahn blühte aus allen Knopflöchern. Einige Hummeln besuchten ihn und flogen wild brummend umher. Die Blütenköpfe leuchteten fröhlich, und ich stand ganz still und betrachtete sie. Das Gartenmesser lag schwer in meiner Hand, dabei war es nur ein einfaches ausrangiertes Küchenmesser. Ich wollte mich hinknien und anfangen, aber ich konnte nicht.

Mein Gehirn fing im Gleichklang mit den Hummeln an zu summen, und mein Kopf kribbelte. Ich ließ das Messer fallen und presste mir eine Hand auf den Schädel. In mir zuckte es. Heißkalt durchfuhr mich etwas, und ich machte einen Satz nach hinten.

Dann drehte ich mich auf dem Absatz um und sah zu, dass ich Land gewann.

Kapitel fünfzehn

Der Abend endete mit Löwenzahn. Ich hatte mir das Trinkglas mit den gelben Blüten mit ins Schlafzimmer genommen.

Und der nächste Tag begann mit Löwenzahn. Auf meinem Schreibtisch im Institut stand nämlich ebenfalls ein ganzer Strauß der leuchtenden Blumen.

Ich schmiss meine Tasche auf einen der Sessel, schickte Fridolin auf seinen Platz und ließ mich dann hinter meinem Schreibtisch nieder. Der gestrige Blitzschlag – so nannte ich das jetzt: Blitzschlag, denn so hatte es sich angefühlt – hatte mich nachhaltig verwirrt. Ich sah zur Uhr und wählte dann die Nummer der rotwangigen Ärztin im Krankenhaus. Da sie nicht abnahm, sprach ich ihr auf die Mailbox und bat um einen Termin. Ich musste der Sache auf den Grund gehen. Vielleicht hatte der Blitz nachhaltig etwas kaputt gemacht, und es war bisher bloß noch nicht aufgefallen. Ich seufzte bleischwer.

»Guten Morgen.« Sebastian steckte den Kopf zur Tür herein. Heute trug er ein schwarzes Hemd zur schwarzen Hose. Das sah recht sportlich aus.

»Guten Morgen. Wo kommt der Löwenzahn her?«, fragte ich ihn und wärmte mir die Handflächen an der Kaffeetasse.

Sebastian stand immer noch halb auf dem Flur. »Ich musste gestern auf dem Friedhof recht lange warten. Da ist was durcheinandergekommen. Und die Friedhofsgärtner waren grad dabei, ein ganzes Feld von den Löwenzähnen auszustechen. Da hab ich sie vorher gepflückt. Auf dem schwarzen Sarg sahen sie ganz hervorragend aus. Frau Heuer war Kleingärtnerin, und ihr Mann hatte sehr drögen weißen Blumenschmuck ausgesucht. Aber die leuchtenden Blüten auf dem Lackschwarz des Sargs – perfekt!« Er strahlte mich an, und ich musste unwillkürlich lächeln. »Und die restlichen habe ich mitgebracht. Die halten ja nicht lange in der Vase.«

»Ich habe gestern auch welchen gepflückt«, sagte ich leise. Irgendetwas veranlasste Sebastian, doch noch einen Schritt weiter in mein Büro zu kommen. Und wirkte er vorher noch, als wäre er auf dem Sprung, schien er plötzlich Zeit zu haben.

»Geht es dir gut?«, fragte er beiläufig und sah aus dem Fenster auf den hartnäckigen Frühlingsnebel im Garten.

»Ich weiß nicht«, antwortete ich ehrlich. »Mir ist ein wenig komisch.«

»Oh.« Sebastian setzte sich auf einen der Besucherstühle und sah mich aufmerksam an.

»Ich habe manchmal so kleine …« Himmel, wie sollte man das nennen, ohne dass es bedrohlich klang? »Anfälle«, sagte ich schließlich. »Dann kribbelt mein Kopf, und es fühlt sich an, als würde der Blitz noch einmal zuschlagen. Nur ganz kurz«, fügte ich schnell hinzu, denn Sebastian hatte eine Augenbraue gehoben. »Es geht vorbei, und danach ist alles wieder normal. Ich versuche gerade, einen Termin im Krankenhaus zu bekommen.«

»Ich kann dich fahren, wenn du möchtest«, sagte er sofort. »Wir können auch jetzt gleich fahren, wenn du denkst, dass du lieber nicht warten willst.«

»Ich habe bei der Ärztin angerufen und auf die Mailbox gesprochen. Es ist jetzt nicht so akut oder so …«

»Ich kann dich fahren«, wiederholte er. »Lass es mich einfach wissen. Manchmal ist es ja besser, Gewissheit zu haben, bevor man sich langwierige Sorgen macht. Ich bin mir allerdings sicher, dass alles okay ist.« Er nickte mir zu, stand auf und verließ mit schwungvollen Schritten mein Büro.

Kaum war er weg, klingelte mein Telefon. »Ach, das ist ja gut. Ich bin grad auf dem Weg von der Kita in die Klinik und zu früh dran«, sagte die Ärztin fröhlich. »Wenn Sie gleich kommen, müssen Sie nicht lange warten.«

»Gut, dann komme ich gleich.« Ich warf Fridolin einen Blick zu, der in aller Seelenruhe zusammengerollt auf seiner Decke lag und leise schnarchte. Unschlüssig stand ich hinter meinem Schreibtisch. Ich war irgendwie zittrig.

»Fridolin, komm«, sagte ich leise, schulterte meine Tasche und nahm seine Leine. Er gähnte ausgiebig und streckte sich noch einmal, dann folgte er mir bedächtig zu Marias Büro. Das eigentlich mehr ein Wohnzimmer war mit seiner gemütlichen Sitzecke, den farbenfrohen Teppichen auf dem Boden und einem alten Küchentisch als Schreibtisch. Sie war gerade dabei, eine Trauerrede zu üben, und stand mitten im Raum, die Arme gehoben, während sie leise vor sich hin murmelte.

»Maria«, sagte ich, und sie drehte den Kopf in meine Richtung. »Ich müsste mal ganz kurz zum Arzt.«

Meine Chefin ließ schlagartig die Hände sinken. »Was ist passiert?«

»Äh … Ich habe so ein Kribbeln im Kopf und so«, sagte ich so unpräzise wie möglich. »Vielleicht sollte ich das noch mal checken lassen. Ich arbeite dann alles nach. Die nächste Trauerfeier ist bei mir auch erst um elf. Das sollte ich alles schaffen.«

»Feli!« Maria sah mich mit großen Augen an. »Ich muss gleich auf dem Friedhof sein, sonst würde ich dich fahren.«

»Wäre es vielleicht okay, wenn Sebastian mich fährt?«, fragte ich vorsichtig. Unser Job beinhaltete wichtige Veranstaltungen. Die konnte man nicht verschieben oder absagen. Wenn jemand krank wurde, war das immer ein großes Problem.

»Natürlich!«, sagte sie. »Fridolin kann sicherlich bei Alex bleiben. Brauchst du irgendetwas? Ein Glas Wasser?« Sie eilte schon los zu der kleinen Karaffe auf dem Fensterbrett, doch ich stoppte sie. »Nein. Alles gut.«

»Dann melde dich danach mal, und bitte bleib dann zu Hause und ruh dich aus. Wir bekommen das schon alles hin.« Sie änderte den Kurs und schoss jetzt auf mich zu, um mich in eine feste Umarmung zu ziehen. Für einen kleinen Moment gab ich mich dieser warmen Nähe hin. Verdammt, tat es gut, einfach in den Arm genommen zu werden. Ich seufzte tief, und Maria ließ mich vorsichtig wieder los.

Ich brachte Fridolin zu Alex und machte mich dann

auf die Suche nach Sebastian, den ich im Flur fand, wo er mit den Händen in den Hosentaschen aus dem Fenster sah.

»Sebastian?«, fragte ich leise und blieb knapp neben ihm stehen. Er drehte den Kopf und blinzelte mich an. Er sah sehr nachdenklich aus. »Ich würde dein Angebot gerne annehmen«, sagte ich.

»Dann auf«, erklärte er und schenkte mir ein Lächeln.

Keine zwanzig Minuten später waren wir im Marienstift. Sebastian begleitete mich bis zur Station, dann drückte er mir ganz unerwartet die Hand und ließ sich auf einen der Besucherstühle fallen. Meine Lieblingsärztin hatte mich schon entdeckt und kam mit wehendem Kittel über den Gang auf mich zugeeilt. Sie eilte wohl aus Gewohnheit. Als Klinikarzt grub sich das Eilen offenbar tief in die Genetik ein.

»Hallo Frau Morgenstern, kommen Sie doch gleich mit!« Schwungvoll stürzte sie in die andere Richtung, und ich folgte ihr. Es hatte Vorteile, vom Blitz getroffen zu werden. Man war medizinisch betrachtet irgendwie der Star. Hätte ich einen Asthmaanfall gehabt oder einen verstauchten Knöchel, hätte ich jetzt bestimmt sieben Stunden warten müssen, so aber waren gefühlte drei Minuten später diverse Plastikröhrchen mit Blut gefüllt, mein Herz abgehört und ein EKG geschrieben.

»Der Blitz ist kein richtiger Blitz«, erklärte ich der Ärztin, die daraufhin die Stirn runzelte und mich mit zusammengekniffenen Augen betrachtete.

»Aber wie genau fühlt es sich an?«, fragte sie noch einmal.

»Mein Kopf kribbelt. Sind Sie schon mal von einer Ameise gebissen worden? Genau so fühlt sich das an. Und wenn es ganz schlimm ist, dann blitzt es.«

»Also doch ein Blitz?«, fragte sie langsam.

»Nein«, erklärte ich. »Ich fühle den nicht richtig. Also nicht wie ein Blitzschlag sich wohl anfühlt. Es ist eher so …« Ich suchte nach Worten.

»Und wann tritt das auf?«

»Immer unterschiedlich.«

Sie legte eine Hand an die Nase und rieb sich die Nasenspitze. Dann nickte sie bedächtig. »Also, wir haben nun alle Tests wiederholt und Sie quasi noch einmal auf den Kopf gestellt. Es gab keine Auffälligkeiten. Ihre Blutwerte bekomme ich morgen, aber Ihr Herz ist unauffällig. Könnte es vielleicht sein, dass Sie zurzeit stark unter Stress stehen? Immerhin hält der Gedächtnisverlust an.« Sorgenvoll betrachtete sie mich und setzte sich im nächsten Moment schwungvoll auf einen der kleinen Rollhocker, die im Untersuchungsraum herumstanden.

»Sie erinnern sich also nach wie vor an nichts aus diesem Jahr? Auch nicht an das, was direkt vor dem Blitzschlag passiert ist?«

Stumm schüttelte ich den Kopf.

»Kennen Sie diese Bilder, auf denen Motive versteckt sind, die man erst erkennt, wenn man aufhört, das Motiv mit aller Anstrengung zu suchen? Man muss das Auge weiter stellen, um das ganze Bild sehen zu können.«

Schweigend hörte ich ihr zu. Meine Augenbraue wanderte von ganz alleine nach oben. »Ich sage nicht, dass es psychisch ist«, erklärte sie sofort. »Ich gebe nur zu bedenken, dass Sie zurzeit sehr viel zu schultern haben und vielleicht noch ein wenig Schonung brauchen. Ich könnte Sie noch mal krankschreiben.« Hoffnungsfroh strahlte sie mich an. Entsetzt schüttelte ich den Kopf. »Nein. Ich liebe meinen Job«, entfuhr es mir, und ich fühlte diese Wahrheit tief in mir. Ich liebte meinen Job, der so viel mehr war als nur ein Job.

Aber offenbar hatte ich auch ernsthaft einen an der Waffel. Die Blitze gab es nicht. Also nicht in echt. Das war äußerst frustrierend.

Ich fand Sebastian im Eingangsbereich der Klinik, wo er gerade eine Tafel Schokolade und einen Kaffee gekauft hatte.

»Es ist alles okay«, sagte ich und nahm die mir umgehend angebotene Schokolade entgegen.

»Das ist sehr schön«, sagte Sebastian und folgte mir aus der Klinik.

Ich drehte mich halb zu ihm um. »Danke, dass du mich gefahren hast.«

»Es war mir eine Freude«, antwortete er und sah dabei tatsächlich so aus, als wäre es ihm eine Freude gewesen.

Ich biss in die Schokolade, und gemeinsam liefen wir zu seinem Wagen. Als ich mich anschnallte, sagte ich leise: »Die Ärztin hat angedeutet, dass es psychosomatisch sein könnte.« Das hatte ich nicht sagen wollen. Ich hatte diese unangenehme Sache mit mir selbst ausmachen wollen. Heute Abend. Vielleicht mit einem Sahnepudding und einer Wolldecke. Aber irgendwie schien es plötzlich wichtig, es Sebastian zu sagen. Der parkte rückwärts aus, warf mir dann einen Seitenblick zu und fuhr zur Schranke.

»Das wäre nicht ungewöhnlich«, sagte er schließlich und schob das Ticket in den Automaten. Die Schranke hob sich, und er rollte langsam hindurch. »Du hast viel erlebt. Unsere Seele ist sehr viel empfindlicher, als wir es ihr im Allgemeinen zugestehen.«

»Aber was soll ich denn jetzt tun?«

»Feli.« Erstaunt sah er mich kurz an. »Du musst gar nichts tun.«

»Aber ich kann doch nicht ständig vom Blitz getroffen werden«, antwortete ich indigniert und sah aus dem Fenster.

»Du könntest Buch führen. Aufschreiben, wann genau der Blitz auftritt. Vielleicht ergibt sich irgendwann ein Muster. Und vielleicht hört es irgendwann auch einfach auf, wenn deine Seele genesen ist.«

Ich schnaubte. »Ja. Werde ich machen.«

»Ich hatte mal einen schlimmen Unfall und konnte danach nicht mehr Auto fahren«, sagte er unvermittelt und bog schwungvoll auf den Zubringer zur Autobahn ab. »Ein ganzes Jahr lang konnte ich mich einfach nicht auf den Fahrersitz setzen. Es war wie verhext. Mein Herz fing an zu rasen, und meine Seele … war davon überzeugt, wir müssten sterben. Also meine Seele und ich.«

»Was ist passiert?«, fragte ich leise und drehte mich zu ihm um. Er sah starr auf die Straße und hielt das Lenkrad so fest umklammert, dass die Knöchel an seiner Hand weiß wurden. »Etwas Schlimmes. Über das ich nicht so gut sprechen kann.«

»Entschuldige, dann musst du das natürlich auch nicht«, antwortete ich leise.

»Aber es ist vorbeigegangen.« Seine Finger griffen etwas weniger fest zu, und er schien sich ein bisschen zu entspannen. »Es brauchte Akzeptanz und Zeit. Und ein paar Gespräche mit einem Psychologen.« Jetzt lächelte er ganz leicht. »Man muss sanft mit der eigenen Seele sein. Manchmal möchte sie einem etwas mitteilen. Und dann muss man zuhören.«

Zurück im Büro, tat Fridolin so, als wäre ich Jahrzehnte lang weg gewesen. Er freute sich derartig, dass er mit seiner Rute zwei Kaffeetassen vom Tisch fegte. Nachdem ich das Chaos beseitigt hatte, sagte ich Maria kurz Bescheid, dass es mir gut ging, und machte mich dann wieder an die Arbeit. Dabei ging es mir in Wahrheit nicht wirklich gut. Natürlich war ich erleichtert, dass es keinen körperlichen Befund gegeben hatte. Seitdem Melanie aus dem Nichts so schwer erkrankt war, traute ich meinem Körper nicht mehr so sehr wie noch die Jahre davor. Das Gefühl der ewigen Unsterblichkeit war mir abhandengekommen. Aber auch wenn ich scheinbar gesund war, irgendetwas stimmte nicht mit mir – mit meiner Seele. Und das behagte mir ganz und gar nicht. Nicht zuletzt, weil ich mich mit körperlichen Beschwerden einfach besser auskannte.

Mir blieb aber keine Zeit, mir über irgendetwas Gedanken zu machen, denn kaum hatte ich den ersten Papierstapel abgearbeitet, musste Eduard zu einem Todesfall, woraufhin ich ihm Arbeit abnehmen musste, und dann waren auch noch bei der nächsten Trauerfeier die falschen Blumen geliefert worden – rote Rosen statt weißer Nelken. Also hatte ich alle Hände voll zu tun, und gefühlte vier Atemzüge und einen halben Kaffee später war mein Feierabend und ich hatte meinen Termin mit Frau Burghausen auf dem städtischen Friedhof. Ich rannte mit Fridolin zum Auto, zerrte ihn etwas unsanft in den Kofferraum und fuhr gerade noch so zügig wie erlaubt in die Stadt.

Ich hatte mich mit Frau Burghausen am Haupteingang verabredet. Als ich aus dem Wagen stieg und Fridolin an die Leine nahm, stand sie schon mit leicht gebeugten Schultern vor dem steinernen Tor.

»Ich bin da!«, rief ich schon aus drei Metern Entfernung, doch sie blickte weiter angestrengt auf den Boden vor ihr, als würde sie etwas suchen.

»Ah!«, sagte sie, sah endlich auf, und ganz automatisch strafften sich ihre Schultern. »Hier sind wir falsch«, erklärte sie, noch bevor sie mir die Hand gereicht hatte.

»Oh«, sagte ich und hielt leicht keuchend direkt vor ihr an. »Es gibt auch ein Kolumbarium …«, setzte ich an, doch sie winkte ab. »Ruhewald, ein kleinerer Friedhof, Seebestattung … Was möchte Ihr Mann denn?«, fragte ich und zwang mich, mir nicht anmerken zu lassen, dass ich immer noch ein wenig atemlos war.

»Es ist ihm egal. Zumindest war es das, denn jetzt kann ich ihn nicht mehr fragen. Es geht ihm sehr schlecht. Nur auf einen Friedhof will er nicht.« Sie schluckte schwer und starrte blinzelnd in die Baumkronen, während sie um ihre Fassung rang. Schließlich sagte sie leise: »Ich möchte seine Urne hier nicht hinbringen.«

Ganz vorsichtig legte ich meine freie Hand auf ihren

Arm. Fridolin, der bis vor drei Sekunden noch großes Interesse am Rinnstein gezeigt hatte, hob ebenfalls den Kopf und berührte Frau Burghausen mit der Nase am Knie. Sie schien meine Berührung gar nicht wahrzunehmen, beugte sich aber zu Fridolin hinunter und strich sanft mit den Fingerkuppen über seinen Kopf, woraufhin mein Hund lächelte. Das konnte er wirklich. Er hob die Lefzen und grinste sie an. Zweifelsohne.

Irgendwann blickte sie auf. »Ich möchte seine Asche bei mir haben. Und ihn, wenn die Zeit gekommen ist, auf einem Berg verstreuen. Oder in einem kleinen Waldbach. Ich habe den richtigen Ort noch nicht gefunden. Ich kann mich so schlecht konzentrieren und bin so verdammt müde. Verstehen Sie?«

Ich nickte und zögerte doch mit meiner Antwort. So sehr ich sie auch verstand, die Friedhofspflicht galt für alle. Das Bestatterwesen hatte strenge Regeln, und dass jeder, ob als toter Körper oder als Asche, auf einem Friedhof zur letzten Ruhe beigesetzt werden musste, galt bereits seit sehr langer Zeit. Auf diese Weise hatte man Seuchen eingedämmt. Diese Regel zu umgehen war extrem kompliziert.

»Wir werden eine gute Lösung für Sie finden«, versprach ich leise. »Wollen wir vielleicht mal zum Friedwald fahren? Es ist sehr schön dort.« Frau Burghausen nickte. »Aber vielleicht sollten wir das alles machen, wenn Ihr Mann gehen konnte«, bot ich ihr an. »Damit Sie jetzt mehr Zeit mit ihm haben.«

Sie zog eine Augenbraue hoch und schnaubte. »Ich muss mal raus, sonst werde ich verrückt. Im wahrsten

Sinne des Wortes. Wir haben ein tolles Palliativ-Team. Die haben mir gesagt, dass man als Angehöriger zwischendurch auch mal weggehen muss. Weil der Sterbende sonst nicht gehen kann. Das sei oft so. Und man dürfe sie nicht festhalten. Wussten Sie das?«

»Ich habe oft davon gehört«, antwortete ich zögernd. »Dass jemand ausgerechnet dann gestorben ist, als der Ehemann oder die Ehefrau nur mal kurz zur Toilette gehen musste.« Es hatte die Menschen oft sehr mitgenommen. Ich fand, die Angehörigen müssten solche Dinge gesagt bekommen, von den Menschen, die tagtäglich mit dem Tod zu tun hatten und seine Gepflogenheiten kannten. So wie ich auch oft gehört hatte, dass es Anzeichen für den beginnenden Sterbeprozess gab, die sehr beängstigend sein konnten. Oft genug wurden die Angehörigen damit alleine gelassen. Man sprach in unserer Gesellschaft nicht über den Tod, auch nicht, wenn er schon vor der Tür stand.

»Wollen wir ein Eis essen gehen? Mit viel Sahne?«, fragte ich unvermittelt, woraufhin Frau Burghausen eine Augenbraue hochzog.

»Eis«, sagte sie dann knapp, als hätte ich sie aufgefordert, sich nackt auszuziehen und auf einem Bein zu hüpfen.

»Ja«, antwortete ich und grinste. »Der Friedwald läuft uns nicht weg. Aber Sie brauchen definitiv ein Eis. Es ist warm. Frühling. Sie leben.«

Einen Moment lang musterte sie mich, als erwartete sie, dieser Vorschlag könne sich doch noch als dummer Scherz herausstellen, aber dann zog ein ganz vorsichtiges Lächeln über ihr Gesicht. »Sie auch«, sagte sie dann leise und nickte nachdrücklich. »Sie leben auch. Sie meinen also, diese Tatsache sollten wir kurz feiern.«

»Ja«, sagte ich voller Inbrunst.

»Wenn mich jemand sieht, werden die Leute sich das Maul zerreißen. Ihr Mann liegt im Sterben, und sie isst Eis!«

»Die Leute denken eh, was sie wollen«, sagte ich und umfasste Fridolins Leine fester. »Und wer die Hölle nicht kennt, durch die Sie gerade waten, sollte sich hüten, darüber zu urteilen.«

»Ich esse immer Spaghetti-Eis«, sagte Frau Burghausen leise.

Kapitel sechzehn

Wir verspeisten zwei Eisbecher. Jede von uns. Aber leider hatten wir noch immer keine Grabstelle, obwohl wir nach dem Eisgenuss noch zwei weitere Friedhöfe aufsuchten. Schließlich stapften wir kurz vor Ende der Öffnungszeiten noch einmal über den Hauptfriedhof. Ich hatte einen Plan dabei, der uns sagte, wo noch Plätze frei waren. Und irgendwann blieb Frau Burghausen vor einer leeren Fläche zwischen zwei belegten Gräbern stehen und gab ein dumpfes Geräusch von sich. Ich trat neben sie.

»Hier«, sagte sie dann und deutete auf die mit Gras bewachsene Erde.

»Warum?«, fragte ich überrascht. Ich konnte es kaum glauben.

»Weil«, antwortete sie trocken.

»Ah.«

»Der Baum ist hübsch.« Sie deutete auf die etwas versetzt stehende Eberesche. »Hier ist man ein wenig geschützt vor den Elementen. Was im Grunde scheißegal ist, weil mein Mann dann ja tot ist. Asche. Stört ihn nicht mehr, ob es reinregnet, nicht?«

»Vermutlich nicht«, erwiderte ich.

Frau Burghausen drehte sich ruckartig um. »Und da ist

eine Bank. Da kann ich dann sitzen und mein Sandwich essen, während ich den Grabstein anstarre. Und meinen Müll kann ich auch gleich entsorgen, da ist ein Mülleimer. Weit genug weg vom Parkplatz, aber nicht so weit weg, dass man erst eine mehrstündige Wanderung hinter sich bringen muss. Also eine gute Infrastruktur. Das nehmen wir.«

»Schlafen Sie doch noch mal drüber«, sagte ich, doch sie winkte ab.

»Brauche ich nicht. Ich will ihn nicht hierlassen. Aber wenn es sein muss, machen wir es so. Eine Kopfentscheidung, Frau Morgenstern. Sie waren mir eine enorme Hilfe. Das werde ich Ihnen nicht vergessen. Danke.«

Sie trat so abrupt vor, dass mir fast die Spucke wegblieb, und dann umarmte sie mich ein wenig ungelenk. Anschließend strich sie Fridolin noch einmal über den Kopf und marschierte dann über die frisch geharkten Kieswege zum Parkplatz.

Als ich eine halbe Stunde später zu Hause ankam, war es schon dunkel. Ich knipste die kleine Leselampe neben meinem Sessel im Wohnzimmer an und kochte mir einen Tee. Auf meinem Handy blinkten ziemlich viele Nachrichten. Mit der dampfenden Tasse kuschelte ich mich in meinen Sessel und zog mir eine Decke über die Knie. Fridolin quetschte sich in die Lücke zwischen Schrank und Wand, wo ich ihm mittlerweile eine Decke auf den Boden gelegt hatte. Ich nippte am Tee und öffnete die erste Nachricht. Die Elterngruppe wollte Kuchen. Mal wieder. Irritiert öffnete ich die nächste Nachricht. Sie kam von

Magdalena. Ich hatte ihr gestern, nachdem ich das Foto von ihr entdeckt hatte, eine Nachricht geschickt, ob wir uns nicht mal wieder treffen wollten. Irgendwie hatte mich unsere seltsame Begegnung im Supermarkt nicht losgelassen. Wie gerne hätte ich gewusst, was im letzten Jahr wohl zwischen uns vorgefallen war.

Doch sie schrieb nur:

Hab grad furchtbar viel zu tun. Der Laden brummt. Ich melde mich.

Ich schnaubte. Wie konnte es sein, dass wir uns so verloren hatten? Und wann war das passiert? Und warum? Mein Herz machte einen unangenehmen Doppelschlag, und ich schloss die Nachricht wieder, ohne etwas zurückzuschreiben. Danach kam meine Schwiegermutter. Mein Finger schwebte einen Moment lang reglos über dem kleinen Button, aber dann gab ich mir einen Ruck und öffnete sie.

Ich habe so ein komisches Schreiben vom Finanzamt bekommen. Kannst du mal gucken, was das ist?

Ein Foto von dem besagten Schreiben hatte sie auch gleich mitgeschickt. Ich wollte aber nicht gucken. Stattdessen begann mein Kopf wieder leicht zu kribbeln.

»Na toll«, murmelte ich, stellte meine Tasse ab und rieb mir den Schädel. Und dann klingelte mein Handy. Diesmal guckte ich vorher auf das Display. *Blöde Nachbarin* stand dort. Ich schnaubte. Da musste ich doch im Laufe des letzten Jahres einen seltenen Anfall von Humor gehabt haben. Ich legte das Handy erst auf den Beistelltisch, doch das war nicht gut. Denn der Schmerz in meinem Kopf war wieder da. Mit einem Stöhnen hob ich das Handy wieder auf, was dämlich war, weil es dadurch nicht aufhörte zu klingeln. Aber da ich es nun schon mal in der Hand hielt und der Klingelton mir im Kopf schmerzte, ging ich doch ran.

»Frau Morgenstern!«, ranzte Frau Degenhard, kaum hatte ich sie am Ohr. »Wir hatten doch über den Löwenzahn gesprochen. Und Sie haben mir versichert, dass Sie ihn entfernen werden.«

Meine Augen fingen an zu tränen, und ich blinzelte. Etwas begann in meinem Gesichtsfeld zu flackern, und entsetzt riss ich die Augen vollständig auf. Die Lampe neben mir blinkte.

»O Gott«, stöhnte ich auf und schmiss das Handy von mir. Mein Herz raste wie verrückt. Fridolin sprang auf und bellte, als wären die Hunnen im Haus. Er kläffte erst mich, dann die Lampe an, die mit einem sonderbaren Zischen noch ein paarmal zuckte, knackte und dann verlosch.

Mit weit aufgerissenen Augen starrte ich in die Dunkelheit.

Die Lampe war explodiert.

Mein Atem raste immer noch. Langsam stand ich auf und umrundete mit Sicherheitsabstand das Handy auf dem Boden. Dann ging ich zum Schrank, öffnete ihn mit zitternden Fingern, griff mir die Flasche des irischen Bestatters und trank einen tiefen Schluck. Der Alkohol schoss mir wie Feuer durch die Speiseröhre und entzündete in meinem Bauch eine warme Flamme. Also nahm ich noch einen Schluck. Und dann setzte ich mich auf den Boden, zog die Beine an und saß ganz still. Vielleicht wurde ich ja langsam verrückt.

Eine ganze Weile saß ich dort. Irgendwann legte sich Fridolin auf meine Füße und schlief dort ein, und als ich ihn eine Stunde später weckte, konnte ich nur ins Schlafzimmer humpeln, weil mir der Hintern eingeschlafen war. Und die Füße. Ich fühlte mich, als wäre ich 120 Jahre alt. Fridolin folgte mir gähnend. Ich kroch mittig ins Bett, ohne mir die Zähne zu putzen oder mich auch nur auszuziehen. Auch dorthin folgte Fridolin mir, und so bettete ich mein Gesicht auf das seidige Fell seines Kopfes, schloss die Augen und schlief augenblicklich ein.

Am nächsten Morgen sah mein Spiegelbild im Badezimmer ganz normal aus. Gar nicht so, als wäre ich in der Lage, Lampen zum Blinken und Explodieren zu bringen. Mechanisch wusch ich mich, putzte meine Zähne und drehte eine Runde mit dem Hund, um dann zu frühstücken. Toast und Kaffee. Mein Handy lag immer noch auf dem Boden, doch ich fasste es nicht an. Ich ließ es einfach dort liegen und machte nur im Hinausgehen einen großen Schritt darüber. Dabei konnte das arme Ding ja nichts dafür. Es war meine Seele, mit der etwas nicht stimmte.

Im Institut machte ich mich daran, den Raum für eine anstehende Trauerfeier vorzubereiten. Bunte Blumen waren in rauen Massen geliefert worden, und ich versuchte sie so anzuordnen, dass es nicht völlig chaotisch aussah. Alex half mir. Irgendwann tauchte Sebastian auf und übernahm Alex' Part, der sich wiederum zu Fridolin ins Büro begab. Schweigend dekorierten wir weiter um den weißen Sarg mit den aufgemalten blauen Wolken herum. Farblich hätte es eigentlich andersherum sein müssen, aber hübsch war es allemal. Offenbar hatte die Familie der Verstorbenen zusammen mit Eduard den Sarg selbst hergerichtet.

»Geht es dir gut?«, fragte Sebastian mich, als ich zum dritten Mal einen Strauß rosafarbener Margeriten quer durch den Raum trug.

»Ich habe gestern eine Lampe zum Explodieren gebracht«, antwortete ich teilnahmslos. »Ist das dann noch psychosomatisch?« Ich stellte den Blumenstrauß geräuschvoll auf die Holzdielen, zuckte über so viel Energie erschrocken zusammen und sagte in Richtung Sarg: »Entschuldigung.«

»Schwankungen in der Stromleitung. Dafür gibt es viele Erklärungen«, erwiderte Sebastian, der mir mit einem ganzen Arm voller weißer Nelken gefolgt war.

»Klar. Vielleicht habe ich jetzt auch magische Kräfte. Und warum können wir diesen Friedhofszwang nicht irgendwie umgehen? Nur für die Leute, für die es wirklich keinen Sinn macht.«

»Frau Burghausen und ihr Mann«, sagte Sebastian und versuchte unser Arrangement ein wenig sinnvoller hinzustellen. Was nicht funktionierte. Es waren zu viele zu bunte Blumen.

»Ja«, erwiderte ich knapp. »Und diese vielen Blumen

sehen doof aus«, fügte ich leiser hinzu. »Die kann man nicht so hinstellen, dass es gut aussieht.«

Sebastian brummte und betrachtete die Massen an Blüten und Farben. »Frau März hat eine große Familie, und offenbar mochte sie bunte Blumen.«

»Ich weiß gar nichts über Frau März«, erwiderte ich und spürte zu meinem Entsetzen, wie mir die Tränen in die Augen traten. Wo war denn bitte meine professionelle Distanz abgeblieben? Mit der Lampe gestern explodiert und verpufft?

»Sie hat sieben Kinder alleine großgezogen. War immer liebevoll und gerecht.« Sebastian fing mich im Laufen ein und hielt mich sanft an den Schultern. Nicht als wollte er mich festhalten, mehr so, als wollte er mir Halt geben, weil ich sonst wegwehen könnte. »Sie hat eines ihrer Kinder an den Krebs verloren. Sie hatte Hühner und einen großen Garten. Sie war liebevoll und laut und launisch. Sie hat sehr geliebt, und sie wurde sehr geliebt. Geboren ist sie in Kattowitz. Aber sie hat hier Fuß gefasst. Und sie hat fünfzehn Enkelkinder. Und drei Urenkel. Du hast im letzten Jahr mit ihr die Vorsorgevollmacht gemacht und ihren selbst gebrauten Pflaumenschnaps getrunken, dafür war sie berühmt. Das hat mir Alex erzählt. Danach warst du ein wenig angeschickert. Du hast sogar gesungen, und Maria hat dich lieber nach Hause gefahren. Frau März wollte, dass dieser Tag ihr Leben feiert. Das pralle, lange, volle Leben, das sie leben durfte.«

Jetzt liefen tatsächlich Tränen über mein Gesicht. Sebastian hielt mich immer noch ganz fest. Damit ich nicht wegfliegen konnte. Seine Hände waren stark. Er konnte mit einem Sturm umgehen. Vielleicht sogar mit einem Orkan. Ich sah ihm fest in die Augen und konzentrierte mich auf das schimmernde Moosgrün, das mir schon bei unserer ersten Begegnung aufgefallen war.

»Deine Seele hat eine Verletzung erlitten. Sie muss heilen. Aber das wird sie. Du bist nicht alleine.«

»Ich weiß aber gar nicht, was sie verletzt hat«, japste ich. »Es gab keine Katastrophe. Keinen Unfall. Nur den Blitz.«

Sebastian legte mir die Hände an die Wangen, und ich schloss die Augen. Langsam beruhigte sich mein rasendes Herz. »Es wird alles gut werden.«

Ich blieb einen Moment so stehen. Gehalten von diesem Mann, den ich nicht kannte, der aber so viel Wärme ausstrahlte, dass er mich bis tief in meine Seele berührte.

»Okay«, flüsterte ich schließlich.

Er ließ mich vorsichtig los, und es war tatsächlich okay. Zumindest für diesen Moment. Ich rieb mir das Gesicht am Ärmel meiner Bluse trocken und atmete tief durch. Und dann trug ich die Margeriten wieder zurück. Neben den Sarg von Frau März, wo sie auch vorher schon gestanden hatten. Sebastian trug die Nelken hinterher und stellte sie daneben. »Sieht jetzt gut aus«, befand er dann, und im selben Moment begann der lange Strom der Hinterbliebenen in den Raum zu treiben.

Es waren sehr viele Menschen, und sie verteilten sich überall und redeten, standen in Grüppchen, begrüßten sich. Unsere sorgsam aufgestellten Stühle wurden von dieser Flut fast weggeschwemmt, weil sich niemand setzte.

Maria tauchte an der Tür auf und reckte den Hals. Als sie uns entdeckte, schritt sie mit weit ausholenden Schritten quer durch den Raum, neigte vor dem Sarg den Kopf und trat dann zu uns. »Der ganze Hof ist voll. Wer hat denn was von fünfzig Leuten gesagt?«

»Frau März«, erklärte Sebastian. »Steht im Vertrag. Und daneben steht handschriftlich, dass das sehr großzügig geschätzt sei.«

Ein weiterer Schwung Gäste ergoss sich in den Raum, und sorgenvoll beobachtete ich, wie einige der Ankommenden die Stühle beiseiteschoben.

Ein Mann trat zu uns und reichte uns die Hand. »Helmut März«, stellte er sich vor und ergänzte mit dröhnendem Bass: »Ich bin der Sohn!« Dabei klopfte er leicht auf das Sargoberteil, was uns kollektiv zusammenzucken ließ. »Wir würden die Mama jetzt in den Hof tragen. Bei so strahlendem Sonnenschein wäre sie niemals drinnen geblieben. Sie hat im Februar schon die Tage gezählt, bis sie endlich wieder jeden Tag draußen sein konnte. Außerdem kommt noch der Hans mit seiner Familie, und die Helga ist auch noch nicht da. Das sind auch noch mal weit über dreißig Leute.« Er grinste uns an, und im nächsten Moment kamen drei weitere Männer und zwei Frauen dazu. Die Flügeltür zum Hof wurde weit geöffnet, und die fünf Leute packten den Sarg und trugen ihn vorsichtig in den Garten.

»Die Lösung des Problems«, seufzte meine Chefin und folgte dem Sarg, woraufhin Sebastian und ich uns die Sargstützen schnappten und bis an den Anfang des Zuges durchkämpften. Und so stand Frau März wenige Minuten später mitten auf der Wiese, umgeben von einem Meer aus Löwenzahn und Gänseblümchen. Die knorrige Eberesche hob ihre Äste über die blauen Wolken auf dem Sarg, der Himmel war nicht minder blau, und die Frühlingssonne schien aus allen Knopflöchern. Und überall waren Menschen. Große, kleine, dicke, dünne, lustige, traurige Menschen. Ich wurde umspült von ihnen, von allen Seiten freudig begrüßt, obwohl ich niemanden kannte. Ein paar Kinder begannen die Gänseblümchen zu pflücken, Kränze daraus zu flechten und die kleinen Kunstwerke auf den Sarg zu legen.

Die Erwachsenen kamen langsam zur Ruhe, denn Pastorin Gertelmann hatte sich zu uns gesellt und schüttelte gerade jedem der Anwesenden die Hand. Was einige Zeit dauerte. Dann verbeugte sie sich so tief vor dem Sarg, dass ihre Nase fast die vorwitzigen Löwenzahnblüten berührte, und drehte sich schließlich zu uns um.

Ihre Ansprache war warm und liebevoll, so wie wir es von der jungen Frau gewohnt waren. Seit vier Jahren war sie jetzt in der Gemeinde, und seit diesen vier Jahren hatte die Gemeinde wieder begonnen zu wachsen. Der Glaube war eine Sache, aber der Mensch, der unsere Verbindungsstelle zu diesem Glauben darstellte, war eine so viel entscheidendere Komponente. Und Pastorin Gertelmann war das verbindende Element in dieser Gemeinde geworden.

Sie sprach über das bewegte Leben von Frau März, als wäre sie persönlich dabei gewesen, erwähnte den Tod ihres Mannes vor vielen Jahren, würdigte jedes einzelne Kind, jeden Enkel, jeden Urenkel. Tränen flossen neben mir, und ich verteilte die Taschentücher, die ich immer in meiner Hosentasche mit mir herumtrug. Und dann rief Frau Gertelmann laut: »Lasst uns beten!«

Und alle begannen gleichzeitig das Vaterunser zu sprechen. Laut und vernehmlich hallte dieses alte, kraftvolle Gebet durch den Garten und umhüllte uns. Und statt die Hände zum Gebet zu falten, wurden überall Hände auf Schultern gelegt, Finger ineinander verschränkt. Die Frau neben mir legte den Arm um meine Schulter, der Mann rechts von mir ergriff meine Hand. Und plötzlich weinte auch ich. Ein ganzer Sturzbach ergoss sich aus mir. Die Frau hielt mich fester, und der Mann drückte meine Hand. So standen wir noch minutenlang still da, nachdem die letzte Zeile des Gebets verklungen war.

Und dann schwebte plötzlich eine Espressotasse in mein Gesichtsfeld. Sie kam von irgendwoher, und überall wurden jetzt Gläser, Tassen und andere Behältnisse herumgereicht.

»Auf Mama!«, rief jemand, und alle reckten die Gläser und Tassen zum Himmel. Und weil ich mittendrin stand, tat ich es ihnen gleich.

Ich trank und musste husten.

»Mamas Pflaumenschnaps«, japste die Dame neben mir und lachte. »Erinnert ihr euch, als Mama ihren ersten eigenen Pflaumenbaum gepflanzt hat? Sie hat ihn eigenhändig in die Erde gebuddelt, und seitdem trägt er Pflaumen. Jedes Jahr.«

»Ja!«, kamen Rufe aus der Menge. »Auf Mama! Und den Pflaumenbaum!« Eine Flasche wanderte an mir vorbei, hielt inne, goss mir nach und zog weiter. Und wieder tranken wir. Jemand hielt eine kleine Ansprache, und danach wurde in einer Ecke des Gartens das alte Volkslied *Hejo, spann den Wagen an!* angestimmt.

Ich hatte schon so viele Beerdigungen erlebt. Einige waren sehr traurig gewesen, einige sonderbar emotionslos, aber alle hatten einen Rahmen gehabt. Einen verlässlichen Rahmen, der die einzelnen Rituale, die Lieder, die Gebete oder Reden sortiert und in eine Reihenfolge gebracht hatte. Hier war alles wild durcheinander. Singen, Lachen, Weinen. Und es war herrlich. Das Leben pulsierte um Frau März herum, und wenn Sebastian recht hatte und ihre Seele noch am Rande dieser bunten Gesellschaft schwebte, konnte sie nun glücklich und zufrieden ihre letzte Reise antreten.

Wieder füllte jemand meine Espressotasse auf, und ich nahm mir vor, dass das definitiv mein letzter Schluck Pflaumenschnaps sein würde. Sonst war ich es, die das nächste Lied anstimmte, und ich kannte nur üble Trinklieder, die den Menschen umgehend die Schamesröte ins Gesicht getrieben hätten.

Irgendetwas schwebte plötzlich vor meinem Gesicht, und aus einem Reflex heraus streckte ich die Hand aus. Das Etwas ließ sich leicht fangen, und als ich die geschlossene Faust wieder öffnete, lag eine weiße Feder darin. So leicht, dass ich ihr Gewicht nicht spüren konnte. Ich blickte zum Himmel, aber da war kein Vogel, der mir dieses kleine Geschenk bereitet hatte. Der Himmel war strahlend blau und leer. Ich sah wieder auf die Feder. Sie war fast so groß wie meine Handfläche. An der Spitze war sie ordentlich gefasst und straff, weiter unten wurde sie geradezu puschelig. Sie war perfekt. Würde ein Kind eine

Feder malen, wäre es diese hier auf meiner Handfläche. Die Frau neben mir sah mich an und lachte. »Ein Gruß von meiner Mutter an Sie.«

Die Feier in unserem Garten sprengte die üblichen Abläufe vollkommen. Zum Glück bekam man im Gebäude von dem Treiben im Garten nichts mit, dennoch mussten wir uns alle ganz schön krumm machen, um den Betrieb am Laufen zu halten. Und dann hatten wir auch noch alle mindestens drei Espressotassen Pflaumenschnaps intus. Aber noch zwei weitere Trauerfeiern mussten vorbereitet und ein Gespräch mit Hinterbliebenen geführt werden, und ich musste dringend einige Bestellungen vornehmen.

Als das schließlich gelungen war, wurde im Garten immer noch gefeiert. Die Gäste hatten sich auf Decken und Stühlen niedergelassen und verspeisten allerlei Dinge, die sie mitgebracht hatten.

Ich stand an meinem Bürofenster und sah hinaus. Etwas so Schönes erleben zu dürfen ließ meine eigenen Probleme und Sorgen zumindest für einen Moment nicht mehr so wichtig erscheinen.

»Du hast schon Feierabend«, erklang es hinter mir. Sebastian stand im Türrahmen, einen Teller mit Gebäck und Käse in der Hand. Offenbar war er von Frau März' Familie versorgt worden. Er trat zu mir und hielt mir seine kulinarischen Schätze entgegen. Ich griff mir ein Stück Käse und eine Traube.

Einen Moment lang standen wir schweigend nebeneinander und sahen aus dem Fenster. Und dann sagte Sebastian: »Wir wissen, wie kraftvoll und heilsam unsere

Rituale sind. Wenn wir so etwas erleben dürfen, können wir doch nur daran glauben, dass wir alle tief miteinander verbunden sind. Alle Menschen, egal, wo sie herkommen, egal, an was sie glauben. Und das ist überall auf der Welt gleich.«

Kapitel siebzehn

Als wir an diesem Tag endlich zu Hause waren, schaffte Fridolin es nur noch mit größter Mühe, sein Abendessen zu verspeisen, dann drehte er sich auf allen vier Pfoten um, trabte zu seinem Körbchen, rollte sich dort ein und stand nicht mehr auf.

»Tja, mein Freund. Vorher mag dein Leben eintönig und langweilig gewesen sein. Mit mir kann man wirklich Dinge erleben, was?«, murmelte ich, während ich unschlüssig in der Küche herumstand. Schließlich kochte ich mir einen Tee und beobachtete gedankenverloren, wie sich die Teewolke in der Tasse immer weiter ausbreitete. Im Haus war es still und friedlich. Bis mein Handy klingelte und das schrille Bimmeln mich unsanft in die Realität zurückholte. *Blöde Nachbarin* stand auf dem Display.

»Hm«, brummte ich. Ich hatte sie mir ja gestern förmlich vom Leib geschmissen, die blöde Nachbarin. Ich biss mir auf die Unterlippe und zupfte ein paarmal am Teebeutel, der daraufhin noch mehr dunkle Wolken ins Wasser entließ. Wenn ich mit meiner Nachbarin telefonieren würde und das Gespräch dann so plötzlich abgebrochen wäre, wie es gestern geschehen war, wäre ich an ihrer Stelle dann nicht vielleicht doch mal ganz kurz gucken gegangen, ob sie eventuell aus den Latschen gekippt war?

Ich dachte noch einen Moment länger darüber nach. Doch, das hätte ich getan. Ich wäre rübergelaufen, um nachzusehen. Meine Nachbarin allerdings hatte diese Ambitionen ganz offensichtlich nicht gehabt. Es hatte sie nicht geschert, ob ich vielleicht einen Schwächeanfall erlitten hatte. Oder Schlimmeres.

Das Handy verstummte endlich.

Fakt war, ich wollte den Löwenzahn nicht wegmachen. Er hatte verdammt noch mal ein Recht darauf, in meiner Einfahrt zu wachsen. Das hatte er sich ausgesucht, und er störte mich nicht. Und meine Nachbarin sah ihn von ihrem Haus aus im Grunde kaum. Es ging hier nur um irgendeinen Ordnungsanspruch. Reinlich sollte alles sein. Aufgeräumt.

Und siehe da, im nächsten Moment begann mein Handy wieder zu klingen. Fridolin gab von seinem Körbchen aus ein genervtes Stöhnen von sich, und die Luft schien sich um mich herum zusammenzuziehen. Ich blinzelte kurz und schob den Tee zur Seite. Es kribbelte. Überall in meinem Körper. Schließlich griff ich nach dem Telefon, nahm das Gespräch an und sagte: »Hallo Frau Degenhard.«

»Ja, Frau Morgenstern. Was ist jetzt mit dem Löwenzahn?« Sie klang eindeutig angepisst, und aus irgendeinem Grund machte mich das derartig wütend, dass mein Herzschlag zulegte.

»Nichts ist damit«, beschied ich knapp und ein wenig erstaunt über meinen eigenen scharfen Tonfall.

»Äh, bitte?«

»Frau Degenhard. Der Löwenzahn tut Ihnen nichts. Er

dient zurzeit als Hummel- und Bienenweide. Und ich muss Ihnen hoffentlich nicht erklären, dass wir jede einzelne Blüte benötigen. Die Insekten sterben. Aus ökologischer Sicht ist es völlig unmöglich, ihn zu entfernen. Und abgesehen davon ist es vielleicht *Ihre* Vorstellung, dass Löwenzahn nicht in Einfahrten wachsen darf. Ich habe darüber nachgedacht und bin zu dem Schluss gekommen, dass ich diese Vorstellung nicht teile. Bei mir darf er wachsen, blühen und sich selbst aussäen. Ich wünsche Ihnen noch einen schönen Tag.« Die letzten Worte hatte ich förmlich ins Telefon gebrüllt, und dann legte ich mit zitternden Händen einfach auf. Nicht nur meine Hände zitterten. Alles an mir schien von einem Beben erfasst zu sein.

Was war das denn gewesen? Oder besser: wer? Ich legte beide Hände auf den kühlen Stein des Tresens und beobachtete, wie meine Finger immer weiter zitterten. Und dann erinnerte ich mich an die vielen Male, in denen Frau Degenhard von mir verlangt hatte, meine Einfahrt zu säubern oder einen Strauch zu schneiden, der in ihren Augen zu dicht an ihrer Grundstücksgrenze wuchs. Ich erinnerte mich, wie sie unseren lieben Nachbarn Manfred wüst beschimpft hatte, weil er das Laub unter seinen Bäumen einfach hatte liegen lassen, statt es mit einem stinkenden und lärmenden Laubsauger wegzupusten. Und das alles immer in diesem überheblichen Tonfall eines Menschen, der davon überzeugt war, alles richtig zu machen, und alle anderen Menschen für unterbelichtet hielt.

»Wow«, murmelte ich. »Vielleicht hätte ich das schon viel früher tun sollen?« Aus irgendeinem Grund war ich mir sicher, dass ich vor dem Blitz noch nie in meinem ganzen Leben so klar und deutlich gesehen hatte. Ich wusste zwar immer noch nicht, warum mich der Blitz getroffen hatte, aber es gab nicht nur schlechte Seiten.

Fridolin seufzte wieder schwer und machte sich sicherlich gleich einen Eintrag in seine Chroniken über das sonderbare Leben mit Felicitas Morgenstern.

Am nächsten Tag hatte ich noch nicht ganz vor dem Büro geparkt, als mich eine sonderbare Unruhe ergriff. Dabei gab es eigentlich keinen offensichtlichen Grund dafür. Der alte Hof sah prachtvoll und heimelig aus wie immer. Die Rosen beglückten uns mit vielen knubbeligen Knospen, und es würde nur noch wenige Wochen dauern, bis sie endlich ihre bunte Farbenpracht präsentierten. Nur hingen heute ein paar Wolken am Himmel. Das erste Mal seit langer Zeit. Es war ein recht warmes und trockenes Frühjahr gewesen.

Die Fridolin-Runde hatte ich schon bei mir zu Hause erledigt, und so ging ich gleich zügig in mein Büro und danach mit dem Telefon in der Tasche, einer Tasse Kaffee in der Hand und meinem Hund an der Seite in den Besprechungsraum. Ich stellte mich zu den anderen in den Kreis und lauschte andächtig Marias Worten. Dann berichtete Eduard kurz, wie die Nacht gewesen war, und als Sebastian mit seinem Bericht dran war, wurde mir klar, warum mich die Unruhe gepackt hatte.

»Frau Burghausen hat sich heute Nacht gemeldet. Ihr Mann ist verstorben. Ich bin zu ihr gefahren, aber es schien mir besser, ihr noch ein wenig Zeit zu geben. Ich habe ihr erklärt, dass ihr Mann nach seinem Tod noch sechsunddreißig Stunden zu Hause bleiben kann.«

»Gut gemacht«, sagt Maria anerkennend, und ich schluckte trocken. Nun war es also geschehen. In dieser Nacht. Und obwohl es für uns eine doppelte Fahrt bedeutete, war es für Maria wichtiger, Frau Burghausen Zeit zu geben, um sich von ihrem Mann zu verabschieden. Ich mochte meine Chefin.

»Ich würde gegen elf noch einmal hinfahren«, sagte Sebastian. »Könntest du mitkommen, Feli?«

Ich blickte auf, erstarrte für einen Moment und warf dann hilfesuchend einen Blick in meinen eigenen Tagesplan. Er konnte ja nicht wissen, dass ich solche Aufgaben normalerweise nicht übernahm. »Ich habe sehr viel zu tun«, murmelte ich leise.

»Herr Burghausen ist ganz leicht«, erklärte Sebastian abwesend, während er in seinen Unterlagen blätterte. »Ich möchte nicht so gerne alleine fahren, wenn die Angehörigen dabei sind.«

»Du solltest gar nicht alleine fahren«, erklärte Maria aus irgendeinem Grund knapp. »Kann Rocco mitfahren?«, fragte sie, doch unser Kollege schüttelte den Kopf. »Keine Zeit«, erwiderte er.

»Ich könnte einen Termin verschieben«, murmelte Maria, und die Dankbarkeit, weil sie bereit war, für mich einzuspringen, ließ mir kurz die Knie weich werden.

»Nein, ich kann das schon«, sagte ich schnell, noch bevor ich mir auf die Wange beißen konnte. Vielleicht sollte ich anfangen zu denken, bevor ich den Mund aufmachte? Ich runzelte die Stirn, brachte aber ein Lächeln zustande, als Maria von ihrem Kalender aufsah.

»Prima!«, sagte sie wieder voller Anerkennung und schenkte mir ebenfalls ein Lächeln.

»Dann nehmt ihr den schönen Volvo und Eduard den Mercedes, und wir können uns unserem Tagwerk widmen.« Sie nickte entschlossen und eilte dann mit federnden Schritten aus dem Raum.

»Den schönen Volvo?«, fragte Sebastian verdutzt. Ich musste mich kurz räuspern, bevor ich antworten konnte. »Der Mercedes ist alt, und die Anschaffung eines zweiten Leichenwagens hat sich über lange Zeit gezogen. Maria wollte eigentlich einen Volkswagen haben, aber der war so teuer wie ein Reihenhaus. Und der Mercedes ist mit Eduards Hintern derartig verwachsen, dass eigentlich nur er ihn fahren kann. Die Schaltung ruckelt auch so komisch, und überall liegen Eduards Zitronenbonbons rum. Und es müffelt nach Duftbaum. Nun ist es also ein Volvo geworden«, erklärte ich ihm.

»Dann lass uns den schönen Volvo nehmen. Mit dem Mercedes war ich heute Nacht unterwegs. Und es stimmt, der riecht seltsam, nach Kiefernwald und Zitrone. Ich hole dich um kurz vor elf ab, okay?«

Ich nickte und gab mir Mühe, mir meine Beklommenheit nicht anmerken zu lassen. Weil ich solche Fahrten normalerweise eben nicht machte. Ich sprach mit den Hinterbliebenen, kümmerte mich um sämtliche Angelegenheiten und begutachtete das fertige Werk unserer Bestattungsmeister. Ich war die Frau im Hintergrund.

Aber es war zu viel zu tun. Und vielleicht konnte ich Frau Burghausen so ein klein wenig zur Seite stehen. Leider ging mir trotzdem der Hintern auf tiefstes Grundeis, und als ich wieder im Büro saß, zusammen mit zwei älteren Damen, die eine Urne für ihre Schwester aussuchen wollten, merkte ich deutlich, dass meine Hände leicht zitterten.

Die Urnensuche gestaltete sich schwierig, und schließlich beschlossen die Schwestern, über diese komplexe Frage noch eine Nacht zu schlafen und am nächsten Tag noch einmal wiederzukommen. Und dann stand auch schon Sebastian bei mir im Büro. Er wippte auf den Fußballen und schien voller Tatendrang zu sein. Ich brachte Fridolin zu Alex, der sogleich seine obligatorischen Büro-Birkenstocks gegen Laufschuhe tauschte, um mit dem Hund seine Mittagspause im Wald zu verbringen. Mein Kollege hatte offenbar Zeit. »Viel Spaß«, sagte ich empört, und jetzt zitterte sogar meine Stimme leicht.

»Feli«, sagte Alex und nahm mir die Leine aus der Hand. »Du kannst das. Du bist toll! Die Beste!« Er tätschelte mir die Schulter und verschwand mit dem freudig wedelnden Fridolin durch den Hinterausgang.

Nachdem ich noch einmal tief durchgeatmet hatte, lief ich mit Sebastian zum Volvo. Ich liebte meinen Job. Bis die großen schwarzen Autos ins Spiel kamen. Oder das gekachelte »Hinterzimmer«, wie man es vornehm ausdrückte.

Geschickt manövrierte Sebastian den Volvo aus seiner Parklücke und rollte vom Hof.

»Konnte Herr Burghausen gut gehen?«, fragte ich leise und schob mir die Hände zwischen die Knie. Meine Finger waren ganz kalt.

»Ich bin mir nicht sicher. Frau Burghausen war sehr mitgenommen, und sie hat uns wohl direkt angerufen, weil sie dachte, das muss man. Der Arzt war auch grad da, als ich kam. Es war ein wenig hektisch, und ich hatte das Gefühl, dass sie noch ein wenig Zeit brauchte. Zeit mit ihrem Mann.«

Ich sah zu ihm rüber, und im selben Moment warf er mir aus seinen grünen Augen einen Seitenblick zu. »Du brauchst dir keine Sorgen zu machen, Feli. Ich wusste nicht, dass du diesen Aspekt der Arbeit nicht so magst. Ich kann das zur Not auch alleine.« Seine Hand löste sich vom Schaltknauf und legte sich für den Bruchteil einer Sekunde auf meinen Arm. Eine sonderbare Geste der Nähe, die sich gut anfühlte.

»Ich bekomme das schon hin«, sagte ich, und aus irgendeinem Grund glaubte ich meinen eigenen Worten. Wenigstens drei Atemzüge lang.

»Es ist immer das Unbekannte, das uns Angst macht. Man muss Routine entwickeln, dann wird es einfacher«, erwiderte Sebastian und klang dabei so, als ob er wüsste, wovon er sprach.

Keine zehn Minuten später parkten wir vor dem Flachdachbungalow von Familie Burghausen. Ein schickes, modernes Teil, das gut zu Frau Burghausen passte. Akkurat geschnittener Buchs säumte den kleinen Weg zur lackschwarzen Aluminiumtür. Sebastian ließ die Trage noch im Auto, und so standen wir dicht nebeneinander auf dem Treppenabsatz, als Frau Burghausen die Tür öffnete.

»Hallo«, begrüßte sie uns mit einem tiefen Seufzer. »Schön, dass Sie auch da sind«, sagte sie zu mir und trat beiseite, um uns hereinzulassen. »Heute Morgen sind ein paar Freunde gekommen.« Wir folgten ihr durch einen unendlich langen Flur ins Wohnzimmer, wo eine riesige Fensterfront den Blick in den frühlingshaft erblühenden Garten freigab. Im Raum standen viele Menschen. Alle hielten sonderbarerweise eine Tasse in der Hand, vielleicht, um sich daran festzuhalten. Und alle sahen sehr übernächtigt aus.

»Haben Sie den Hund nicht dabei?« Frau Burghausen sah sich um, und ich schüttelte den Kopf. »Er macht keine Außentermine«, erklärte ich und merkte im selben Moment, wie unpassend meine Bemerkung war. Aber Frau Burghausen lächelte.

»Er kann jederzeit dabei sein. Ich mag ihn. Was passiert jetzt?« Ihr Lächeln verschwand schlagartig. Möglicherweise wollte sie aber auch gar keine Antwort haben, denn im nächsten Moment fragte sie: »Möchten Sie einen Kaffee?«

»Sehr gerne«, antwortete Sebastian für uns beide, und Frau Burghausen eilte in die offene Küche, um sich an der Maschine zu schaffen zu machen. Alle anderen im Raum hielten sich schweigend an ihren Tassen fest.

Kurz darauf kehrte Frau Burghausen mit zwei dampfenden Kaffeetassen zurück. »Also. Wie geht es jetzt weiter?«, fragte sie noch einmal, wirkte aber völlig abwesend, als wüsste sie, dass die Antwort sie überfordern könnte.

»Wir würden Ihren Mann jetzt mitnehmen und in das Beerdigungsinstitut bringen. Dort findet dann auch die Trauerfeier statt«, erklärte ich ihr leise und nahm ihr eine der Kaffeetassen ab.

Sie nickte geistesabwesend. Die Stirn in Falten gelegt, starrte sie auf einen Punkt hinter mir an der Wand, als müsste sie eine sehr komplizierte Rechenaufgabe lösen.

Doch im nächsten Moment sah sie mich wieder an und sagte klar und deutlich: »Das geht noch nicht.« Sie hatte das so laut gesagt, dass die anderen Anwesenden unwillkürlich aufblickten.

»Was meinen Sie damit?« Ich war froh, mich an meiner Tasse festhalten zu können.

Sie sah mich an und wirkte plötzlich durch und durch hilflos. »Es fehlt etwas.« Sie klang fassungslos, wie ich es bei Trauernden oft erlebt hatte. Wie ich es nach dem Tod von meiner Mutter und Melanie bei mir selbst erlebt hatte. »Was fehlt denn? Wollte noch jemand kommen?« Ganz vorsichtig trat ich einen Schritt auf sie zu und berührte sie am Arm.

Statt zu antworten, nippte sie an ihrem Kaffee. »Nein. Niemand. Kein Pastor oder so. Wir sind nicht gläubig, aber es fehlt etwas …« Sie stockte und suchte nach Worten. »Etwas der Situation Angemessenes«, schloss sie schließlich. Sebastian trat zu uns, und weil er so groß war, beugte er sich leicht nach vorne, wie es seine Angewohnheit war, um den Menschen ins Gesicht sehen zu können.

»Würden Sie uns gestatten, Ihren Mann zu sehen?«, fragte er freundlich und lächelte. In diesem Moment schien er das einzige Handfeste in einem Raum voll fliegender Gefühle zu sein. Frau Burghausen stellte ihre Tasse unachtsam auf einen Beistelltisch, sodass sie fast hinuntergefallen wäre, hätte ich sie nicht gefangen und sanft zurückgestellt, und ging voraus. Wir folgten ihr, und wie abgesprochen schloss sich uns die ganze Gesellschaft an. Mit über zwölf Leuten standen wir schließlich im abgedunkelten Schlafzimmer, das komplett von einem riesigen

Pflegebett eingenommen wurde. Herr Burghausen sah erschöpft und ausgemergelt aus. Sebastian hatte recht gehabt – er konnte nicht mehr als fünfzig Kilo wiegen. Die Krankheit hatte ihn schwer gezeichnet.

»Sie können ihn doch jetzt nicht einfach mitnehmen!« Frau Burghausen war neben das Bett getreten und klang empört. Und verwirrt. Und das verwirrte mich auch. Was hatte sie denn gedacht? Wir hatten doch darüber gesprochen. Aber dann sah ich wieder diese Fassungslosigkeit in ihrem Gesicht. Diesen Ausdruck, als würde sie schweben und sei völlig losgelöst von dem Leben, das es bis zu diesem Zeitpunkt gegeben hatte.

»Es ist gut so«, sagte ich leise und legte ihr wieder eine Hand auf den Arm. Der Mann hinter ihr legte ihr sanft eine Hand auf die Schulter. »Ja, es ist okay«, sagte er, und Frau Burghausen schnaufte tief und vernehmlich.

»Klar ist es das. Ich bin ja nicht doof«, beschied sie knapp und glitt vorübergehend in ihre alte Rolle zurück. Die Rolle, in der sie alles gestemmt hatte. »Aber es fehlt etwas«, beharrte sie nachdrücklich. Im Raum lag ein angespanntes Schweigen. Sebastian faltete die Hände vor dem Bauch.

»Möchten Sie, dass ich einen Segen für Ihren Mann spreche?«, fragte er und klang plötzlich fast schüchtern. »Vielleicht möchte aber auch jemand der Anwesenden ein Gebet sprechen?« Fragend blickte er sich um.

»Ich fürchte, wir sind alle nicht sonderlich firm in diesen Dingen«, erwiderte eine junge Frau neben ihm.

»Ja, ein Segen«, sagte Frau Burghausen, und dann griff sie nach meiner Hand, um sich daran festzuhalten. »Das wäre gut.«

Und so standen wir, während Sebastian seine Utensilien beiseitelegte, sich ans Fußende des Bettes begab und den Kopf neigte. Für einen Moment herrschte wieder absolute Stille im Raum, doch diesmal wirkte diese Stille nicht so verloren.

Sebastian blickte auf und mir direkt in die Augen. Es war ein wenig sonderbar, aber ich wusste genau, was er gerade dachte. Er suchte nach den passenden Worten. Und auch ich wusste plötzlich, was zu tun war. Vorsichtig ließ ich Frau Burghausens Hand los und ging zu den Fenstern, vor denen die Vorhänge zugezogen waren. Leise zog ich den dunkelblauen Stoff zur Seite und ließ die Frühlingssonne ins Zimmer. Dann öffnete ich die Fenster weit. Ich hatte es oft gehört. Dass man nach dem Tod eines Menschen die Fenster öffnete, damit die Seele wegfliegen konnte. Bisher hatte ich mir nie wirklich Gedanken darüber gemacht, doch plötzlich erschien es mir absolut sinnvoll zu sein. Draußen war es frisch, die Luft war angenehm klar, und es duftete leicht nach der erwachenden Erde. All das klärte schlagartig meine Gedanken und Gefühle, und ich ging zu Frau Burghausen zurück, während Sebastian leise zu sprechen begann:

»Gesegnet deine Wünsche und deine Sehnsucht
und alles, was in dir lebendig ist.
Gesegnet die Tage und die Jahre,
in denen deine Träume zu leben du nicht vergisst.
Gesegnet die Zeiten deiner Trauer,
dass du ihnen nicht entfliehst.

Gesegnet, wenn du sie durchgestanden
und wieder neue Wege vor dir siehst.
Gesegnet jeder Augenblick,
der dich zur Freude und zum Glücklichsein verführt.
Gesegnet jeder Mensch,
der mit Zärtlichkeit und Liebe dein Herz berührt.
Möge der geliebte Mensch,
von dem der Tod dich trennte,
dir immer in deinen Gedanken bleiben.
Ich wünsche, dass du ihn gehen lassen konntest,
mit dem Dank dafür, dass ihr euch begegnet seid.
Möge in dir die Gewissheit wachsen,
dass du ihn wiedersehen wirst.
Mögest du innewerden,
dass du eines Tages wieder ganz sein kannst,
bereichert um alles, was er dir gewesen ist.«

Er sprach diese Worte zu Frau Burghausen und nicht zu ihrem Mann. Es war so passend und so feierlich und so wunderschön.

»Ja«, murmelte Frau Burghausen, als seine letzten Worte verklungen waren. »Das hatte gefehlt.«

Die Stimmung im Raum war jetzt anders. Gelöster. Als wäre jetzt klar, wie es weitergehen konnte. Als gäbe es jetzt einen Plan, wo vorher nur Konfusion und Verwirrung geherrscht hatten. Ich half Sebastian, Herrn Burghausen auf die Trage umzubetten. Das war der Moment, der mir solche Angst gemacht hatte, doch mit Sebastian war es ganz leicht. Es waren wenige, leichte Handgriffe. Ich tat das, was Sebastian tat. Dann befestigten wir die

Tücher und Schnallen und schoben ihn langsam zur Haustür. Frau Burghausen folgte uns, und hinter ihr gingen ihre Freunde.

Als wir im Auto saßen, stand sie in der weit geöffneten Tür. Ihre Miene war fast grimmig, aber sie war nicht alleine. Viele Hände lagen auf ihrer Schulter.

Schweigend fuhren wir zurück. Irgendwann sagte ich leise: »Das war sehr schön und würdevoll.«

»Ich kann auch beten, sogar mehrsprachig. Je nachdem, was man gerade braucht. Oder eben diesen irischen Segen sprechen«, erklärte er mir ernst, und ich musste lächeln. »Man ist den Menschen niemals näher als in solch einer Situation. Sämtliche Masken fallen, alles steht kopf. Es ist eine große Verantwortung, eine Struktur zu finden, die hilfreich ist. Für den Toten, aber vor allem für die Hinterbliebenen. Wenn kein Glaube da ist, auf den man sich berufen kann, ist es manchmal sehr schwer.« Er drehte den Kopf und sah mich an. »Wieso hast du das Fenster aufgemacht?«

Ich dachte einen Moment nach, und dann sagte ich ganz ehrlich: »Ich weiß es nicht. Es fühlte sich irgendwie richtig an. Damit seine Seele raus konnte. Um wegzufliegen.«

Sebastian nickte, als ergäben meine Worte absolut Sinn.

Keine zwanzig Minuten später waren wir zurück, und ich half ihm, Herrn Burghausen auf den Edelstahltisch zu legen. Es war nicht schwierig. Es kostete mich keine Überwindung. Sebastian erklärte mir einfach, was ich tun sollte, und ich tat es.

»Danke«, sagte ich schließlich.

»Es war mir eine Freude, mit dir zu arbeiten«, antwortete er würdevoll.

Und dann ging ich. Direkt über den Flur in Marias Büro, die an ihrem Schreibtisch saß und gestenreich eine Trauerrede probte. Als ich eintrat, hielt sie inne.

»Ich möchte das gerne machen«, sagte ich fest. »Vollzeit arbeiten und nächstes Jahr mit der Ausbildung beginnen.«

Es war an der Zeit.

Kapitel achtzehn

Es war Sonntagmorgen, so früh, dass die Vögel vor meinem Schlafzimmerfenster eben erst zu ihrem Morgenkonzert angehoben hatten. Ich lag gefühlt seit Stunden wach und starrte an die Zimmerdecke, die der frühe Morgen nur zögerlich zu erhellen begonnen hatte. Draußen hingen graue Wolken am Horizont. Es war Ende April. Für das ganze Wochenende war schlechtes Wetter angekündigt, und bisher hatte es sich auch strikt daran gehalten. Gestern hatte es stundenlang in Strömen geregnet. Fridolin und ich waren zweimal bis auf die Knochen nass geworden.

Ich atmete tief durch und legte mir die Handflächen auf den Bauch. Der mittlerweile nicht mehr ganz so flach war und mich langsam wieder an meinen alten Bauch erinnerte. Den, in dem mein Kind neun Monate lang gewachsen war, und der danach so ausgesehen hatte, wie mütterliche Bäuche meistens aussahen. Weich und gedehnt, damit kleine Kinder bequem ihren Kopf darauf betten konnten. Vielleicht sahen Bäuche nach einer Schwangerschaft auch einfach so aus, damit frau nie vergaß, Mutter zu sein. Oder sie waren eine Art Trophäe. Seht her: Da drin ist ein Menschenleben entstanden.

Es hatte mich nach dem Blitzschlag beeindruckt, wie

schnell und bereitwillig mein Körper begonnen hatte, seine ursprüngliche Form wieder anzunehmen. So als wäre das Jahr vor dem Blitz einfach nur eine Qual und ein Kampf gewesen, und mein flacher Bauch das mühsam errungene Ergebnis von strengen Regeln und einer entsprechenden Härte. Meine Hände wanderten weiter zu meinen Brüsten. Zögerlich umschloss ich sie. Sie füllten mittlerweile jeweils eine Hand wieder gut aus, so wie es sein sollte. Mit Brüsten war es kompliziert. Erst mussten sie auf eine entsprechende Größe heranwachsen – ich erinnerte mich noch gut, wie elementar der Kauf des ersten BHs gewesen war. Nach dem Kauf hatte ich mich von der unbequemen schwarzen Spitze geadelt und in die höhere Gesellschaft aufgenommen gefühlt. Endlich bekam ich Brüste! Die dann aber nicht mehr aufhörten zu wachsen und mich zeitlebens mit gierigen Männerblicken konfrontierten. Es war schräg, welche Bedeutung Brüsten in unserer Welt zuteilwurde. Schräg und auch unverschämt, denn die vermeintlichen Anforderungen an die weibliche Brust waren enorm. Erst musste sie klein und apfelförmig sein, dann sollte sie bitte ein Kind nähren, danach aber unbedingt wieder straff und schön sein. Meine Brust war immer schön gewesen, aber nie straff, und nach Madeleines Geburt hatte sie mehr etwas von einem Knautschball gehabt, was mir nur logisch erschien. Ich meine: Gewicht und Schwerkraft.

Vorsichtig umrundete ich mit den Fingerspitzen die Konturen meiner Brustunterseite, und eine Erinnerung erwachte. Ich sah mich vor dem Badezimmerspiegel stehen und verbissen auf meinen Brüsten herumdrücken.

Sogar mit geschlossenen Augen, damit mir auch keine noch so kleine Empfindung in den Fingerspitzen entging. Getrieben von Angst. Angst, auch einen Knoten zu ertasten. So wie Melanie. Die als Erstes mich angerufen hatte, als sie damals im April vor drei Jahren den Knoten in ihrer Brust ertastet hatte. Noch halb nackt im Badezimmer stehend, hatte sie mich angerufen und »Da ist was, was da nicht hingehört« ins Telefon geschnauft. Ich hatte meine Tasche geschultert, war zu ihr gefahren und hatte ebenfalls getastet. Es war sonderbar gewesen, eine fremde Brust zu berühren. Heute dachte ich, dass wir das viel häufiger tun sollten, einfach um zu spüren, wie sich ein bösartiger Tumor anfühlt. Hart, fest verwachsen, wie festgeklebt im Gewebe. Wir waren gemeinsam zum Frauenarzt gefahren, und danach war alles seinen Gang gegangen. Einen wohlgeordneten, strukturierten Gang, auf dem es keine Abweichungen gab. Geben durfte. Biopsie, Chemo, OP. Aber der Krebs war klug. Er kam einfach wieder und überlegte sich im folgenden Jahr eine komplett neue Route. Er suchte sich kurzerhand ein paar neue Stellen, und als er entdeckt wurde, gab es keinen strukturierten Bekämpfungsplan mehr.

Wir, Melanies Freundinnen, hatten danach lange Zeit keine natürliche Beziehung mehr zu unseren Brüsten gehabt. Zu jeder Tages- und Nachtzeit wurden sie abgetastet, Termine beim Frauenarzt vereinbart, mit Herzklopfen das Ultraschallbild verfolgt. Bei vielen von uns hatte es sich irgendwann wieder beruhigt, das Vertrauen in den eigenen Körper war wieder gewachsen, nur bei mir offenbar nicht. Ich hatte mich darauf verlegt, jeglichen

Risikofaktor einfach auszuschließen. Ob es Melanies Tod gewesen war, der meine Seele so schwer verletzt hatte? Oder doch Marks Trennung? Mein unbedingter Wille, ihm zu gefallen? Vielleicht beides zusammen?

Fröstelnd zog ich das T-Shirt wieder herunter. Es war so furchtbar still um mich herum. Ich blickte aus dem Fenster in das sonderbar diffuse Sonntagmorgenlicht, das plötzlich beinahe bedrohlich wirkte. Schnell schloss ich die Augen wieder, doch eine Unruhe hatte mich erfasst. Eine Unruhe, die die Gedanken wirbeln, die Stille im Haus in meinem Kopf nachhallen ließ. Und dann hörte ich ein Schmatzen. Gefolgt von einem leisen Schnarchen. Ich öffnete die Augen wieder und hob den Kopf.

Hinter dem Bettrand lugten vier schwarze Pfoten empor. Ich richtete mich leise auf und spähte über die hölzerne Umrandung hinweg.

Das Hundetier lag auf dem Rücken in seinem Körbchen. Den Kopf tief in das Kissen gepresst, sodass man nur sein Kinn sah. Und es hatte alle Pfoten nach oben gestreckt. Voller Vertrauen darauf, dass ihm nichts geschehen würde. Dass er hier sicher war. Weil ich schon auf ihn aufpassen würde. Oder weil er einfach dem Leben vertraute.

Der Anblick meines Hundes rückte mich schlagartig ein klein wenig zurück in meine Mitte. Ich atmete tief durch und ließ mich wieder auf die Matratze sinken. Und ganz langsam begann ich, mich in Fridolins Schnarchrhythmus zu entspannen. So sehr, dass mir sogar irgendwann die Augen zufielen und mich erst ein heftiger Schlagregen gegen die Fensterscheiben meines Schlafzimmers wieder aufweckte. Ich blinzelte und blieb noch einen Moment reglos liegen. Die Stille war, abgesehen vom Prasseln der Regentropfen, die gleiche wie vorhin. Nur irgendwie nicht mehr so bedrohlich. Ich richtete mich auf und sah nach Fridolin, der sich auf die Seite gedreht und seinen Kopf auf den Rand des Körbchens gelegt hatte. Er war wach, und als er mich sah, wedelte die Spitze seiner Rute.

»Guten Morgen«, sagte ich, und nun wackelte er auch mit den Ohren. Noch einmal ließ ich mich in die Kissen zurückfallen und sah hinaus in den Regen. Dicke Tropfen liefen über die Scheibe, und die Farbe des Himmels war tiefgrau. Mein Gespräch mit Maria fiel mir wieder ein. Und Herr Burghausen. Der jetzt tot in einer Kühlkammer im Rosenhof lag. Frau Burghausen zu Hause in ihrem Bungalow. Hoffentlich hatte sie schlafen können. Und hoffentlich war sie nicht alleine gewesen.

Ich dachte daran, dass ich ohne mit der Wimper zu zucken mit angefasst hatte. Weil es mit Sebastian an meiner Seite so einfach gewesen war. Und dann kamen mir noch seine grünen Augen in den Sinn, und ich sprang schlagartig so energisch aus dem Bett, dass Fridolin ein erschrockenes Wuffen von sich gab und ebenfalls aufsprang.

»Puh«, sagte ich und streifte mir meine dicken Socken über. »Wie kann ein Mensch so viele Gedanken auf einmal haben?« Das wusste Fridolin aber natürlich auch nicht, und so trabten wir gemeinsam die Treppe hinunter. Kaum hatten wir die Haustür passiert, klingelte es. Erschrocken drehte ich mich auf dem Absatz um und riss die Tür auf. Wo ich doch schon fast davorstand.

Merle sah mich an, dann hob sie eine Augenbraue. »Sag nicht, dass du gerade erst aufgestanden bist!«

»Ich bin gerade erst aufgestanden«, antwortete ich. »Kannst du nicht mal anrufen, bevor du kommst?«

»Nein«, sagte sie und hielt mir eine Tüte mit verführerisch duftenden Brötchen entgegen, während Fridolin sich daran erinnerte, dringend mal den nächsten Busch im Garten aufzusuchen, und an ihr vorbei in den Regen hinausschlüpfte.

»Es ist halb elf«, strahlte Merle mich jetzt an, als hätte eine elementare Erkenntnis sie ereilt.

»Möglich«, antwortete ich vorsichtig.

»Ach, das ist schön.« Sie machte einen großen Schritt auf die Fußmatte und schlüpfte aus ihren Schuhen. Dabei schubste sie mich ein kleines Stück zur Seite. Wie meine Schwester das schon immer zu tun pflegte.

»Was genau ist schön?«, erkundigte ich mich.

»Lange schlafen ist mir sehr sympathisch. Und im letzten Jahr warst du mir manchmal eher unsympathisch. Du bist freiwillig sehr früh aufgestanden. Um Dinge zu tun. Stand immer viel auf deiner To-do-Liste.« Sie hob vielsagend die Augenbraue, während jetzt Fridolin sich an ihr vorbeidrängelte, um wieder ins Trockene zu kommen.

»Stopp!«, rief ich energisch, und Fridolin blieb schlagartig stehen. Wir zwei verstanden uns mittlerweile. Ich schnappte mir das Hundehandtuch von der Heizung, um ihn wenigstens notdürftig wieder trocken zu rubbeln.

»Ich möchte anmerken, dass ich meine Schuhe bereits ausgezogen habe. Das tut man in deinem Haus, und ich halte mich an diese Regel, weil ich dich sonst nicht besuchen dürfte«, sagte Merle und hob einen Fuß, um ihre bunten, selbst gestrickten Socken in Regenbogenfarben zu präsentieren. Meine kleine Schwester war ein wandelndes Klischee. »Ich mag es übrigens wirklich, dass du jetzt herumschreist. Das hättest du mal in den vierzig Jahren vorher auch tun sollen. Was ist jetzt? Hast du Lust zu frühstücken?«

»Ah, zur Brötchentüte und dem Spontanbesuch gehört auch eine Idee!«, erwiderte ich grinsend. Ich sah meine Schwester an, und plötzlich war da wieder etwas. Der Hauch der tiefen Verbundenheit, der uns irgendwie in den letzten Jahren abhandengekommen war. Sie spürte es auch, denn sie lächelte zurück.

Gemeinsam deckten wir den Tisch in der Küche mit dem schönsten Blümchengeschirr unserer Mutter. Wir kochten richtigen Kaffee in der angeschlagenen Kanne mit den kitschigen roten Rosen und drapierten die Brötchen in dem kleinen Weidenkorb, den ich mit einer Stoffserviette ausgeschlagen hatte. Und dann zündeten wir uns noch eine Kerze an. Stilvoll, wie wir sein konnten.

»Wie in Bullerbü«, stellte Merle fest, ließ sich auf einen Stuhl fallen und legte ihre besockten Füße auf den Stuhl daneben. Ich tat es ihr gleich und kraulte Fridolin, der in Reichweite geblieben war, um den reichlich gedeckten Tisch besser im Auge zu behalten.

»Als du erzählt hast, dass du dir einen Hund holst, dachte ich wirklich, die Anschaffung eines Kindes sei unkomplizierter. Als du Madeleine bekommen hast, hast du kein einziges Buch gelesen. Für ihn sind ganze Stapel an Ratgebern in dein Haus eingezogen.« Sie deutete auf Fridolin. »Aber es scheint letztendlich gar nicht so kompliziert zu sein.« Sie nahm sich ein Brötchen, schnitt es auf und fing an, zentimeterdick Nussnougatcreme darauf zu streichen. Dann reichte sie mir eine der Hälften und biss in die andere.

»Ich hatte damals einfach keine Zeit, mir Gedanken zu machen«, sagte ich und biss ebenfalls ab. »Aber Fridolin ist vielleicht eben ein ganz besonders netter Hund.«

»Ich mag ihn«, sagte Merle zufrieden. »Mehr als Mark.«

Ich räusperte mich.

»Erinnerst du dich, dass du unglücklich mit ihm warst?«, fragte sie unvermittelt. Wieder räusperte ich mich, und wieder kam sie mir zuvor. »Er hat ständig nur rumgemosert. Jahrelang. Bis er aus deinem Selbstwertgefühl eine Staubfluse gemacht hatte, die sich ständig unter dem Sofa versteckt hat.«

Ich schwieg, aber ihre Worte steckten wie ein Schwert in meinem Herzen, und ich legte das Brötchen zur Seite. Wenn ich jetzt noch einen Bissen nahm, konnte es sein, dass ich zu würgen anfing. »Und nie konnten wir darüber reden. Weil Mark ja unantastbar war. Du hast dich irgendwie frei gefühlt, aber er hat deine Handlungsspielräume doch sehr klar festgesteckt.« Ich sah sie entsetzt an. »Dabei hast du alles so hervorragend gemacht«, fuhr sie ungerührt fort. »Deine Tochter hatte eine traumhafte Kindheit. Sie ist so stark und frei. Sie kennt ihre Stärken, weil du ihr geholfen hast, sie zu finden. Jetzt geht sie ihren eigenen Weg. Das hat sie dir zu verdanken. Du hast ihr erst Wurzeln und dann Flügel gegeben. Du bist so mutig.« Sie schmiss nun ebenfalls das angebissene Brötchen auf ihren Teller und beugte sich vor. »Ich meine: ein Kind! Du hast ein Kind bekommen! Wie mutig muss man sein? Was für ein Vertrauen in das Leben muss man haben? Das ist eine so große Sache. Eine so große Sache, die ich niemals hätte tun können. Ich habe dich immer bewundert.« Jetzt endlich war sie fertig, nahm die Beine vom Stuhl und richtete sich auf. »Ich habe dir das alles nie so sagen können. Jetzt habe ich es getan, und jetzt gehe ich wohl besser.« Sie wollte sich erheben, doch ich packte sie am Ärmel ihres Pullovers, wodurch sie den Schwung verlor und wieder neben mir auf den Stuhl plumpste. Ihre Worte waren harte Brocken gewesen und schmeckten bitter. Sie klebten mir in der Kehle und behinderten mich beim Atmen. Und trotzdem schwang in ihnen eine Wahrheit mit. Eine Wahrheit, die ich kannte, aber nicht aussprechen, nicht zu Ende denken konnte. Eine Wahrheit, die ich sehr lange Zeit einfach ignoriert hatte.

Wir verharrten ziemlich lange in dieser Position. Ich hielt Merle am Ärmel fest, sie saß regungslos auf ihrem Stuhl. Nur ihr linkes Augenlid zuckte nervös.

»Ich liebe dich, weißt du? Du und Madeleine, ihr seid die wichtigsten Menschen in meinem Leben«, flüsterte sie schließlich. Ich nickte stumm.

Und dann klappte die verdammte Haustür, und Fridolin fing an zu knurren. Wir blickten beide zum Flur, und für einen Moment klang es, als würde Merle auch knurren. Ich griff an Fridolins Halsband und atmete tief durch. Es konnte einfach nicht wahr sein, dass dieser Idiot ausgerechnet jetzt auftauchte. In diesem Moment, der nur mir und meiner Schwester gehörte. Der so wichtig für uns war.

»Oh, hallo!«, trällerte besagter Idiot und bog schwungvoll um die Ecke. »Frühstück!«, strahlte er. »Bekomme ich was ab?«

Der Hund knurrte. Meine Schwester knurrte, und in meinem Bauch kroch eine kochende Wut hoch, bis sie knapp unterhalb meiner Rippen brodelte.

»Nein«, sagte ich knapp. »Du störst grad.«

Mark blieb auf dem Weg zur Kaffeemaschine stehen und sah sich zu mir um. »Bist du jeck?«, fragte er, und das Lächeln verschwand aus seinem Gesicht.

»Keinesfalls«, antwortete ich. Mark lehnte sich ganz jovial mit den Unterarmen auf die Küchentheke. »Ich muss ins Büro. Arbeiten.«

»Heute nicht«, sagte ich. Die Wut war jetzt noch weiter nach oben geklettert. Sie hockte irgendwo zwischen meinen Stimmbändern und schien sich dort kurzfristig verfangen zu haben.

»Heute nicht?« Mark lachte. »Feli. Dir ist schon klar, dass ich selbstständig bin? Ich arbeite selbst und ständig, und das bedeutet auch, dass ich arbeite, während du nett frühstückst.«

Ich starrte ihn an. Er nahm mich nicht für voll. Vielleicht hatte er das nie getan. Sein Lachen hatte etwas Arrogantes, als würde nur er das wahre Leben kennen. Dabei hatte ich doch erst vor zwei Tagen einen toten Menschen auf seiner letzten Reise begleitet. Ich sah zu Merle hinüber, die ich immer noch am Ärmel festhielt, dabei war das gar nicht mehr nötig, denn sie hatte die Stirn gerunzelt und sah mir forsch ins Gesicht. Wie gebannt hing sie an meinen Lippen und schien auf irgendetwas zu warten.

Ich sah wieder zu Mark und umklammerte Fridolins Halsband fester, während der weiter ein dumpfes Knurren zum Besten gab. Er klang wirklich gefährlich. »Nur zu deiner Information«, sagte ich schließlich laut und vernehmlich, ganz so, als wäre Mark ein wenig unterbelichtet. »Ich arbeite ab nächster Woche Vollzeit und werde im nächsten Jahr die Ausbildung zur Bestatterin machen. Ich benötige meine Sonntage zur Regeneration. Bitte geh jetzt.«

Mark sah mich regungslos an. Das Lächeln war ihm aus dem Gesicht gefallen. »Du willst jetzt echt den ganzen Tag mit Leichen hantieren?«

»Exakt das will ich. Und jetzt geh!« Meine Stimme hatte einen herrischen Ton angenommen, den ich gar nicht von mir kannte.

Mark offenbar auch nicht, denn er stammelte: »Das ist ziemlich …« Er schien nach Worten zu suchen, doch da er keine fand, hob er nur die Hände, drehte sich wortlos um und ging. Die Haustür knallte derartig heftig ins Schloss, dass sie mit Sicherheit schlagartig eine weitere Schicht Farbe verlor.

»Dein Mann ist ein selbstherrliches Arschloch«, flüsterte Merle.

Ich ließ ihren Ärmel los. In mir bebte noch alles. Aber die Wut hatte sich zurückgezogen, hatte sich aus meinen Stimmbändern befreit und war zurück in meinen Magen gekrochen, wo sie mächtig rumorte. Was dazu führte, dass ich schlagartig Hunger bekam. Ich ließ auch den Hund los, der umgehend zur Tür stürzte, um kurz zu checken, ob der Eindringling das Revier auch ganz sicher verlassen hatte, dann griff ich nach der angebissenen Brötchenhälfte mit der Nussnougatcreme und verschlang sie. Nur um – noch kauend – das nächste Brötchen aus dem Korb zu holen, es aufzuschneiden und gleich doppelt und dreifach mit dem besten Gouda zu belegen, den die Käsetheke im Supermarkt hergegeben hatte. Drauf gab ich noch einen Klecks Marmelade, und auch dieses Brötchen verschlang ich wie ein hungriger Wolf.

Ich kaute zu Ende, schluckte und trank einen Schluck Kaffee, und dann sagte ich im gleichen Tonfall wie zu Mark: »Und jetzt erzähl mir gefälligst, was auf der Party passiert ist!«

Kapitel neunzehn

Was um alles in der Welt ist auf dieser Party passiert?«, fragte ich noch einmal.

»Auf der Party, zu der sich dein Ex selbst eingeladen hat?«, fragte Merle mit einem ganz und gar bösartigen Zug um den Mund. Das erinnerte mich an die Zeit vor dem Blitz. Da hatte sie oft so geschaut. Eigentlich immer, wenn es um Mark ging.

»Auf die er sich selbst eingeladen hat, weil ihr ja so eine harmonische Trennung hinter euch hattet und beide ganz furchtbar glücklich seid?«, fragte sie weiter, und ich nickte. Ja, das klang nach Mark. Er hatte schon drei Tage, nachdem er sich von mir getrennt hatte, wirklich allen erzählt, egal ob sie es wissen wollten oder nicht, dass wir uns ganz einvernehmlich und in aller Freundschaft getrennt hatten. Wir. Uns.

Nicht er sich. Dass ich zu diesem Zeitpunkt noch mit glasigen Augen in die Untiefen meiner Kloschüssel starrte, weil ich plötzlich keine feste Nahrung mehr bei mir behalten konnte, war ihm völlig egal gewesen. Ihm ging es schließlich blendend. Und wenn ich mir so ansah, was ich im letzten Jahr nach seiner Trennung so getrieben hatte, musste ich mir eingestehen, dass sich mein Zustand nicht wirklich normalisiert hatte. Ich hatte aufgeräumt, Listen geschrieben, die Nahrung verweigert und meinen armen Körper auf Höchstform getrimmt, um ihm wieder zu gefallen. Klang alles nicht wirklich normal.

»Ich habe mich geoutet«, verkündete Merle unvermittelt.

»Äh. Als was?«, fragte ich irritiert.

»Als lesbisch?«, antwortete sie und kniff die Augen zusammen.

Ich räusperte mich. »Schön«, sagte ich schließlich munterer, als mir zumute war.

»Schön?«

»Merle«, antwortete ich. »Dass du Frauen liebst, weiß ich, seitdem du fünfzehn bist. Das wissen doch nun eigentlich alle. Es ist ja auch nicht so weltbewegend«, fügte ich hinzu.

Sie zog die Nase kraus. »Ich habe es halt mal offiziell gemacht. Das hat sich für mich dann doch schon komisch angefühlt.« Sie schwieg einen Moment. »Auf deiner Party. Ich ... hatte meine Freundin mitgebracht.«

»Oh, deine Freundin! Ist sie nett? Wie heißt sie?«

»Sie war nett. Wir haben uns wieder getrennt.«

»Welche Freundin denn? Die mit dem Kind? Ich habe den Überblick verloren.«

»Es ist kompliziert und jetzt nicht das Thema«, erwiderte meine Schwester streng.

Ich dachte nach. »Merle, du kommst jetzt nicht umhin, mit mir Klartext zu sprechen. Ich weiß, dass du Frauen liebst. Schon ewig. Und ich weiß, dass du es nicht in der Öffentlichkeit breittreten wolltest. Was okay ist, wenn auch albern, weil ja sogar deine Schulleiterin bei der letzten Sommerfeier in der Schule extra zu dir gekommen ist, um dich daran zu erinnern, dass du deine Freundin jederzeit zu solchen Veranstaltungen mitbringen kannst. Und sollst. Weil alle ihre Partner mitbringen. Aber was ist jetzt auf meiner Party passiert?«

»Ich habe allen meine Freundin vorgestellt. Alle haben total nett reagiert. Nur dein beschissener Ex meinte, einen wirklich dummen Spruch machen zu müssen. Was du nicht kommentiert hast. Zumindest nicht radikal genug.«

»Was hat er gesagt?« Musste ich meiner Schwester denn wirklich alles aus der Nase ziehen?

»Dass mir offenbar immer noch nicht der richtige Kerl über den Weg gelaufen ist.«

Verdutzt sah ich sie an. »Ich saß daneben und habe das gehört?«, fragte ich schließlich fassungslos.

»Ja. Du saßt daneben. Und während deine dämliche Freundin Magdalena sich halb schlapp gelacht hat, hast du irgendwie … einfach nur dagesessen«, räumte Merle ein. »Ich habe Mark dann verbal das Fell über die Ohren gezogen. Aber du hast nichts gesagt. Hinterher hab ich dich gefragt, was mit dir los war, aber du hast mich einfach abgewimmelt. Wir würden später reden, hast du gesagt.«

»Haben wir aber nicht«, stellte ich fest. Merle schüttelte den Kopf. »Nein. Der Blitz kam uns zuvor.«

»Vielleicht habe ich deswegen keinen Kontakt mehr zu Magdalena?«

Merle blinzelte. »Das ging schon länger. Du hast mir schon letzten Sommer erzählt, dass sie sich kaum noch meldet. Du wusstest aber überhaupt nicht, warum. Und du warst sehr unglücklich darüber.«

Ich seufzte bleischwer. »Du weißt schon, dass ich, also

ich im normalen Zustand, niemals zugelassen hätte, dass er so etwas zu dir sagt, oder?«

Merle brummte ein wenig, dann sagte sie: »Ja. Weiß ich.«

»War ich denn vorher auch schon komisch?«, versuchte ich der Sache auf den Grund zu gehen. »Also in dem Jahr? Oder war das nur an dem Abend so?«

»Guck dich an. Dann guck dein Haus an, und du hast die Antwort«, erwiderte sie einsilbig.

Ich streckte die Beine aus und lehnte mich gegen die Stuhllehne, aber irgendwie war das unbequem. Wie das ganze Thema auch.

»Können wir auf das Sofa umziehen?«, fragte ich, und so füllten wir unsere Kaffeebecher erneut und begaben uns zu meinem breiten Sofa mit den dicken Kissen. Fridolin quetschte sich neben uns, drehte sich einmal im Kreis, wobei er mir aus Versehen auf die Hand trat, dann ließ er sich fallen und legte seinen Kopf auf meinen Bauch.

»Bei der Entscheidung für Fridolin hast du dich zum ersten Mal einfach über Mark hinweggesetzt. Der meinte nämlich, dass er da ein Mitspracherecht hätte, obwohl er gar nicht mehr hier wohnt. Und als du dir dann noch das neue Auto gekauft hast, war er richtiggehend beleidigt. Und als du gesagt hast, du überlegst, Vollzeit zu arbeiten, hat er rumgemosert. Das solltest du lieber bleiben lassen. Er fand deinen Job sowieso total schräg und hätte es gerne, wenn du ihn wegen allem fragst. Als ob er das Recht hätte, alles zu entscheiden. Dass du dein eigenes Geld verdienst, fand er ziemlich suspekt.«

Ein unangenehmes Kribbeln machte sich in mir breit. »Das Haus gehört mir«, murmelte ich. Es stimmte. Ich stand als alleinige Eigentümerin im Grundbuch, denn ich hatte es damals mit dem Erbe meiner Mutter abbezahlt. So konnte Mark alles in den Aufbau seiner Selbstständigkeit stecken.

»So ist es«, erklärte Merle mir zufrieden. »Das hat Mark aber nicht gepasst, und er hat einen riesigen Aufriss gemacht, weil er schließlich die laufenden Kosten bezahlt. Er hat wirklich so getan, als würde er dich vor dem Verhungern retten. Wenn du Vollzeit arbeiten würdest, könntest du sämtliche Rechnungen übrigens ohne Probleme selbst zahlen.«

Ich legte mir eine Hand auf das Herz und berührte dabei Fridolins kalte Nase. Er schnaubte wohlig.

»Aber das wollte er natürlich nicht. Damit du ihm weiter schön die Hemden bügelst.«

Auf meinem Kopf kribbelte es. Es durchzuckte mich heiß und kalt zugleich. »Das habe ich aber im letzten Jahr nicht mehr gemacht. Oder?«, fragte ich zaghaft. Diese verdammten Hemden hatten mich so viel Lebenszeit gekostet, dass ich dafür ein komplettes Studium hätte absolvieren können. Es wäre sehr schräg, wenn ich nach seiner Trennung damit weitergemacht hätte.

»Nur zu besonderen Anlässen«, erwiderte Merle und legte die Füße auf den kleinen Couchtisch. »Zu einem wichtigen beruflichen Termin, zu Madeleines Abschlussfeier. Sonst nicht.«

»Danke«, murmelte ich und griff nach ihrer Hand. »Merle, du weißt, dass du der wichtigste Mensch in meinem Leben bist. Nach Madeleine, versteht sich.« Ich grinste zaghaft.

Merle sah mich regungslos an. »Hörst du jetzt wieder auf, so zu sein, wie du das vergangene Jahr gewesen bist?«

»Da ich mich nicht daran erinnere, wie ich im vergangenen Jahr gewesen bin, könnte das gut sein.«

»Zwanghaft«, sagte Merle und verzog das Gesicht. »Pedantisch. Überorganisiert. Streng. Freudlos. Dabei wissen wir doch, wie es sein muss: Wir müssen das Leben feiern, Schwester. Jeden scheiß Tag. Weil wir morgen tot sein könnten.«

Etwas durchzuckte mich. Es war eiskalt und ließ mein Herz schmerzlich rumpeln. Tot sein. Da war etwas. Etwas Mächtiges. Eine Beerdigung tauchte auf. Alles war schwer und düster und traurig. Melanies Beerdigung. Ihre weinende Tochter am Grab. Ich stand hinter ihr, hatte meine Hände auf ihre Schultern gelegt und weinte mit ihr. Mark war nicht mitgekommen. Mit der Begründung, dass er Melanie ja gar nicht so gut gekannt hätte. In Wahrheit hatte er es nicht ertragen können, denn meine Freundin war zwei Jahre jünger gewesen als er. Er hatte genau solche Angst vor dem Tod wie wir alle, nur dass er sich einfach die Augen zuhielt, wenn er etwas nicht sehen wollte. Wie ein Kind.

»Feli?« Merle hatte sich zu mir gerollt und rüttelte an meiner Schulter. »Was ist los?«

»Ich habe mich an Melanies Beerdigung erinnert«, sagte ich leise. »Es fühlt sich immer noch so nah an.«

Merle rollte sich wieder zurück und schnaufte.

»Sag ich doch. Wir müssen das Leben feiern. Jede Millisekunde mit jeder Faser genießen, auch wenn es mal scheiße ist.«

Merle blieb den ganzen Nachmittag. So wie früher, als Madeleine noch klein gewesen war und Merle viel Zeit bei uns verbracht hatte. Sie erzählte mir aus der Schule, und irgendwann fing sie an, einen Apfelkuchen zu backen. Den gab es dann zum Abendessen. Mit einem Klecks Sahne, weil Merle fertige Sprüh-Sahne in ihrer Tasche hatte. Menschen wie Merle hatten immer irgendwelche sonderbaren Lebensmittel in ihrer Tasche. Goldhirse, Erdbeermarmelade oder eben Sahne.

Irgendwann lagen wir vollgefressen nebeneinander auf dem Sofa, die Füße auf dem kleinen Tisch davor. Fridolin lag zusammengefaltet darunter, wobei alle seine Pfoten herausguckten und er seine Rute um eines der Tischbeine kringeln musste. Es fühlte sich zum ersten Mal seit sehr langer Zeit wohlig warm an.

Irgendwann sagte ich leise: »Ich habe wohl tatsächlich vergessen, das Leben zu feiern.«

»Du hattest plötzlich Angst vor dem Tod«, erwiderte Merle wie aus der Pistole geschossen. Sie schien wohl die ganze Zeit darüber nachgedacht zu haben. »Dein Vertrauen ins Leben war einfach weg. Dabei hattest du immer genug davon für alle. Wie du es ausgehalten hast, als Maddi zum ersten Mal alleine zum Spielplatz gegangen ist … Ich hatte keine Ahnung, wie das gehen sollte. Sie loszulassen. Und dann auch noch im richtigen Moment. Aber du konntest es.«

»Dass Madeleine zum ersten Mal alleine auf den Spielplatz gegangen ist, ist jetzt aber auch schon gefühlte Lichtjahre her«, wagte ich einzuwenden.

»Egal. War nur ein Beispiel. Aber ich muss dich noch etwas fragen. Es ist sehr persönlich.«

Erstaunt sah ich sie an. »Du hast mir grad erklärt, dass ich die meiste Zeit meines Erwachsenenlebens mit einem direkten Abkömmling der Hölle verheiratet war. Was ist denn da noch persönlicher?«, fragte ich spitz zurück.

Merle grinste leicht, aber in ihren Augen lag ein sonderbarer Ausdruck. »Hast du was mit diesem irischen Bestatter?«

Ich schnappte nach Luft und starrte an die Decke. »Du kommst ja auf Ideen!«, sagte ich schließlich, aber meine Worte klangen recht kraftlos. »Wir verstehen uns nur gut«, erklärte ich schließlich, doch das traf es nur unzureichend.

Merle beugte sich zu mir und flüsterte: »Du bist schon sehr lange meine Schwester, und ich bin mir sicher, dass da was zwischen euch ist.«

»Da ist nichts«, erwiderte ich fest und merkte im selben Moment, dass sehr wohl etwas mit Sebastian war. Ich hatte es nur bisher offenbar völlig ignoriert.

Aber bevor ich dazu kam, diesem verwirrenden Gedanken auch nur ansatzweise Raum zu geben, klingelte es an der Tür, und Iris gesellte sich zu uns ins Wohnzimmer und dann auch direkt mit auf das Sofa. Es wurde ein ganz fantastischer Abend. Ein fauler Sonntagabend, den ich mit meiner Freundin und Schwester auf dem Sofa verbrachte, während wir uns Geschichten aus dem Leben erzählten, und an dessen Ende wir uns gegenseitig in die Hand schworen, dem Leben fest zu vertrauen und es zu jeder Gelegenheit zu feiern.

Als ich am nächsten Morgen, dem ersten Tag meiner Vollzeittätigkeit, ins Büro kam, war ich todmüde. Wir hatten den letzten Rest des Apfelkuchens um kurz vor Mitternacht verspeist, was dazu geführt hatte, dass ein dicker Stein im Magen mich am Schlafen gehindert hatte. Vielleicht lag meine Schlaflosigkeit aber auch gar nicht am Apfelkuchen und der Sahne, vielleicht lag sie an der plötzlich so mächtigen Frage in meinem Kopf, was denn nun mit Sebastian war. Denn so fest ich auch behauptete, da sei nichts, tief in mir drin wusste ich, dass da sehr wohl etwas war. Irgendetwas, für das ich keine Worte hatte.

Ich fand Sebastian gegen Mittag im leeren Besprechungszimmer. Auf dem Boden liegend. Mit auf dem Bauch verschränkten Händen und geschlossenen Augen.

»Sebastian«, flüsterte ich und schloss die Tür hinter mir. »Was tust du da?«

»Das ist gut für den Rücken«, erwiderte er und schenkte mir ein Lächeln, ohne jedoch seine Augen zu öffnen. »Leg dich auch hin.« Er löste die Hände und klopfte neben sich.

»Kann nicht. Frau Burghausen kommt gleich. Wir wollen den Papierkram in Angriff nehmen«, erwiderte ich unschlüssig und trat von einem Bein auf das andere.

»Fünf Minuten reichen«, war seine Antwort, und plötzlich erschien es mir sehr verführerisch, mich ebenfalls auf dem harten Holzboden niederzulassen.

Also schlüpfte ich aus meinen Schuhen und legte mich vorsichtig neben ihn. Dann streckte ich mich aus und spürte, dass das Holz gar nicht so hart war, wie ich dachte. Ich zog die Schulterblätter ein wenig zusammen und ruckelte hin und her, bis es tatsächlich sogar ganz bequem war. Als ich dann den Kopf drehte und zu Sebastian hinübersah, stellte ich fest, dass ich ihm aus Versehen recht dicht auf die Pelle gerückt war. Unangemessen dicht, um genau zu sein. Zwischen unseren Schultern waren grade mal drei Zentimeter Platz. Aber abrücken konnte ich jetzt ja auch nicht mehr, deswegen blieb ich einfach so liegen.

»Ich habe manchmal schlimme Rückenschmerzen, und dann hilft mir das«, brummte Sebastian.

Ich konnte seine Körperwärme spüren. Als würde er glühen wie ein Stück Kohle. Das war sonderbar. So etwas hatte ich noch nie gefühlt.

»Warum hast du Rückenschmerzen?«, fragte ich, doch er schwieg, weswegen ich den Kopf wieder in seine Richtung drehte.

»Darf ich deine Haustür streichen?«, fragte er dann völlig unvermittelt, was mich dazu veranlasste, nur ein verwirrtes »Was?« von mir zu geben.

»Ich habe Lust, etwas zu streichen. Könnte ich deine Haustür streichen?«

Ich richtete mich zum Sitzen auf. »Du hast das Ansinnen, meine Haustür zu streichen?«

Etwas mühsam kam Sebastian ebenfalls hoch. Er schien wirklich starke Rückenschmerzen zu haben, wirkte aber keinesfalls, als wäre seine Absicht, meine Haustür zu streichen, in irgendeiner Art und Weise sonderbar.

»Ich streiche gerne Dinge«, erklärte er mir jetzt, als bräuchte es eine Erklärung.

Ich dachte einen Moment lang nach. »Wenn du gerne meine Haustür streichen möchtest, würde ich mich sehr darüber freuen.«

Ich stand auf, streckte mich, fühlte mich tatsächlich erfrischt und schlüpfte zurück in meine Schuhe. »Danke, dass ich mit dir auf den Holzdielen liegen durfte.« Ich grinste, doch Sebastian sah mich nur sonderbar ernst an.

»Alles okay?«, fragte ich irritiert, während er mit steifen Bewegungen ebenfalls auf die Beine kam. Einen Moment stand er regungslos da und schien nachzudenken. Er dachte ziemlich lange, während sein Blick abwesend einen Punkt über der Tür fixierte.

»Es war sehr schön, dass du dich dazugelegt hast. Andere hätten vielleicht gelacht und wären gegangen, aber du nicht. Du hast es ausprobiert. Du hörst immer sehr genau zu, wenn Menschen mit dir reden.« Aus einem unerfindlichen Grund schlug mir plötzlich das Herz bis zum Hals. Sebastian schwieg wieder, während er über mich hinweg die Wand betrachtete. Er schien wirklich komplett in seine eigene Gedankenwelt versunken zu sein. »Ich mag dich«, sagte er dann ganz unvermittelt. Er nickte, wie um das zu bekräftigen, und verließ den Raum.

Ich sah ihm wortlos hinterher.

Kapitel zwanzig

Fridolin lag neben Frau Burghausen in dem Sessel, dabei war er eigentlich zu groß dafür. Und er sollte im Büro auch nicht auf dem Sessel liegen. Aber offenbar war es gerade sehr wichtig, dass er das tat, und das hatte mein Hund in dem Moment verstanden, als Frau Burghausen durch die Tür getreten war. Er hatte sich von seinem Platz erhoben, war zu ihr getrabt, hatte sie angelächelt und war ihr seitdem keinen Millimeter mehr von der Seite gewichen. Als sie sich hingesetzt hatte, war er neben sie gesprungen, sodass beide jetzt ziemlich gequetscht auf dem Sessel hockten. Da es beide aber nicht zu stören schien, ließ ich sie.

Auf dem Tisch standen sieben Urnen. Ich fand, die Zahl sieben war eine überschaubare Größe, danach wurde es unübersichtlich. Sechs hingegen waren zu wenig. Aber sieben konnte man auch in Ausnahmezuständen bewältigen. Frau Burghausen war zittrig. Innerlich wie äußerlich. Aber sie hielt sich tapfer und traf eine Entscheidung nach der nächsten. Sie hatte alle Papiere dabei und trug auch kein Schwarz, sondern eine rote Bluse zu einer weißen Hose.

»Wenn jemand aufhört zu atmen, denkt man, man muss sofort etwas unternehmen«, sagte sie plötzlich und sah mich an, während sie eine sehr hübsche Urne in den Händen hielt. »Bis man sich erinnert, dass es richtig so ist. Ich habe viel darüber gelesen, deswegen war ich irgendwie vorbereitet. Zumindest intellektuell. Aber wissen Sie, was mich belastet?«

Stumm schüttelte ich den Kopf und legte meinen Notizblock beiseite.

»Er wirkte so angespannt. Also, auch danach. Man liest doch immer, dass jemand, wenn er stirbt, ganz entspannt aussehen soll. Weil die Muskulatur erschlafft. Aber bei meinem Mann war das irgendwie nicht der Fall. Er wirkte angespannt, bis Sie ihn abgeholt haben.« Sie schluckte und betrachtete mich aus zusammengekniffenen Augen. »Kann ich ihn noch mal sehen?«, fragte sie schließlich. Maria hatte mir beigebracht, dass es kaum etwas Quälenderes gab als Fantasien und Vorstellungen. Und rund um das Bestatterwesen gab es so viele Fantasien und Vorstellungen, dass es locker für mehrere Gruselschocker in Serie gereicht hätte. Maria sagte immer, der Mensch sei in der Lage, auch mit einer harten Realität umzugehen, und zwar besser als mit einer Fantasie, die er nie wieder mit der Wirklichkeit abgleichen könne. Deswegen war es wichtig, dass man den Toten noch einmal sah, damit die eigene Seele auch verstand, dass er wirklich tot war. Nur davon zu hören war einfach nicht genug.

»Ich schaue nach und sage Ihnen Bescheid«, sagte ich und stand auf.

Im hinteren Bereich fand ich allerdings erst mal nur Eduard, der gerade einen Sarg ausschlug. Das scharfe Knallen des kleinen Tackers, mit dem er den seidig glänzenden

Stoff an das Holz klammerte, hallte unangenehm laut in dem gefliesten Raum wider.

»Frau Burghausen möchte ihren Mann noch einmal sehen«, sagte ich und schloss schnell die Tür hinter mir. Das kleine Gerät veranstaltete wirklich einen Höllenlärm.

»Ist jetzt schlecht. Weiß gar nicht, ob er schon eingebettet ist.« Eduard war manchmal ein wenig knapp.

»Ist aber wichtig«, sagte ich.

»Frag den Schotten«, erwiderte er ungerührt.

»Wo steckt der irische Schotte denn?«, fragte ich zurück, woraufhin Eduard seinen Kopf hob und mich anblinzelte. »Nebenan. Bereitet jemanden für einen Überseeflug vor.«

Oh. Schlagartig gruselte es mich. Eine Leiche so vorzubereiten bedeutete, sie tatsächlich einzubalsamieren. Dazu gehörten einige Fertigkeiten, die über die normalen Tätigkeiten des Bestatters hinausgingen. Das machten die Thanatologen, die auch mit furchtbar entstellten Unfallopfern umgehen konnten. Oder eben jemanden haltbar machten.

»Ja, äh, dann gehe ich mal nach nebenan«, sagte ich, blieb aber wie angewurzelt stehen.

»Feli.« Eduard hielt noch einmal inne und sah auf. »Du arbeitest jetzt schon so lange hier. Hör auf, dich so anzustellen. Du hast das mit Herrn Burghausen doch auch prima hinbekommen.« Er brummte bei diesen Worten, wie er es immer zu tun pflegte. Seine tiefe, sonore Stimme war bei Trauerreden oder bei Kirchenliedern, in denen der Bestatter der Einzige war, der wirklich mitsang, Gold wert.

Vorsichtig pirschte ich mich an die Tür und klopfte. »Ja!«,

rief Sebastian von nebenan. Noch vorsichtiger öffnete ich die Tür und steckte meinen Kopf durch den Spalt. Ich sah viele Behälter mit Flüssigkeiten. Und es roch komisch. Aber Sebastians Anblick erfreute mich dennoch.

»Frau Burghausen möchte ihren Mann noch einmal sehen. Weil sie fand, er sah bei seinem Abschied so angestrengt aus«, sagte ich schnell und zog den Kopf wieder zurück.

Einige Sekunden später stand Sebastian mit einer Plastikschürze über dem Hemd vor mir. »Das ist kein Hexenwerk. Nur Handwerk«, sagte er leise und sah mir in die Augen, während er hinter sich deutete.

»Prima Sache. Kannst du da jetzt kurz weg?«

»Natürlich«, sagte Sebastian, streifte sich die Handschuhe von den Händen und band sich die Schürze ab.

»Ist er schon eingebettet und sieht er gut aus?« Eine wichtige Frage, denn die Chemo und andere Medikamente führten oft dazu, dass die sterblichen Überreste schon nach sehr kurzer Zeit nicht mehr ansehnlich waren.

»Natürlich«, murmelte Sebastian und ging voraus in die Kühlhalle.

Gemeinsam schoben wir den Sarg in den freien Trauerraum, und ich half Sebastian, das Sargoberteil abzunehmen. Dabei versuchte ich die ganze Zeit über, Sebastians Blick auszuweichen. Ich war plötzlich so befangen, als hätten wir im Besprechungsraum wild rumgeknutscht. Wie die Teenager.

»Du kannst sie holen«, murmelte er schließlich und zupfte noch ein wenig an der Decke herum. Offenbar hatte er es aufgegeben, mit mir Blickkontakt aufzunehmen.

Ich ging in mein Büro und kehrte wenige Minuten später mit Frau Burghausen im Schlepptau zurück. Mit angespannter Miene beugte sie sich über ihren Mann. »Kann ich ihn anfassen?«, fragte sie mit belegter Stimme.

»Natürlich«, sagte Sebastian und fügte hinzu: »Sterben ist ein Prozess. Und selbst wenn vorher noch ein spürbarer Schmerz da gewesen sein sollte, das Sterben selbst ist schmerzfrei. Frei von allem. Da bin ich mir sicher, Frau Burghausen. Machen Sie sich bitte keine Sorgen. Ihr Mann konnte gut gehen.«

Wir blickten beide erstaunt auf und in Sebastians moosgrüne Augen.

»Sind Sie schon mal gestorben, oder woher wissen Sie das so genau?«, fragte Frau Burghausen schroff und klang dabei zum ersten Mal an diesem Tag wieder wie sie selbst. So, wie ich sie kennengelernt hatte. Sebastian hingegen zog es vor, auf diese Frage nicht zu antworten. Stattdessen neigte er kurz den Kopf vor dem Sarg, lächelte Frau Burghausen zu und verließ leise den Raum.

»Ich mag ihn«, sagte sie im nächsten Moment, ohne ihren Mann aus den Augen zu lassen. Ich schwieg, weil ich in so einem Moment wirklich mit allem gerechnet hatte, aber nicht damit, dass Frau Burghausen über den Bestatter ihres Mannes eine derartige Sympathiebekundung äußerte. »Er hat etwas furchtbar Ernsthaftes an sich. Etwas, das einen veranlasst, ihm sein Herz auszuschütten mit dem sicheren Glauben, dass er schon irgendeine Idee hat, wie man helfen kann. Finden Sie nicht auch?« Sie legte vorsichtig ihre Hand auf die Finger ihres Mannes. »Glauben Sie, dass er noch hier ist? Hier irgendwo?«

Ich brauchte einen kurzen Moment, um ihrem Themawechsel zu folgen. »Nein«, sagte ich dann leise. »Ich glaube, dass er letzte Nacht einfach so gehen konnte. Dass seine Seele schon nicht mehr hier ist.« Ich sagte das ungeachtet der Tatsache, dass meine Worte sich vermutlich furchtbar esoterisch anhörten. Ich sagte das, weil ich es genau so fühlte.

»Glaube ich auch«, erwiderte Frau Burghausen leise. »Man kann es spüren, wenn die Seele weg ist, nicht?« Sie schwieg einen Augenblick. »Ich möchte nicht, dass er auf diesem Friedhof liegt«, fügte sie dann leise hinzu.

Ich schwieg. Es gab Möglichkeiten, die Asche nicht zu bestatten. Es war nicht illegal, den Umweg über Holland zu beschreiten. Nur wenn die Urne dann zurück nach Deutschland kam, musste sie unverzüglich auf einem Friedhof oder bei dessen Verwalter abgegeben werden. Tat man das nicht, beging man doch wenigstens eine Ordnungswidrigkeit.

Gerade als ich den Mund öffnete, um Frau Burghausen das zu erklären, blickte sie auf, straffte die Schultern und sagte: »Aber wir haben einen guten Plan. Wir machen es so, wie alle es machen. Da muss ja was dran sein.« Sie sah noch einmal auf ihren Mann. »Er sieht gut aus. Jetzt ist er entspannt. Danke. Es war gut, dass ich ihn noch einmal sehen konnte.«

Als Frau Burghausen gegangen war, saß ich ganz still in meinem Büro und sah aus dem Fenster. Fridolin nutzte die Gelegenheit, um sich nun zu mir auf den Sessel zu quetschen. Ich kraulte ihm die Ohren und dachte nach. Wem gehörte ein Mensch? Konnte man die Asche einfach für sich behalten und damit anderen Menschen die Möglichkeit nehmen, an einem Ort zu trauern? War das richtig? Ich hatte es in den vergangenen Jahren selten erlebt, dass jemand die Asche nicht beisetzen wollte. Es gab diese Schlupflöcher, und einige Bestatter hatten begonnen, sie recht professionell zu nutzen. Aber da, wo es die Möglichkeiten offiziell gab, nämlich in Bremen, war es zu keinem eklatanten Anstieg von nicht beigesetzten Urnen gekommen. Waren solche Ausnahmen vielleicht nur für ganz wenige Menschen wichtig? Ich seufzte und konzentrierte mich auf die restlichen Vorbereitungen für Herrn Burghausens Trauerfeier.

Und dann war es plötzlich halb fünf, und mein erster Vollzeit-Arbeitstag war vorbei.

Ich schnappte mir meine Sachen, leinte Fridolin an und trat auf den Flur. Bis auf Maria und Sebastian, die im Haus beschäftigt waren, waren alle noch unterwegs oder bereits gegangen. Maria sang leise in ihrem Büro vor sich hin. Ich stand einen Moment im Flur und blickte hinaus auf die ersten Rosenblüten, die sich sanft im Wind wiegten. Der Himmel hatte immer noch eine tiefe, bleierne Farbe, und imposante Wolkenberge rasten über das Firmament.

Und plötzlich kam mir eine Erkenntnis. Sie kam aus dem Nichts und verwirrte mich für einen Moment. Fridolin setzte sich zu meinen Füßen und sah mich abwartend an. Mittlerweile nahm ich an, dass er Gedanken lesen konnte. Was wussten wir schon über Hunde? Vielleicht wussten sie viel mehr über uns, als wir es uns vorstellen konnten? Fridolin zumindest war wirklich ein begnadeter

Menschenleser. Er vermochte nur leider nicht zu sprechen, aber er sah mir an, was ich dachte, da war ich mir absolut sicher.

»Kann man das glauben?«, fragte ich ihn flüsternd, und er wackelte mit den Ohren.

Hinter mir erklangen Schritte. Ich drehte mich um. Sebastian tauchte im Flur auf, und er wirkte genauso unschlüssig wie ich. Er räusperte sich und schob die Hände in die Taschen seiner schwarzen Anzughose.

Einen Moment lang sahen wir uns schweigend an.

»Ich hoffe, es war nicht unpassend, was ich vorhin gesagt habe«, begann er.

Ich schüttelte schnell den Kopf. Es war das Gegenteil von unpassend, wollte ich sagen, aber ich konnte nicht. Weil mich die Erkenntnis, dass da offenbar ein kleiner Platz in meinem Herzen frei geworden war, schier umgehauen hatte.

»Nein«, brachte ich schließlich hervor, und im selben Moment überlief es mich kalt. Vielleicht meinte er das gar nicht? Vielleicht meinte er seine schräge Frage, ob er meine Tür streichen durfte?

Ich räusperte mich. Und dann sagte ich, und meine Stimme zitterte nur ganz leicht und kaum wahrnehmbar: »Ich wollte dich fragen, ob du vielleicht mit mir zu Abend essen möchtest.«

Er sah mich an, und in seinem Gesicht zuckte es. Dann biss er sich auf die Lippe wie ein kleiner Junge. »Ja«, sagte er schließlich, und seine Stimme zitterte definitiv. »Sehr gerne.«

Auf dem Nachhauseweg bubberte mein Herz, als wäre ich tatsächlich sechzehn. Sogar meine Hände waren plötzlich kalt und schweißnass. »Himmel, jetzt reiß dich mal zusammen«, redete ich mir selbst Mut zu, aber es war nicht abzustreiten, dass dies seit sehr langer Zeit mein erstes Date war. Wenn man bedachte, dass ich Mark mit siebzehn kennengelernt hatte und ihm die ganze Zeit über treu gewesen war, verfügte ich in diesem Metier einfach über keinerlei Erfahrung. »So kompliziert kann das doch nicht sein«, sagte ich zu meinem Lenkrad.

Zu Hause angekommen, sprang Fridolin aus dem Kofferraum und eilte zur Eingangstür, auf deren Stufen schon Sebastian auf mich wartete. Er hatte sich ganz offenbar hergebeamt. Oder war doch zumindest geflogen. Und auch er war aufgeregt. Das erkannte ich auf den ersten Blick. In seinen Augen lag eine mir bisher unbekannte Schüchternheit.

Ich eilte zur Tür, schloss auf und sagte hoheitsvoll: »Komm doch bitte herein.«

Sebastian folgte mir, schlüpfte aus seinen Schuhen und präsentierte mir hellblaue Socken mit gelben Sonnen. Er bemerkte meinen Blick und sagte: »Die waren ein Versehen. Ich habe heute sehr darauf geachtet, meine Beine nicht übereinanderzuschlagen. Solche Socken bei einem Bestatter könnten irritieren.«

Ich lachte, und die Beklommenheit verflog. »Ich habe nichts zu essen im Haus«, sagte ich und klang dabei erstaunlich fröhlich. »Ich wollte noch beim Supermarkt halten, aber dann war ich irgendwie zu abgelenkt. Es ist nichts da. Es ist wahnwitziger Irrsinn, jemanden einzuladen, ohne etwas im Haus zu haben!«

»Nein.« Er lächelte. »Wir finden schon etwas. Sei unbesorgt.«

Wir fanden Toast, Käse, Gurken und Remoulade, aus denen Sebastian Sandwiches zubereitete.

Mir hatte seit zwanzig Jahren niemand mehr ein Sandwich gemacht.

Keine halbe Stunde später saßen wir am Tisch und verspeisten diese kleinen Köstlichkeiten. Sebastian hatte sogar die Rinde abgeschnitten. Wie es sich für echte britische Sandwiches gehörte. Der Mann hatte Stil.

Kapitel einundzwanzig

Es waren Brühebröckchen! Ich hockte oben im Gästebad auf den Knien und inspizierte die Krümel, die dort überall verteilt waren. Ein paar wischte ich mir vorsichtig auf die Hand. Brühe. Da war ich mir jetzt ganz sicher. Ich hatte mir extra noch einmal eines der kleinen Werbebildchen von Magdalenas Instagram-Account angesehen. Sie kippte die Bio-Brühebröckchen dazu immer auf einen alten Holztisch und schrieb irgendeinen schmissigen Slogan darüber. »Beste Brühe nach altbewährtem Rezept!« und solche Sachen.

Von mir war das Zeug hier jedenfalls nicht. Ich benutzte nur Brühwürfel, und die krümelten nicht.

Die Bröckchen lagen auch in der Garage, und sogar im Abstellraum neben den Wasserkisten hatte ich welche gefunden. Ich richtete mich wieder auf und betrachtete die Krümel auf meiner Handfläche. Ganz automatisch sah ich zur Decke. Dabei war nicht anzunehmen, dass die Dinger vom Himmel gefallen waren.

Heute Morgen hatte ich in einer Fotokiste gekramt und war dort auf ein ganzes Nest von Brühebröckchen gestoßen. Seitdem war ich ihnen auf der Spur und stellte mir immer wieder die berechtigte Frage: Wie bitte kamen Brühebröckchen in mein Haus?

Etwas missmutig erhob ich mich schließlich und trabte die Treppe zum Wohnzimmer hinunter, um mich wieder in meinen Sessel zu setzen, auf dessen Fußhocker die Schachtel mit den Fotos stand.

Hier war ich am Morgen irgendwie versumpft. Ich musste erst am Nachmittag arbeiten, denn die Trauerfeier für Herrn Burghausen begann erst um halb sechs, und so hatte ich den Vormittag bis jetzt damit verbracht, mit Fridolin durch den sich anbahnenden Sturm zu laufen und danach in dieser verdammten Fotokiste zu kramen.

Ein kleiner Stapel Bilder lag auf der Armlehne des Sessels. Ich nahm sie erneut hoch und fing an, sie durchzublättern. Es waren nicht die lächelnden Schnappschüsse, die Urlaubsfotos, die Sonnenscheintage. Das hier waren die Durststrecken, die belastenden Situationen, die schlimmen Dinge. Bei einigen Fotos hatte ich mich gar nicht mehr daran erinnern können, dass sie jemals gemacht worden waren. Ein Foto aus dem Krankenhaus. Madeleine war damals drei gewesen und hatte eine schwere Lungenentzündung gehabt. Nachdem sie fast eine Woche zu Hause gefiebert und gelitten hatte, waren wir panisch und völlig übernächtigt in die Klinik gefahren. Zwei Wochen waren wir dort gewesen. Zwei Wochen, in denen das Leben sich nur zwischen diesen gelb gestrichenen Wänden des Klinikzimmers abgespielt hatte. Es war eng und stickig und beängstigend gewesen. Noch nie hatte ich solche Angst empfunden. Das Leben war plötzlich so zerbrechlich, und als dann auch noch von einer Superinfektion die Rede war, schien es zu zerbröseln wie wurmstichiges Holz.

Aber Madeleine war stark, und wir taten alles, um ihr

Kraft zu geben. Gemeinsam, denn Mark war in diesen drei Wochen keine Minute im Büro gewesen, obwohl wichtige Projekte anstanden. Stattdessen hatte er kurzerhand einen Kollegen engagiert, der ihn vertrat. Mark saß rechts am kleinen Gitterbett, ich links. Denn auch das war Mark in dieser Zeit unserer Ehe gewesen. Ein großartiger Vater. Großspurig, laut und manchmal auch rücksichtslos, aber ein guter Vater. Oft verstand er die Gefühle anderer Lebewesen nicht so richtig, aber er war grundsätzlich kein schlechter Mensch.

Ich griff mir die Fotokiste, drehte sie um und ließ die Krümel am Boden in meine Handfläche rieseln. Mein Kopf begann zu kribbeln. Nur ein wenig, aber es war definitiv da. Diesmal legte ich aber meine freie Hand nicht auf meine Haare, diesmal saß ich ganz still, denn irgendwie hatte ich plötzlich ein Gefühl. Es gab keinen Gedanken dazu, nur eine sonderbare Fassungslosigkeit.

Ich saß hier und hielt Brühebröckchen in der Hand. Alles war wie fünf Minuten vorher auch, abgesehen von diesem Gefühl. Tief in meiner Seele spülte es an Land, und es war unangenehm.

Fridolin streckte den Kopf unter dem Sessel hervor, unter dem er lag, und blinzelte mich verschlafen an. »Ist psychosomatisch«, erklärte ich ihm. Der Hund grunzte und ließ seinen Kopf wieder auf das Parkett sinken. »Das hat nichts mit meinem Herzen oder dem Gehirn zu tun, nur mit meiner Seele. Und dem Blitz.« Ich ließ die Brühe wieder in die Kiste rieseln und trug sie dann zum Abfalleimer in der Küche. Dort versenkte ich sie zwischen Gurkenschalen und Kaffeefiltern, und das fühlte sich erstaunlich gut an. So gut, dass ich mir den Besen und einen Handfeger schnappte und im ganzen Haus die Fahndung nach den kleinen braungrünen Brocken aufnahm. Nur Marks Zimmer sparte ich aus. Ich mochte es nicht. Es war zwar immer schon genau an dieser Stelle gewesen, aber es war ein Fremdkörper. Wie ein Splitter im Finger. Etwas, das nicht zu mir, zu meinem Zuhause gehörte. Vor der geschlossenen Tür blieb ich stehen, und im nächsten Moment musste ich die Augen zusammenkneifen, weil es in meinem Kopf zuckte. Der Besen fiel polternd zu Boden, und ich rieb mir mit der frei gewordenen Hand die Stirn, aber da war dieser sonderbare Schmerz schon wieder verschwunden. Was sollte ich jetzt auf meine Liste schreiben? Die »Wann der Blitz mich trifft«-Liste, die ich seit Sebastians Vorschlag gewissenhaft führte? »Der Blitz kam, als ich einen Besen in der Hand hielt und vor einer geschlossenen Tür stand«? Zumal diesmal noch etwas anderes da war. Diese Fassungslosigkeit. Eine fremde Hilflosigkeit, eine Angst. Ich schüttelte den Kopf in der Hoffnung, dieses Gefühlswirrwar loszuwerden, doch es hatte sich hartnäckig in meiner Seele eingenistet und schien noch eine Weile bleiben zu wollen.

Ich nahm es mit ins Institut, als ich eine halbe Stunde später Fridolin in den Kofferraum springen ließ und meine gelb geblümte Auffahrt hinunterrollte. Es war das erste Mal, dass ich eine Spätschicht übernahm, und es war ungewohnt, zu dieser Uhrzeit auf den Rosenhof zu kommen. Alex war schon gegangen, und auch sonst waren fast alle unterwegs, weswegen es ganz still auf dem Flur war. In meinem Büro fuhr ich den Computer hoch und startete erst mal meine

Büroplaylist mit Pianomusik. Morgens mochte ich es gerne still im Büro, aber morgens war auch im ganzen Haus etwas los, und überall gab es kleine Geräusche. So leise wie diesmal hatte ich es noch nie erlebt. Ich kochte mir einen Tee und lief mit der Tasse und Fridolin im Schlepptau in den Abschiedsraum für Herrn Burghausen. Der Sarg war schon da. Er war sehr hübsch und sehr schlicht. Die Beschläge glänzten leicht in einem angenehmen Silber, und die roten Rosen, die sich Frau Burghausen für das Sargoberteil gewünscht hatte, standen fein säuberlich in einem mit Wasser gefüllten Eimer daneben. Ich stellte meine Tasse beiseite und begann, die großen Blütenköpfe mit ihren kräftigen Stielen auf dem Sarg zu verteilen. Fridolin legte sich mit einem Seufzer neben mich auf den Holzfußboden. Als ich fertig war, rückte ich die Stühle noch ein wenig hin und her und richtete das Standpult für den Freund von Herrn Burghausen, der eine Rede halten würde. Es sollte eine kleine Trauerfeier werden. Die Beisetzung der Urne war sehr viel größer geplant, aber heute gab es nur einen Abschied im Kreis der engsten Freunde. Eine Familie gab es bei beiden offenbar nicht.

Als alles gut aussah, schnappte ich mir meine Tasse, sortierte auf dem Tablet die gewünschten Lieder in die Playlist – irgendein wirrer Jazz, der mir so gar nichts sagte – und verließ den Raum wieder.

Um mir nur einen Augenblick später erschrocken heißen Tee über die Hand zu kippen. Frau Burghausen stand nur wenige Zentimeter von mir entfernt, und wäre ich etwas schwungvoller um die Ecke gebogen, hätte ich sie über den Haufen gerannt.

»Ich bin schon da«, erklärte sie mir würdevoll das Offensichtliche, und ich warf einen Blick auf meine Armbanduhr. Es war noch über eine Stunde, bis die Trauerfeier beginnen würde.

»Wollen Sie noch mit in mein Büro kommen? Oder eine Runde durch den Garten drehen?«, fragte ich und beobachtete, wie Fridolin Frau Burghausen enthusiastisch begrüßte. Wie eine alte Freundin.

»Ich gehe da jetzt rein. Kann ich schon?«, fragte sie.

»Klar«, erwiderte ich, aber sie machte keine Anstalten, sich zu bewegen.

Schließlich räusperte sie sich. »Ich kann nicht.« Sie klang kläglich, und ich erinnerte mich, wie ich vor vielen Jahren vor genau diesem Raum gestanden hatte und meine Füße einfach nicht über die Schwelle hatten gehen wollen. Ich wollte nicht den Sarg meiner Mutter sehen. Ich dachte, ich könnte es nicht ertragen. Dabei schwirrten damals bereits zahlreiche Menschen um mich herum – Freunde, Familie, Nachbarn meiner Mutter –, aber keiner hatte wirklich begriffen, dass ich nicht einfach nur dumm rumstand, sondern tatsächlich keinen Schritt machen konnte. Nur Maria hatte das damals verstanden. Sie war neben mich getreten und hatte ganz leise und freundlich mit mir gesprochen. Vermutlich so, wie man es mit einem verstörten Hundewelpen tat. Und es hatte geholfen. Schlussendlich waren Merle und ich gemeinsam über die Schwelle getreten. Hand in Hand, wie zwei kleine Mädchen, die Angst im dunklen Wald hatten.

Seitdem hatte ich großen Respekt vor dieser Schwellenangst, die die Menschen hier manchmal überkam. Vor der tiefen, ehrlichen Angst, sich der absoluten Endgültigkeit des Todes zu stellen.

Ich reichte Frau Burghausen meine Hand. »Möchten Sie, dass ich Sie begleite?«, fragte ich vorsichtig.

Sie sah mich an. Dann blinzelte sie und legte ihre Hand in meine. Einen Herzschlag lang standen wir so mitten im Flur, dann traten wir gemeinsam über die Schwelle.

Es waren unerwartet viele Leute gekommen, und alle trugen dunkle Anzüge oder Kostüme. Es war sehr still, nur der Jazz lief weiterhin im Hintergrund. Schwerer Rotwein wurde gereicht, und erst standen alle etwas unschlüssig um den Sarg herum. Doch irgendwann fingen die Anwesenden an, leise zu murmeln. Sie erzählten sich Geschichten aus dem Leben von und mit Herrn Burghausen. Ich überließ die Gruppe für eine Weile sich selbst und zog mich in mein Büro zurück.

Als ich gegen acht Uhr beschloss, noch einmal nachzusehen, ob die Trauergemeinschaft noch etwas brauchte, traf ich Sebastian, der über den Flur geschwebt kam – im wahrsten Sinne des Wortes.

Er trug wie immer einen dunklen Anzug, hatte aber die Jacke abgelegt und offenbarte mir ein derart blütenweißes Hemd, dass ich kurz geblendet die Augen schließen musste.

»He«, flüsterte ich leise. »Du siehst sehr glücklich aus.«

Er schwebte herbei und lächelte mich an, was in Anbetracht der Tatsache, dass keine drei Meter neben uns eine Trauerfeier stattfand, ein klein wenig unangemessen war. Aber wir konnten nicht immer mitweinen. Das hatte ich in letzter Zeit oft genug getan.

Sebastian schien über meine Worte nachzudenken. »Es geht mir gut«, sagte er schließlich. »Ich konnte heute Abend so schön in Ruhe arbeiten. Und ich habe mir ein sehr leckeres Abendessen mitgenommen. Ich habe keine Rufbereitschaft, die hat Eduard, und somit kann ich noch ein wenig weiterarbeiten, ohne gestört zu werden.« Ich nickte, wenn ich auch ausblenden musste, woran er da so in Ruhe arbeiten mochte. »Möchtest du noch ein Sandwich? Ich bin auf den Geschmack gekommen und habe noch ein paar übrig«, sagte er leise.

»Vielleicht später«, antwortete ich. »Ich glaube, die Trauerfeier dauert noch länger. Es ist eine stille, intellektuelle Verabschiedung.« Ich deutete auf die geschlossene Tür, vor der plötzlich drei leere Flaschen Rotwein aufgetaucht waren. »Ich werde wohl heute Abend noch ein paar Taxis herbeordern müssen«, murmelte ich bei diesem Anblick.

»Ich bleibe, bis du gehst. Du solltest hier nicht alleine sein«, antwortete Sebastian ernst, und ich zog die Stirn kraus. »Ich habe einen großen schwarzen Hund, schon vergessen?«

»Nein, ich meine das ernst. Es ist dunkel hier draußen, und das Gebäude ist groß und unübersichtlich.«

»Okay«, sagte ich ebenso ernst. Es war lange her, dass sich jemand Sorgen um meine Sicherheit gemacht hatte, auch wenn ich das für völlig unbegründet hielt.

Eine halbe Stunde später stand Frau Burghausen in meinem Büro, eskortiert von drei Frauen in dunklen Kostümen. »Frau Morgenstern«, sagte sie fest. »Können Sie mir noch einmal erzählen, was jetzt passiert?«

Ich legte den Stapel Papiere, an dem ich gerade gearbeitete hatte, beiseite und sah sie an. »Wir überführen Ihren Mann in den kommenden Tagen ins Krematorium. Dort erfolgt die Einäscherung, und sobald die Urne wieder hier bei uns ist, machen wir den Termin für die Beisetzung aus«, wiederholte ich das, was ich ihr schon sehr oft erklärt hatte. Aber Trauer schien partiellen Gedächtnisverlust auszulösen. Am besten, man schrieb den Menschen alles auf. Allerdings verlegten sie dann die Zettel. Insofern war ich es gewohnt, Dinge wieder und wieder zu erklären. Frau Burghausen wirkte tatsächlich ein wenig geistesabwesend. Sie nickte mir knapp zu und ging dann zur Tür, wo sie sich jedoch noch einmal umdrehte.

»Ich weiß, es ist spät. Wäre es dennoch okay, wenn wir noch ein wenig bleiben würden?«, fragte sie leise. Ich griff wieder nach den Unterlagen. »Wenn Sie mir gestatten, Ihnen später allen Taxis zu rufen, können Sie das gerne machen.«

Die vier verschwanden wieder, und ich kochte mir einen Tee. Einen guten, alten Fencheltee. Der Tee aus Madeleines Kindheit. Es war der einzige Tee gewesen, den es damals, vor neunzehn Jahren, in unserem Supermarkt als Bio-Tee gegeben hatte. Nachdem ich eine Reportage über die Pestizidbelastung in Tees gesehen hatte, war ich wie besessen davon gewesen, mein kleines Kind vor all diesen Dingen zu bewahren. Weswegen Madeleine in den ersten Jahren ihres Lebens nur Wasser und besagten Bio-Fencheltee bekommen hatte. Man sollte meinen, er würde uns mittlerweile zu den Ohren raushängen, aber das tat er nicht. Wir liebten ihn, er hatte sich als gute Erinnerung fest in unsere Moleküle gegraben, und ich bildete mir ein, dass Fencheltee bei vielen Dinge half. Einfach durch seine Anwesenheit. Jetzt brühte ich eine Tasse auf, und dann, aus einem Impuls heraus, noch eine zweite.

Mit den beiden Tassen in der Hand wanderte ich leise über den Flur. Mittlerweile schickte die Sonne sich an, am Horizont zu verschwinden, und ein schummriges Licht erfüllte den alten Rosenhof. Vor dem Trauerzimmer standen mittlerweile noch mehr Flaschen, jetzt aber auch einige Softdrinks. Offenbar sollte das gediegene Ambiente nicht durch Leergut gestört werden.

Ich folgte dem Flur in den hinteren Bereich des Hauses. Hier klopfte ich leise gegen die schwere Holztür, auf der in großen Lettern PRIVAT stand.

Als Sebastian nicht reagierte, drückte ich die Tür einen Spaltbreit auf und schob die Tasse hindurch. »Tee?«

»Sehr gerne.« Eine Sekunde später wurde mir erst die Tasse aus der Hand genommen und dann die Tür ganz geöffnet. »Danke.« Seine grünen Augen strahlten im Schein der Deckenleuchte. Sebastian MacAlister war kein schöner Mann. Nicht im landläufigen Sinne. Er war ein wenig zu ungelenk, sein Gesicht zu kantig, die Wangenknochen zu sichtbar, als würde er beständig zu wenig essen. Aber seine Lippen machten all diese Dinge wieder wett. Sie waren voll, sanft geschwungen und mir bisher nie so wirklich aufgefallen. Dafür warf mich die Wucht, mit der ich sie jetzt plötzlich wahrnahm, fast einen Meter nach hinten.

»Alles okay?«, fragte Sebastian und ließ die Tasse sinken, offenbar bereit, zu meiner Rettung zu eilen.

»Ja«, erwiderte ich schwach und rang mir ein Lächeln ab. Es war ein bemerkenswerter Moment, und ich war gar nicht in der Lage, ihn wirklich zu greifen.

Kapitel zweiundzwanzig

Wir saßen unter dem Vordach der Eingangstür zum Rosenhof und tranken unseren Tee. Mittlerweile war es Nacht geworden. Fridolin hatte sich in meinem Bürosessel zur Ruhe gebettet. Es schien ihm ziemlich egal zu sein, wo er seine Nächte verbrachte, solange er nur in meiner Nähe war. Die Trauergesellschaft hatte sich weitestgehend aufgelöst, und ich hatte einen ganzen Schwung Taxis bestellt. Ein paar Leute waren noch da und saßen jetzt auf den Stühlen um den Sarg herum. Sie hörten Musik, tranken Wein und sprachen leise miteinander. Ich hörte sie murmeln, und manchmal drang ein leises, perlendes Lachen heraus.

»Ein schöner Abschied«, sagte ich und nippte an meinem Tee.

»Du hast Frau Burghausen geholfen, dass es das werden konnte«, erwiderte Sebastian, und in seiner Stimme lag aufrichtige Bewunderung. Ich warf ihm einen Seitenblick zu.

»Möchtest du, dass ich morgen deine Tür streiche?«, fragte er mich plötzlich und betrachtete die Sterne. Ich tat es ihm gleich und blickte auf die vielen glitzernden Himmelskörper, die sich uns zeigten. Hier draußen am Waldrand war es noch sehr viel dunkler als bei mir zu Hause.

»Ich würde mich sehr darüber freuen«, erwiderte ich und freute mich tatsächlich sehr.

Der nächste Tag war ein Samstag, und der Mai beglückte uns mit Sonnenschein aus allen Knopflöchern. Sebastian hatte die Flügeltür aus den Angeln gehoben und sie im Vorgarten auf zwei Böcke gelegt. Hier schliff und werkelte er nun konzentriert und leise vor sich hin pfeifend seit mittlerweile zwei Stunden herum, während ich auf den Treppenstufen hockte, Kaffee trank und ihm zusah. Mein Gehirn war träge, und das war ein wunderbarer Zustand, den ich ausgiebig auskostete.

»Bist du den Blitzen eigentlich auf die Spur gekommen?«, fragte Sebastian irgendwann und hob den Kopf. Er hatte Schleifstaub im Gesicht, und seine dunklen Haare wirkten heute sonderbar durcheinander. Ich schüttelte den Kopf und überlegte einen Moment.

»Nein«, sagte ich schließlich. »Ich habe aber das Gefühl, dass es besser wird.«

»Das meiste wird besser. Bis auf tödliche Krankheiten. Die nicht«, erwiderte Sebastian geistesabwesend, während er mit einem Stück Schmirgelpapier fast liebevoll die vielen Ecken und Kanten der Glaseinfassung bearbeitete.

Ich öffnete den Mund, schloss ihn aber gleich wieder. Er hatte recht, und es war seine Art, diese Dinge einfach und schlicht auf den Punkt zu bringen. Auch wenn es manchmal ein wenig sonderbar klang.

Sebastian richtete sich auf und drückte den Rücken durch. Es knackte vernehmlich.

Plötzlich hörte ich, wie das eiserne Törchen zur Straße

ins Schloss fiel. Fridolin hatte es offensichtlich ebenfalls gehört, denn er kam von hinten aus dem Flur angesprintet, um den Besucher umgehend zu begutachten. Und gegebenenfalls geeignete Maßnahmen gegen ihn einzuleiten. Ich erwischte ihn im letzten Moment am Halsband, gerade noch rechtzeitig, denn Mark erschien im Vorgarten. Er sah gut aus. Das weiße Shirt unterstrich seinen sonnengebräunten Teint, seine braunen Augen leuchteten richtiggehend, und er hatte noch kürzere Haare als beim letzten Mal. Zu seiner ansprechenden Optik passte allerdings seine sauertöpfische Miene so rein gar nicht.

»Was wird das denn?«, fragte er schroff und deutete auf die Tür, wobei er Sebastian einfach ignorierte. Mir sackte das Herz bis zu den Fußsohlen durch. Er hatte sein Mark-ist-der-Chef-Gesicht aufgesetzt und klang eisig. Nun war ich lange genug mit ihm verheiratet, um das richtig deuten zu können, und es löste schlagartig zwei Dinge in mir aus. Erstens: Ich fühlte mich klein und wollte etwas Nettes sagen, etwas, das die Sache umgehend erklärte, damit er sich nicht weiter aufregte. Und zweitens: Ich wurde wütend. Weil es ihn einen verdammten Scheißdreck anging, was das hier war. Es war schließlich meine Haustür, verdammt noch mal! Da aber beide Gefühle sehr mächtig waren, verstummte ich vorübergehend, und Fridolin übernahm kurzerhand und begann tief und dunkel zu knurren.

»Findest du nicht, dass du es schon mit mir absprechen solltest, wenn du hier große Renovierungsarbeiten in Gang bringst?«, fragte Mark und deutete anklagend auf die Tür. Oder auf Sebastian, genau konnte ich das nicht sagen.

Sebastian sah erst mich an, dann Fridolin, der immer noch knurrte, und dann Mark. Er hatte die Stirn in Falten gelegt und versuchte sich wohl einen Reim auf das alles zu machen. »Also, so unbedingt groß sind die Renovierungsarbeiten jetzt nicht«, sagte er schließlich freundlich. »Ich hatte Feli bloß angeboten, die Tür in Ordnung zu bringen.«

»Ich dachte, Sie sind Totengräber und waschen hauptberuflich Leichen.« In Marks Gesicht zuckte ein Muskel. »Gehört jetzt auch Streichen zu Ihrer Kernkompetenz?«

Ich schnappte nach Luft. Laut und vernehmlich. Was war Mark für ein Arschloch? Und warum bekam ich den Mund nicht auf, um ihn darauf hinzuweisen? Sebastian hingegen schien das Ganze nicht weiter zu bekümmern. »Ich bin vielseitig talentiert«, erklärte er freundlich und legte das Schleifpapier aus der Hand. Dann trat er um die aufgebockte Tür herum und setzte sich zu mir auf die Treppe, die Beine angezogen und direkt vor Fridolin, der ihm daraufhin einen Nasenstupser in den Nacken verpasste.

In Marks Gesicht arbeitete es.

Ich sollte jetzt etwas sagen. Die Angelegenheit in die Hand nehmen, meinen baldigen Ex-Mann in seine Schranken weisen.

»Warum kümmern Sie sich nicht um Ihre eigenen Angelegenheiten? Ein paar Leichen zum Beispiel?« Mark war einen Schritt nach vorne getreten und sah jetzt aus wie ein übergeschnapptes Affenmännchen. Ich blinzelte, denn von irgendwoher schien das Licht plötzlich zu flimmern.

»Oh«, erwiderte Sebastian immer noch total freundlich. »Die *Tür* ist jetzt meine Angelegenheit.« Er lächelte sogar.

Aber hinter diesem Lächeln lag nun eine deutliche Kälte. Eine ernst zu nehmende Warnung, wie mir bewusst wurde.

»Aber deswegen bin ich gar nicht hier«, schwenkte Mark plötzlich um. Er war nämlich viel, aber nicht mutig, und um jetzt noch mit Sebastian zu diskutieren musste man mutig sein, das hatte er glasklar erkannt. »Feli, du musst mal meine Mutter anrufen. Die wartet auf eine Nachricht von dir. Und mach endlich den Löwenzahn in der Einfahrt weg. Frau Degenhard hat mich schon dreimal angerufen.« Und mit diesen Worten verschwand er. Nicht ohne das Gartentor lautstark ins Schloss zu werfen.

Sebastian sah ihm mit regloser Miene hinterher, und ich schüttelte fassungslos den Kopf.

»Tut mir leid«, sagte ich tonlos.

»Ich kenne den Verlauf eurer Trennung nur rudimentär« – Sebastian drehte sich zu mir um – »aber offensichtlich hat dein Ex-Mann nicht einkalkuliert, dass es in deinem Leben einen anderen Mann geben könnte.« In seinen grünen Augen blitzte es. »Ich muss zugeben, dass ich ihn nicht sonderlich gut leiden kann. Er ist mir zu herrisch. Aber sicherlich hat er auch nette Seiten«, fügte er hinzu, erhob sich etwas steif und kehrte zu meiner Haustür zurück, um sie liebevoll weiter abzuschmirgeln, als wäre nichts gewesen. Aber dann hob er noch einmal den Kopf. »Und es freut mich, dass er denkt, dass ich dieser Mann sein könnte.«

Ich musste mir eingestehen, dass auch ich niemals einkalkuliert hatte, dass es jemals einen anderen Mann als Mark für mich geben könnte. Aber so war es. Ich mochte Sebastian. Sehr sogar. Und plötzlich empfand ich eine tiefe

Freude darüber, dass er hier bei mir war. Dabei ebbte auch endlich das furchtbare Gefühl ab, klein zu sein.

Ich schloss die Augen.

Trotzdem war es mir unangenehm, dass Sebastian Zeuge dieser Situation geworden war, auch wenn es ihn nicht weiter zu belasten schien. Im Gegenteil. Er pfiff fröhlich vor sich hin und widmete sich mit großem Eifer dem alten Lack meiner Tür. Aber mir war ein wenig schlecht, und ich hob die Hände, um mir die mittlerweile wieder deutlich längeren Haare aus dem Gesicht zu streichen. Und während ich so dasaß, Sebastian beobachtete und dem seltsamen Gefühl in meinem Magen nachspürte, wurde mir plötzlich etwas klar: Ich vermisste Mark nicht. Nicht die Bohne. Mein Leben war so viel einfacher geworden, seit er sich daraus verabschiedet hatte. Also, teilweise zumindest. Erstaunt ließ ich die Hände wieder sinken. Vielleicht war in dem angeblich so schwierigen Jahr, das mir der Blitz geklaut hatte, ja auch irgendetwas Positives passiert. Es könnte also sein, dass ich doch Abschied von meiner Ehe genommen hatte. Auch wenn ich es irgendwie vergessen hatte.

Ich hatte gedacht, wenn aus dem Wir ein Ich würde, bedeutete es zwangsläufig, viel zu verlieren. Aber so war es nicht. Vielmehr fühlte ich mich freier. Ich konnte meine eigenen Entscheidungen treffen, ohne dass jemand ständig versuchte, mich zu manipulieren oder mir zu sagen, was ich alles *nicht* konnte. Und niemand lästerte mehr über meine Arbeit, wenn ich nach Hause kam, niemand zog das, was ich im Bestattungsinstitut tat, in den Schmutz, bloß weil er es nicht verstand.

Mitten in meine Gedanken hinein pustete Sebastian jetzt einen ganzen Schwung Schleifstaub von der abgeschmirgelten Oberfläche der Tür in den Garten. Der Staub glitzerte im Sonnenschein, und es schien, als würde sich der uralte brüchige Lack einfach verflüchtigen. Weggetragen vom sanften Maiwind.

»Das Holz ist noch sehr gut in Schuss. Ich grundiere das jetzt, dann lassen wir es gut durchtrocknen, damit ich sie wieder einhängen kann, und dann streiche ich sie. Vielleicht morgen?« Erwartungsvoll sah Sebastian mich an, und ich nickte langsam. »Wollen wir noch etwas zusammen essen?«

Wieder nickte ich.

Wir drehten gemeinsam eine Runde mit Fridolin, und dann machte Sebastian sich in der Küche zu schaffen. Diesmal hatte ich vorher die Vorräte aufgestockt, und es gab Nudeln mit Tomatensoße und Ricotta. Der irische Bestatter kochte exzellent. Ich beobachtete, wie er geschickt in der Küche hantierte, jeder Handgriff lange erprobt, jede Prise Gewürz getestet und für gut befunden. Es sah fast beiläufig aus. Alltägliches Kochen war für die Männer, die ich kannte, ein unbekanntes Terrain. Während Frauen problemlos Mahlzeiten herzustellen wussten, war diese Fähigkeit bei Männern oft extrem unterentwickelt. Ich kannte einige, die wohl kläglich verhungern würden, wenn ihnen niemand etwas zu essen vorsetzte. Mark löste das Problem, indem er jeden Mittag bei seiner Mutter vorbeifuhr. Ein erschreckender Zustand. Aber Sebastian konnte kochen, und zwar sehr viel besser als ich. Weswegen ich mich wenigstens bemühte, den Tisch hübsch zu decken. Ich holte das charmante Blümchengeschirr aus dem Schrank und lief noch schnell in den Garten, um einen kleinen Strauß aus Akelei, Storchenschnabel und einer ersten, sehr vorwitzigen Rose zu pflücken. Und wieder sah es aus wie in Bullerbü. Zauberhaft hübsch.

»Du verstehst es, Dinge schön zu machen«, sagte Sebastian, während er den Topf mit den dampfenden Nudeln auf den Untersetzer stellte. »Eine wichtige Fähigkeit, um Bestatterin zu werden.«

Ich füllte uns beiden schweigend die Teller. Konnte ich das wirklich? Ich konnte den Tisch hübsch eindecken, Rechnungen schreiben und Blumen arrangieren. Aber reichten diese Fähigkeiten angesichts all der Dinge, die Eduard, Maria und Sebastian so perfekt beherrschten? War ich in der Lage, einen verstorbenen Menschen zu waschen, einzubetten und sogar das Grab auf dem Friedhof herzurichten? Mit allem, was dazugehörte?

Sebastian schob sich eine Gabel Nudeln in den Mund, sah mich an, kaute und sagte dann mit vollem Mund: »Wenn du schweigst, grübelst du über irgendetwas nach.«

Ich musste unwillkürlich lächeln. Er hatte recht. »Ich glaube, ich habe einfach Angst«, sagte ich.

»Wovor?«, fragte Sebastian und ließ die Gabel sinken.

Ich sah ihm in die Augen und lehnte mich auf meinem Stuhl zurück. »Manchmal habe ich Angst vor allem. Vor neuen Herausforderungen, vor dem Alltag.« Ich zögerte einen Moment, aber dann war es plötzlich ganz klar. Es schien ganz logisch zu sein. Erstaunt sah ich auf und sagte schließlich: »Vor dem Tod.«

Sebastian dachte einen Moment nach. Er sah hinter mir an die Zimmerdecke und kniff die Augen zusammen.

»Man braucht nur vor sehr wenigen Dingen Angst zu haben«, sagte er dann. »Und vor dem Tod schon mal gar nicht.« Jetzt sah er wieder mich an. »Aber ich verstehe, dass die Erkenntnis der eigenen Endlichkeit schwer auf der Seele lastet. Ich nehme an, das ist auch der Grund, warum sich so wenige Menschen mit dem Tod befassen. Obwohl er unausweichlich ist und uns alle vereint.« Er sprach langsam und nachdenklich. »Wovor man auf jeden Fall Angst haben kann, ist der Tod eines geliebten Menschen. Aber dafür haben wir ja den perfekten Beruf. Wir können kaum Trost spenden, aber wir sind in der Lage, durch unsere Arbeit die Menschen an die Hand zu nehmen, sie zu begleiten, ihnen Halt zu geben. Im Nachhinein ist das viel wichtiger als alles andere, denn wir sind in der Lage, eine tragfähige, schöne Erinnerung zu schaffen. Ich glaube fest daran, dass jedes Ende auch einen neuen Anfang in sich trägt.«

»Du bist dir da so sicher. Aber ich bin es nicht«, erwiderte ich. »Auch wenn ich mich nicht erinnern kann, habe ich mittlerweile verstanden, dass ich im letzten Jahr Todesangst hatte. Meine Freundin ist kurz vorher gestorben. Ich habe sie in ihren letzten Wochen begleitet, und das hat mir offenbar den Boden unter den Füßen weggezogen. Alles Vertraute hatte sich in nichts aufgelöst. Und offenbar war meine einzige logische Reaktion darauf, krampfhaft zu versuchen, die Kontrolle zu bewahren.«

»So habe ich dich nicht kennengelernt«, erwiderte Sebastian. »Du bist ein offener und sehr freundlicher Mensch. Du magst die Menschen, das merken sie sehr schnell. In deiner Nähe kann ich mich entspannen.« Seine Worte lösten ein sonderbares Gefühl der Wärme in meinem Magen aus. »Du bist mutig. Und im richtigen Moment unerschrocken.«

»Ich bin nicht mutig«, widersprach ich ihm. Mut war mit der Feli Morgenstern, die ich meinte zu kennen, nun wirklich nicht in einem Atemzug zu nennen. Wäre ich mutig, hätte ich doch nicht das vergangene Jahr wie ein Kaninchen vor der Schlange gesessen und einfach so ausgeharrt. Dann hätte ich vielleicht einen Berg bestiegen, um zu Selbsterkenntnis zu gelangen. Oder ich wäre schweigend ins Kloster gegangen oder so, aber stattdessen hatte ich mich selbst zum absoluten Optimum getrieben. Alle optischen Schwachstellen ausgemerzt. Nur mein Innerstes hatte ich gekonnt ignoriert.

»Doch«, sagte er nur schlicht. »Tief in dir drin bist du unendlich mutig. Es kommt manchmal nicht bis an die Oberfläche, aber du bist mutig.« Er schien von seinen Worten völlig überzeugt zu sein.

»Wovor hast du Angst?«, fragte ich ihn, und diesmal musterte Sebastian mich nachdenklich.

»Dass man mich nicht mag«, sagte er schließlich. »Ich weiß, dass ich manchmal ein wenig sonderbar bin. Ich mag Menschen, die sich bemühen, andere so zu sehen, wie sie sind. Ohne einfach über sie zu urteilen. Die ihnen Zeit geben.« Er nahm einen Schluck Wasser und stellte das Glas zurück auf den Tisch. »Manchmal habe ich Angst, etwas Wichtiges zu vergessen. Je mehr Routine sich aufbaut, desto eher neigt man dazu, etwas zu vergessen. Es wäre für mich ganz furchtbar, wenn ich einem trauernden Menschen nicht den bestmöglichen Abschied verschaffen könnte. Weil ich vielleicht die Urne im Krematorium habe stehen lassen oder so.«

Ich musste lachen. Es war schwer vorstellbar, dass Sebastian MacAlister eine Urne irgendwo vergessen könnte. Aber dann schwebte wieder diese Frage in meinem Kopf herum, und ich stellte sie. »Hast du keine Angst vor dem Tod?«

»Vor meinem eigenen Tod?«, fragte er, und ich nickte. Er schüttelte den Kopf und sah über meine Schulter, als würde dort hinter mir an der Wand die Antwort stehen. Er schwieg eine ganze Weile und schien über die richtigen Worte nachzudenken. Es dauerte lange, und als er sie schließlich aussprach, konnte ich verstehen, warum er gezögert hatte.

Sebastian blickte auf seine verschränkten Finger und sah dann hoch zu mir. »Ich bin …« Wieder schien er nach den richtigen Worten zu suchen. »Ich bin gestorben und zurückgeholt worden.« Er schwieg. »Es gibt einen Begriff dafür, wenn jemand das erlebt. Nahtoderfahrung. Aber der Tod war nicht einfach nur nah, ich *war* tot.«

Kapitel dreiundzwanzig

Ich hatte mit vielem gerechnet, damit jedoch definitiv nicht. Dementsprechend verdutzt musste ich aus der Wäsche geschaut haben.

»Wenn du möchtest, erzähle ich dir davon. Es ist sehr persönlich.« Sebastian richtete sich ein wenig auf und legte die Hände auf die Beine, so als müsste er sich vorbereiten. »Es ist auch keine Geschichte, die Angst macht. Aber vielleicht bewerte ich das nicht richtig, denn es ist ja meine Geschichte. Und wir haben gerade über dich gesprochen.«

»Würdest du mir davon erzählen?«, fragte ich leise. Er nickte und nahm die Schultern ein kleines Stück zurück. Ich lag richtig mit meiner Einschätzung. Er hatte sich gewappnet.

»Ich war damals achtundzwanzig, es ist also schon ein bisschen her. Jetzt bin ich dreiundvierzig. Es hat mein Leben verändert. Ich habe zu dieser Zeit in der Nähe von Dublin gewohnt und als Buchhändler gearbeitet. Ein Freund von mir ist dreißig geworden und hat eine große Party geschmissen. Ich habe keinen Alkohol getrunken, es kann aber sein, dass ich über diese dunklen Landstraßen, die ich so gut kannte, etwas zu schnell gefahren bin. Die Gegend dort ist sehr ländlich, und die Straßen waren alle schmal, gesäumt von Mauern und Hecken, und sehr kurvig.« Er hielt einen Moment inne, so als wäre er über das Tempo, das er vorlegte, selbst erstaunt. Es hatte keine einleitenden Worte gegeben. Er war mitten hineingesprungen. Und er blieb dabei. »Ein Landwirt war nachts noch auf seinem Acker unterwegs und fuhr vor uns. Sein Anhänger hatte kein Licht, und er war so hoch, dass man auch die Rückleuchten des Treckers nicht sehen konnte. Als ich gebremst habe, war es schon zu spät.«

Mir war bei seinen Worten eiskalt geworden, und ich schob den Teller beiseite. »Wie furchtbar«, sagte ich, und meine Stimme zitterte.

»Ich weiß es nur aus Erzählungen, erinnern kann ich mich nicht. Auch hinterher kam die Erinnerung nicht wieder, wofür ich im Nachhinein dankbar bin.«

Ich atmete tief durch. »Deswegen hast du zu mir gesagt, dass es manchmal besser ist, Dinge zu vergessen.«

Er nickte und lächelte. »Es wird dir wieder einfallen, was in der Nacht passiert ist, wenn du dafür bereit bist. Und wenn es dir nicht mehr einfällt, bist du nicht dafür bereit. Mir ist der Unfallhergang nie wieder eingefallen.«

Was er mir da erzählte, war für ihn weit weg. Es war abgeschlossen, deswegen konnte er lächeln und mit so klarer Stimme darüber sprechen. Aber mir brannten seine Worte in der Seele.

»Mein Herz hörte in der Notaufnahme im Krankenhaus auf zu schlagen«, fuhr er nach einer Weile fort. »Sie haben mich reanimiert. Und es geschafft, mich zurückzuholen, ohne schwere Schäden zu hinterlassen. Was wir manchmal im Fernsehen sehen, ist völliger Humbug. Wenn man am Menschen reanimiert, wacht er meistens nicht mehr so auf, wie er vorher gewesen ist. Aber bei mir war das so, vielleicht weil meine Zeit noch nicht gekommen war. Hast du noch etwas von dem Whisky?«, fragte er übergangslos.

Ich nickte knapp, stand auf, holte die Flasche und zwei kleine Gläser, stellte alles auf den Tisch und goss uns etwas von der bernsteinfarbenen Flüssigkeit ein. Wir nippten gemeinschaftlich an unseren Gläsern, dann fuhr Sebastian fort.

»Was ich dir jetzt erzähle …« Er hielt inne, und in seinen moosgrünen Augen lag ein sonderbarer Schimmer. »Ich bitte dich, es einfach so hinzunehmen. Es ist das, was ich erlebt und erfahren habe. Es muss nicht richtig sein, es hat nicht den Anspruch, die Wahrheit zu sein. Aber es war für mich so.« Er blinzelte, und ich nickte. »Ich weiß, dass du damit umgehen kannst«, erklärte er, »aber ich habe das noch nicht vielen Menschen erzählt. Ich bin etwas unsicher, wie sie wohl reagieren würden. Aber ich glaube, dir kann ich es erzählen. Ich habe das Gefühl, ich kann dir alles erzählen.« Er sprach jetzt schneller. Das, was jetzt kam, musste ihn noch tief in seinem Herzen bewegen.

Ich schob mein Glas beiseite und legte meine Hand auf seine Finger, die mittlerweile auf der Tischplatte ruhten.

Einen Moment lang betrachtete er unsere Hände, dann sprach er weiter. »Ich war auch in diesem Raum, in dem sie um mein Leben gekämpft haben. An den Unfall kann ich mich nicht mehr erinnern, aber an diesen Raum im Krankenhaus. Ich habe alles von oben gesehen, wie ein Vogel, der mit langsamen Flügelschlägen dicht unter der Decke entlangglitt. Nichts von dem, was ich gesehen habe, war sonderbar oder komisch. Es war einfach nur eine logische Konsequenz, es war sinnvoll. Die Ärzte und Schwestern haben um mein Leben gekämpft, und jeder Handgriff war präzise, jedes Wort notwendig, jede Handlung sinnvoll. Ich weiß nicht, ob mich das in diesem Moment beeindruckt hat, viele Dinge habe ich erst im Nachhinein bewertet. Ich denke, in diesem Moment gab es das alles nicht. Es gab nur einen tiefen, fast heiteren Frieden. So etwas hatte ich noch nie gespürt. Ich wusste, dass ich gehen musste, wenn die Ärzte und Schwestern keinen Erfolg hatten, aber das war nicht schlimm. Das war völlig in Ordnung.« Er atmete tief durch und griff mit der freien Hand nach dem kleinen Glas mit Whisky. Er nahm einen Schluck und stellte es dann sorgsam zurück auf den Tisch.

»Aber sie holten mich zurück. Irgendwann begann sich alles um mich herum zu drehen, und ich wurde nach unten gezogen. Wie durch eine Spirale. Mir wurde ganz schwindelig. Das Letzte, an das ich mich erinnere, ist ein kleiner bunter Schmetterling, der oben auf einer der Behandlungslampen saß. Ich bin an ihm vorbeigeflogen, und sein Anblick hat sich tief in mich eingebrannt. Wieder zu mir gekommen bin ich erst zwei Wochen später. So lange habe ich damals im Koma gelegen. Danach war ich erst mal damit beschäftigt, wieder gesund zu werden. Was mir entgegen der Prognose der Ärzte tatsächlich gelungen ist.« Er lächelte mich schüchtern an, und ich drückte seine Hand.

»Und du hast nie darüber gesprochen?«, fragte ich leise. »Über das, was du dort im Behandlungszimmer erlebt hast?«

»Erst sehr viel später hat der Schmetterling in meinem

Leben noch mal eine Rolle gespielt. Ich habe damals, direkt nach dem Unfall, viele Medikamente bekommen und musste erst mal wieder ein bisschen klarer werden im Kopf.«

»Es tut mir furchtbar leid«, sagte ich. Mehr fiel mir nicht ein.

Doch Sebastian lächelte. »Es ist lange her, und es ist vorbei. Aber es hat sehr lange gedauert, und es hätte mir geholfen, wenn es jemanden an meiner Seite gegeben hätte, damit ich mich nicht so alleine fühlte. Mit dem ich darüber hätte reden können. Ich habe den Tod kennengelernt und war so alleine damit.«

Ich sah ihn an und drückte stumm seine Hand. »Ich weiß so wenig über dich«, sagte ich schließlich leise. »Ich weiß noch nicht einmal, ob deine Eltern noch leben, ob du Geschwister hast.«

»Meine Mutter starb früh, und mein Vater hat abwechselnd getrunken und gearbeitet. Von ihm habe ich nach dem Unfall nichts gehört. Aber ich hatte Freunde. Mit denen ich aber über meine Erfahrung seltsamerweise nicht sprechen konnte. Alle hat das immer furchtbar erschreckt.« Sebastian schwieg und starrte auf Fridolin, der laut schnarchend in seinem Körbchen lag. »Manchmal erinnere ich mich an den Schmetterling.« Ein leises Lächeln zog über sein Gesicht, und er wandte sich wieder zu mir um. »Danach habe ich dann mit der Ausbildung zum Bestatter begonnen. Ich bin nicht mehr zurückgekehrt in mein altes Leben.«

Wir griffen zeitgleich nach unseren Gläsern und nahmen einen tiefen Schluck. »Und der Schmetterling?«, fragte ich leise.

»Der ging mir lange Zeit nicht aus dem Kopf«, sagte er. »Zwei Jahre nach dem Unfall bin ich noch einmal zu der Klinik gefahren. Ich erzählte der Schwester, was passiert war, und konnte an ihrem Gesichtsausdruck direkt erkennen, dass ich mir den Schmetterling nicht nur eingebildet hatte. Erst wollte sie mich nicht in den Behandlungsraum lassen, doch dann begleitete sie mich. Sie zog diese große Lampe herunter, und auf ihrer Oberseite klebte tatsächlich der Schmetterling. Er sah noch genauso aus, wie ich ihn in Erinnerung hatte. Ein Pfauenauge mit diesen typischen blauen Flecken. Sie erzählte mir, dass einer der Ärzte intensiver zum Thema Nahtoderfahrungen geforscht hatte und der Schmetterling noch aus dieser Forschung stammte. Man hatte sie auch in der Forschungsklinik auf die Oberseite der Lichter in den Schockräumen geklebt in der Hoffnung, dass irgendwann mal jemand von ihnen berichten würde. Jemand, der eine Nahtoderfahrung gemacht hatte. Aber der Arzt war schon lange nicht mehr in der Klinik, und so hatte man den Schmetterling vergessen. Die Schwester war sehr aufgeregt und hat verzweifelt nach einer anderen Erklärungsmöglichkeit gesucht. Ich erklärte ihr, dass es auch möglich gewesen sei, dass der Schmetterling sich irgendwo gespiegelt hatte. Es bestand keine Notwendigkeit, sie in Aufregung zu versetzen, zumal ich auch nicht vorhatte, jemals mit irgendwem über den Schmetterling zu sprechen, geschweige denn an einer Studie teilzunehmen oder Fragen zu beantworten. Er gehört nur mir. Es war allein meine Erfahrung. Ich befürchte übrigens, jetzt sind die Nudeln kalt.«

Es dauerte einen Augenblick, bis ich seinen letzten Satz

in den richtigen Kontext gerückt und verstanden hatte. Ich räusperte mich. »Mit Sicherheit sind die Nudeln jetzt kalt.«

»Ich esse auch gerne kalte Nudeln«, erwiderte Sebastian, und ich spürte förmlich, wie die Anspannung von ihm abfiel.

Immer noch lag meine Hand auf seiner, und ganz automatisch fuhr mein Daumen über seinen Handrücken. »Hast du noch Kontakt zu jemandem aus Irland? Zu den Menschen dort, die dich damals begleitet haben?«

Er nickte. »Mein Weg hat mich über Schottland nach Amerika und schlussendlich nach Deutschland geführt. Meine Mutter kam aus Berlin, es gab zwar keine Verwandten mehr, trotzdem fühlte ich mich Deutschland irgendwie zugehörig, und ich hatte die Hoffnung, hier eine Heimat zu finden. Lüneburg ist eine sehr schöne Stadt, und ich wäre gerne dortgeblieben, aber ich fand keinen Job, der mir entsprach. Die Bestatter, die Leute suchten, waren alle sehr kommerziell ausgerichtet. Sie haben den Trauernden zu wenig Raum gegeben, ihnen bloß was verkaufen wollen und in meinen Augen auch ein bisschen die Fassungslosigkeit der Menschen, die jemanden verloren haben, ausgenutzt. Ich mochte niemanden darauf drängen, jetzt und sofort einen besonders teuren Sarg auszusuchen. Schon gar nicht, wenn deren Angehörige anschließend eh verbrannt werden sollten. Und irgendwann habe ich dann über Umwege von Marias Jobangebot gehört. Mir gefiel der Rosenhof sofort, und ich war sehr froh, dass ich auch ihr ins Konzept passte.«

»Darüber bin ich auch sehr froh«, murmelte ich und konnte mich immer noch nicht durchringen, Sebastians Hand loszulassen.

»Ich könnte die Nudeln sicherlich noch mal aufwärmen«, sagte er, machte aber keine Anstalten, sich zu bewegen. Und so saßen wir uns schweigend gegenüber und hielten uns an den Händen.

»Ich danke dir, dass du mir das erzählt hast«, flüsterte ich irgendwann.

Sebastian nickte langsam. »Ich wusste, dass ich es dir erzählen kann. Dass du es verstehst. Du verstehst sehr viel.«

Dabei war er es doch, der so viel verstand. Vom Leben und vom Tod.

Kapitel vierundzwanzig

Frau Burghausen stand vor mir, das Gesicht rot verquollen, zitternd am ganzen Körper. »Ich habe mich geirrt«, stieß sie schließlich hervor.

Heute sollte die Trauerfeier zur Beisetzung der Urne ihres Mannes stattfinden, und zwar auf ausdrücklichen Wunsch bei uns und nicht direkt auf dem Friedhof. In weniger als einer Stunde würden Nachbarn, Arbeitskollegen, entfernte Bekannte und alte Schulfreunde eintreffen, um Abschied zu nehmen. Danach würde die Urne auf den Friedhof gebracht und in dem Grab unter der Eberesche bestattet werden.

Ich ließ die Unterlagen sinken, die ich in der Hand hielt. »Wobei haben Sie sich geirrt?«, fragte ich.

Sie schnappte nach Luft. »Mit dem Friedhof. Das geht nicht. Ich will nicht, dass er dort beerdigt wird, ich habe das Gefühl, dann nicht mehr glücklich werden zu können. Ihn dort einfach auszulagern!« Empört rang sie die Hände, als hätte sie einen eklatanten Fehler begangen.

»Frau Burghausen …«, sagte ich, doch sie ließ mich nicht ausreden.

»Ich habe die ganze Nacht nicht geschlafen. Jetzt steht da seine Urne. Bei dem Gedanken daran, dass er heute auf diesem Friedhof beigesetzt wird, sträubt sich alles in mir.«

Noch einmal setzte ich an, um etwas zu sagen, doch sie schüttelte nur energisch den Kopf. »Als ich das entschieden habe, war er noch nicht tot. Ich habe mir vorgestellt, dass ich es schon irgendwie aushalten würde. Aber nun ist er tot, und ich werde es nicht aushalten. Mein Gefühl hat mich betrogen.«

Ich sah sie schweigend an. »Lassen Sie mich kurz Rücksprache mit meinem Kollegen halten«, murmelte ich schließlich.

Nachdem ich sie in meinem Büro mit einer Tasse Fencheltee und Fridolins Gesellschaft versorgt hatte, machte ich mich auf die Suche nach Sebastian. Das hier war etwas, bei dem ich definitiv Unterstützung brauchte. Ich fand ihn in Alex' Büro, wo er über zwei eng beschriebenen Listen brütete.

»Du musst mir helfen«, sagte ich, während ich die Tür hinter mir ins Schloss zog. Aufmerksam hörte er sich meinen Bericht an. »Es ist meine Schuld«, sagte ich. »Ich habe nicht intensiv genug nachgefragt. Ich habe mich damit begnügt, dass sie diesen Platz gefunden hat. Ich hätte ihr die Alternativen deutlicher erklären müssen.«

»Blödsinn«, erwiderte Sebastian ungewohnt energisch. »Unsere Klienten sind ja nicht bescheuert. Sie trauern nur. Ich habe doch selbst mit ihr über das Grab gesprochen, und da klang sie, als hätte sie diese Entscheidung nach reiflicher Überlegung getroffen.«

»Nun sieht sie das aber anders. Was machen wir jetzt?«, fragte ich und lehnte mich an die Wand hinter mir. Mir war ganz übel. »Ziehen wir das jetzt durch? Uns bleibt wohl nicht viel anderes übrig, was?«

Sebastian fuhr sich mit beiden Händen durch die dichten Haare. »Unsere Möglichkeiten sind beschränkt. Er ist hier verbrannt worden, also muss er auch hier bestattet werden.«

»Ich hätte sie gleich am Anfang darauf hinweisen müssen, dass man den Umweg über die Niederlande nehmen könnte. Aber bevor ich dazu gekommen bin, waren wir schon auf Grabsuche, und da hat sie dann ihre Entscheidung getroffen. Aber jetzt weiß sie, dass sie es nicht ertragen wird, wenn er dort liegt. Und ich muss jetzt zu ihr gehen und ihr sagen, dass wir keine andere Möglichkeit haben.« Ich schluckte trocken und stieß mich von der Wand ab, um meines unangenehmen Amtes zu walten, doch Sebastian hielt mich zurück.

»Es gibt immer eine Lösung«, murmelte er.

Ich beugte mich dichter zu ihm. »Und die wäre?«

Er atmete tief durch. In seinen grünen Augen blitzte es auf, dann kniff er die Lippen zusammen und kratzte sich am Kopf. »Ist noch jemand im Haus?«, fragte er schließlich.

Ich öffnete langsam den Mund, um ihn jedoch gleich darauf wieder zu schließen. Statt etwas zu sagen, schüttelte ich den Kopf. Eduard war mit dem Mercedes unterwegs im Pflegeheim. Maria hatte eine Beisetzung auf dem städtischen Friedhof, und Alex, Christiane und Rocco hatten Feierabend.

Sebastian räusperte sich. »Lässt du mich was machen, und machst du mit?«

Trotz der misslichen Lage konnte ich mir ein Grinsen nicht verkneifen. »Können wir dafür in den Knast kommen?«

Sebastian schüttelte energisch den Kopf. »Niemand kann dafür in den Knast kommen.« Dann lächelte er und deutete zur Tür. Ich folgte diesem Wink und hörte so nur noch mit halbem Ohr, wie er murmelte: »Zumindest nicht, wenn wir uns geschickt anstellen.«

Ohne zu wissen, was genau er vorhatte, kehrte ich zu Frau Burghausen zurück, die im Büro auf mich wartete und ganz offensichtlich noch immer um ihre Fassung rang, während sie Fridolin streichelte. Als sie mich erblickte, sprang sie auf und kam auf mich zu. »Sie müssen mich für völlig verrückt halten!«, raunte sie mir zu. »Ich hab mir wirklich Mühe gegeben, das so hinzunehmen. Er dort auf dem Friedhof. Aber jetzt, wo ich die Urne sehe, kann ich es mir einfach nicht vorstellen. Für mich ist das nichts. Ich möchte mit ihm in die Berge fahren und seine Asche in einen kleinen Bergbach kippen. Oder von einem Berg ins Tal. Das schadet doch niemandem!«

Ich schüttelte stumm den Kopf und dachte krampfhaft darüber nach, was ich darauf erwidern konnte, aber mir fiel nichts ein.

»Es tut mir leid, Frau Morgenstern. Sie haben sich große Mühe gegeben. Wenn es nicht anders geht, dann bestatten wir ihn eben, und ich buddle ihn heute Nacht wieder aus.« Sie verschränkte mit kämpferischer Miene die Arme vor der Brust.

»Das ist Störung der Totenruhe. Dafür kann man ins Gefängnis kommen«, wagte ich einzuwenden.

»Ist mir egal!«, erwiderte sie und brach im nächsten Moment übergangslos in Tränen aus. Draußen auf dem Flur hörte ich die Tür zum Trauerraum ins Schloss fallen und legte Frau Burghausen sanft eine Hand auf den Arm.

»Es tut mir leid«, sagte ich leise.

Frau Burghausen blickte auf. »Ich habe mich verfühlt. Mich geirrt«, sagte sie und wischte sich die Tränen am Ärmel ihres schwarzen Kaschmirpullovers ab.

»So.« Sebastian war zu uns getreten. »Nun ist alles bereit für die Trauerfeier ihres Mannes. Feli?« Er wandte sich an mich. »Ich habe noch die Feuerschale im Hof gereinigt. Die hatte es bitter nötig.«

Frau Burghausen sah uns beide an, als hätten wir den Verstand verloren. Sebastian eilte los, dann blieb er abrupt stehen. »Ach!«, rief er im nächsten Moment und schlug sich mit der flachen Hand gegen die Stirn. »Jetzt habe ich doch tatsächlich die Tüte mit der Asche aus der Feuerschale im Trauerraum stehen lassen. Wie konnte das denn passieren?« Er hob beide Augenbrauen und sah uns an.

Mir wurde heiß. Und dann kalt. Und dann prickelte mein ganzer Körper, und mein Magen machte einen Satz in alle Richtungen. Ich hatte verstanden.

»Das ist ja ein Ding«, erwiderte ich und fügte dann schnell hinzu: »Wie ungünstig. Weil ich jetzt wirklich etwas sehr Wichtiges mit dir besprechen muss. Das können wir leider auch nicht aufschieben.«

Frau Burghausen sah uns immer noch an. Ihre Leitung war lang. Es dauerte noch vier Atemzüge, bis sie einen hellen Ton ausstieß und zusammenzuckte. »Ich kann Ihnen die Tüte bringen«, sagte sie tonlos und wurde blass.

»Ich habe alles dort stehen lassen. Eine kleine Schaufel, einen Eimer, einen Wischlappen. Habe ich alles vergessen. Das wäre sehr nett. Aber vorher muss ich mit Frau Morgenstern noch etwas besprechen. Sie entschuldigen uns?«

»Ja. Bitte.« Sie hatte die Hände vor der Brust verschränkt und sah uns wieder nacheinander an. »Sie sind verrückt«, sagte sie leise.

Sebastian senkte den Kopf und lächelte. Und dann nahm er mich an den Schultern und schob mich vor sich her auf den Hof. Ich atmete tief durch und merkte, wie sehr mir die Knie zitterten. »Es entsteht niemandem ein Schaden«, sagte er leise, ohne meine Schultern loszulassen, was mir eine Gänsehaut bescherte.

»Nein«, erwiderte ich schließlich. »Jetzt müssen wir nur noch überlegen, was wir denn so Wichtiges zu besprechen haben.« Endlich sah er mich direkt an. Er sah mir tief in die Augen und dachte über die Frage nach – so lange, bis in der Ferne ein schwerer Motor ertönte. Schlagartig blickten wir beide uns um, aber der Wagen bog nicht zu uns auf den Hof ab, sondern blieb auf der Umgehungsstraße. »Wir stehen Schmiere«, sagte ich leise, weil wir genau das taten.

»Aber nein, wir müssen nur etwas Wichtiges besprechen«, erwiderte er atemlos. Ich musste grinsen. So cool, wie er vorgab, war er gar nicht. Sein Herz schlug hektisch, das konnte ich an seiner bebenden Halsschlagader erkennen. Meins tat es seinem gleich. Die Luft um mich herum zog sich zusammen, aber es war kein Blitz, der sich da zusammenbraute. Es war Sebastian, der in einer unbeholfenen Geste seine Wange an meine Stirn legte. Vorsichtig blickte ich auf. Sebastians Gesicht war wie erstarrt. Er schluckte trocken, nur in seinen Augen war eine Regung zu erkennen. Einige Sekunden standen wir reglos da, doch dann ließ Sebastian mich plötzlich los und trat einen Schritt zurück.

Frau Burghausen war in der Tür erschienen und ging jetzt mit ruhigen Schritten an uns vorbei. Sie schloss ihren Wagen auf und legte sorgsam und vorsichtig eine Papiertüte des örtlichen Bio-Supermarkts in den Kofferraum, bevor sie den Deckel leise wieder schloss. Einen Augenblick lang stützte sie sich mit beiden Händen darauf und senkte den Kopf. Ihre Trauer wogte schwer und dunkel über den Hof. Zitternd atmete sie aus und ging mit schweren Schritten ins Haus zurück.

Sebastian und ich sahen ihr schweigend nach.

Wenig später trat Frau Burghausen mit Eimer, Schaufel und Putzlappen erneut auf den Hof hinaus und kam mit langsamen Schritten auf uns zu, als würden die Gegenstände Tonnen wiegen.

»Ich bringe das zurück in Ihr Büro, Frau Morgenstern, ja?«

Ich nickte stumm. Sie drehte sich schon um, um wieder ins Haus zu gehen, doch dann hielt sie noch einmal inne und sah uns an. »Danke«, sagte sie tonlos und betrachtete uns einen Moment lang. Sie schien noch etwas sagen zu wollen, doch stattdessen presste sie sich eine Hand auf ihr Herz.

»Möchten Sie, dass ich Sie reinbegleite?«, fragte ich leise, aber sie schüttelte den Kopf.

Ein paar Atemzüge lang standen wir noch dicht beisammen, aber als wenige Sekunden später die ersten Autos der Trauergäste auf den Hof fuhren, stoben wir auseinander wie ein Haufen trockener Blätter im Herbst, die der Sturm erfasst hatte.

Die Trauerfeier war sehr schön. Frau Burghausen war die ganze Zeit über erstaunlich gefasst, aber vielleicht war sie gedanklich auch bei der Bio-Supermarkttüte in ihrem Kofferraum.

Als die Gäste gegangen waren, stand sie noch eine Weile alleine vor der Urne. Ich entdeckte sie, als ich die Musik abstellen und die Kerzen löschen wollte. Sie drehte sich zu mir um. Ich änderte meinen Plan und stellte die Musik, heute war es Bach, nur ein wenig leiser, bevor ich zu ihr ging.

Plötzlich spürte ich, wie sie nach meiner Hand griff.

»Was passiert ist, ist eigentlich nicht auszuhalten«, sagte sie leise und drückte meine Finger. »Aber Sie haben mir den Abschied erträglich gemacht. Sie haben ihn würdevoll und wunderbar für uns gemacht. Dafür möchte ich Ihnen danken.« Ich wollte etwas erwidern, doch sie kam mir zuvor. »Beerdigen Sie jetzt Holzkohle? Wo haben Sie die überhaupt her?«, flüsterte sie.

»Na ja«, antwortete ich. »Wir haben uraltes, staubtrockenes Buchenholz in der Scheune liegen. Manchmal brennen wir ein wenig davon ab, weil es so schön duftet und es bei einigen Trauerfeiern hübsch ist, kleine selbst geschriebene Zettel als letzten Gruß an die Verstorbenen darin zu verbrennen.«

»Ich werde niemals darüber sprechen. Niemals«, versprach sie.

»Das ist auch besser so«, erwiderte ich.

»Aber versprechen Sie mir bitte, dass Sie Ihre vornehme Zurückhaltung aufgeben. Wir haben keine Zeit für so etwas. Ich finde, er ist ein großartiger Mann. Versprechen

Sie mir, keine Zeit zu vergeuden.« Sie hielt meine Hand noch fester, und plötzlich liefen ihr Tränen über die Wangen. »Vergeuden Sie keine Sekunde. Feiern Sie das Leben.«

»Und Sie?«, fragte ich leise und vorsichtig.

»Ich brauche noch ein bisschen Zeit.«

Kapitel fünfundzwanzig

Mittlerweile war es Anfang Juli geworden, und draußen tobte ein Sommergewitter. Nachdem es tagelang brütend heiß gewesen war, kam heute der Regen für ganze drei Wochen herunter. Mein altes Haus knarzte und wiegte sich im heftigen Wind, und das Wasser lief in Sturzbächen über die Scheiben. Der Himmel war anthrazitgrau, und riesige schwarze Wolkenberge schoben sich über den Horizont. Ich saß auf meinem Lesesessel und hielt einen Becher köstlichen Kaffee in der Hand. Mit Milchschaum und Zucker. Dazu hatte ich mir eine Waffel getoastet, die ich dick mit Butter und Erdbeermarmelade bestrichen hatte. Die Marmelade war von Sebastian, der gestern zu einer Fortbildung nach Münnerstadt aufgebrochen war, wo auch ein Teil meiner Ausbildung stattfinden würde. Ich selbst hatte mir ein paar Tage Urlaub gegönnt. Gestern Abend war ich mit Merle und Iris ausgegangen. Wir hatten sogar getanzt! Woraufhin ich jetzt schwersten Muskelkater im Hintern und in den Beinen hatte, aber es war einfach wunderbar gewesen. Ich liebte es zu tanzen, aber aus irgendeinem Grund hatte ich in den vergangenen Jahren damit aufgehört. Keine Zeit, keine Lust, zu müde – es hatte immer eine Ausrede gegeben. Doch gestern Abend hatte ich festgestellt, wie sehr es mir gefehlt hatte. Das ausgelassene Tanzen, das Zusammensein mit Freundinnen, das Kichern, das immer von uns Besitz ergriffen hatte, wenn eines unserer Lieblingslieder aus alten Zeiten gespielt wurde und wir wie ungelenke Schlenkerpuppen auf der Tanzfläche herumhüpften.

Fridolin gab aus seiner Ecke zwischen Schrank und Wand ein genüssliches Grunzen von sich. Ich lächelte und sah zu ihm hinüber. Er lag auf dem Rücken und hatte alle vier Pfoten gegen die Wand gelehnt. Wie dieser Hund so schlafen konnte, war mir ein Rätsel.

Ich legte die Beine auf den Hocker und breitete die senfgelbe Decke darüber aus. Sie war alt und schon ein wenig löchrig. Woher sie kam, wusste ich nicht mehr. Seit Ewigkeiten begleitete sie mich durchs Leben, auch wenn sie in den letzten Jahren ein einsames Dasein ganz unten in der Schublade hatte fristen müssen. Mark hatte sie aus dem öffentlichen Raum verbannt. Er fand die Decke schäbig und hässlich, und da das Zusammenleben mit einem anderen Menschen ja ein beständiger Fluss an Kompromissen war, hatte ich die Decke weggeräumt. Erst vor wenigen Tagen war mir ihre Existenz wieder eingefallen, und ich hatte sie aus ihrem Gefängnis befreit, sie in lauwarmem Wasser mit der Hand gewaschen und ihre Löcher gestopft, und nun lag sie über meinen Beinen.

Draußen grummelte es leise vor sich hin, und eine Sturmbö ließ das Haus beben. Ich lehnte mich behaglich zurück und griff nach meinem Laptop, den ich mir auf die Knie stellte. Heute würde ich nichts tun, außer noch einmal mit Fridolin über die Wiesen zu laufen und mir nachher ein paar Pfannkuchen mit Apfelmus zuzubereiten. Die restliche Zeit würde ich in diesem Sessel verbringen und mich meiner neuen Leidenschaft hingeben.

Binge Watching! Ich hatte immer mit meiner Tochter geschimpft, wenn sie sich stundenlang im Bett verkrochen hatte, um irgendeine Serie in einem Stück wegzugucken. Ich hatte an ihre Tür geklopft und erklärt, man könne nicht den ganzen Tag herumliegen und nichts tun. Dabei hatte sie gar nicht nichts getan. Sie hatte sich in eine fremde Welt begeben! Aber da ich es selbst nie ausprobiert hatte, konnte ich das einfach nicht verstehen. Nachdem mir aber nun gleich drei Freundinnen eine Serie empfohlen hatten, hatte ich mir doch wenigstens die erste Folge ansehen wollen. Aus Weiterbildungsgründen sozusagen. Schon nach zehn Minuten hatte mich ein unbändiger Sog gepackt. Ich war mitten ins Londoner East End eingetaucht, stand im Nonnatus House in Poplar, fühlte mit jeder einzelnen Hebamme und Nonne mit, die in *Call the Midwife* mitspielten. Ich bestaunte die detailgetreu dargestellte Welt, die weit vor meiner Geburt existiert hatte, bewunderte die Frauen, die ihre Kinder in dieser schweren Zeit nach dem Krieg unter zum Teil erbärmlichen Zuständen zur Welt brachten und großzogen. Ich war völlig gefesselt und hatte mir gleich an meinem ersten Urlaubstag die komplette erste Staffel angesehen. Was war mir über die Jahre entgangen?

Also verbrachte ich meinen Urlaub damit zu lesen, Serien zu gucken, Freunde zu treffen und feine Dinge zu essen. Es war perfekt. Jetzt startete ich die fünfte Folge der dritten Staffel und griff nach meiner Waffel, um herzhaft hineinzubeißen. Doch ich kam nicht weit, denn mein

Handy klingelte. Meine Schwiegermutter. Ich kniff kurz die Lippen zusammen, nahm dann aber doch mein Handy. Sie würde eh keine Ruhe geben, bis sie mit mir gesprochen hatte. Sie wusste, dass ich Urlaub hatte.

»Hallo, Feli!«, begrüßte sie mich fröhlich. »Ich habe gerade die Zeitung gelesen, und da war eine Beilage von Blumengerdes. Bei denen gibt es rote Geranien für kleines Geld!« Ich runzelte die Stirn, weil es auf meinem Kopf leicht zu kribbeln begonnen hatte. »Du hast doch Urlaub. Können wir da nicht heute Nachmittag hinfahren?«

»Du hast doch ein Auto, kannst du da nicht selbst hinfahren?«, fragte ich und war ein klein wenig erstaunt über meine eigene Antwort. Aber ich hatte jetzt einfach keine Zeit. Ich musste schließlich meinen Urlaub zelebrieren. Ich hatte einen Plan, und Geranien kamen darin nicht vor. Abgesehen davon fuhr meine Schwiegermutter bis nach Österreich, wenn sie Lust dazu hatte. Nur beim Geranienkauf wollte sie Beistand haben. Es war einfach Bequemlichkeit. Sie ließ sich gerne abholen, chauffieren, alles ins Auto tragen. Das war ja prinzipiell auch kein Problem, aber nicht heute.

»Na, hör mal«, sagte meine Schwiegermutter entrüstet. »Es kann ja nicht zu viel verlangt sein, dass du mal mit mir zur Gärtnerei fährst.« Sie schnaufte vernehmlich.

»Ich war mit dir beim Augenarzt in Hannover, drei Mal. Dann habe ich mich um deine Steuersachen gekümmert. Ich habe dir einen Handwerker für dein verstopftes Klo besorgt und den Handwerker dann auch noch beaufsichtigt«, zählte ich auf, was ich in den letzten Wochen für sie getan hatte. Dafür hatte sie an meiner Frisur gemäkelt, mir gesagt, ich sei wieder ganz schön dick geworden, und mich gefragt, ob ich eigentlich wüsste, was die Leute in ihrem Bekanntenkreis davon hielten, dass ich mich zur Bestatterin ausbilden lassen wollte. Das wusste ich übrigens nicht, und ich hatte es auch nicht wissen wollen.

In meinem Kopf begann es zu summen.

»Warum fragst du nicht deinen Sohn?«, fragte ich und betrachtete meine Waffel, die wunderbar nach Vanille duftete. Ich wollte mich jetzt verdammt noch mal nur um mich kümmern.

Meine Schwiegermutter schnaubte wieder, diesmal wie ein wilder Stier. Das Geräusch schien tief aus ihrem Innern zu kommen. »Mein Sohn muss arbeiten, Feli«, erklärte sie mir, als wäre ich ein wenig debil. »Er muss Geld verdienen. Und du hast ja frei.«

Vor meinen Augen begann es zu flimmern. Ich klappte den Laptop zu und schob ihn zur Seite, damit ich mich aufrecht hinsetzen konnte. »Weißt du, ich muss auch Geld verdienen. Und ich habe einen anstrengenden Beruf, weswegen ich diesen Urlaub auch dringend benötige.« Jetzt klang auch ich, als würde ich mit einer begriffsstutzigen Person sprechen. Was ja auch der Fall war. Meine Schwiegermutter hatte finanziell ausgesorgt, nach dem Tod ihres Mannes erhielt sie seine Pension. Sie hatte nie arbeiten müssen, hatte es aber auch nie akzeptiert, wenn andere Frauen es taten. Frauen gehörten für sie in die Küche und zu den Kindern. Und Schwiegertöchter wurden durch die Ehe mit dem eigenen Sohn zu persönlichen Leibeigenen. So hatte sie es die ganze Zeit über gehandhabt, und ich hatte dieses verdammte Spiel mitgespielt.

»Also, ich finde es jetzt schon ein wenig ungebührlich von dir, dich so anzustellen. Du sollst mich ja nicht zum Mond bringen, nur zu Blumengerdes. Was hast du denn bitte so Wichtiges vor?«

Ich schnappte empört nach Luft und zwang mich, tief durchzuatmen. Dabei hob ich die Hände und legte sie mir auf den Scheitel, denn dort kribbelte es wieder, als würde die altbekannte Ameisenhorde ein kleines Tänzchen aufführen. Mein wunderbarer Plan, heute nichts zu tun, außer mich mit den Nonnen und Hebammen im Londoner East End zu tummeln, ging meine Schwiegermutter mal rein gar nichts an. Es machte mich ungemein wütend, wie sie mich behandelte. Als könnte ich gar nichts Wichtiges vorhaben, als wäre alles, was ich tat, völlig unwichtig.

Vielleicht war es die Wut, die mir die nächsten Worte in den Mund legte. Es waren sperrige Worte, und erst wollten sie mir nicht über die Lippen. »Was genau hast du denn in den letzten Wochen und Monaten für mich getan?«, brachte ich schließlich hervor. Und als sie darauf nicht reagierte, fuhr ich fort: »Du hast Geld, du hast Zeit, du hast keinerlei Verpflichtungen. Aber ich kann nicht erkennen, dass auch du mich mal unterstützt hättest in der letzten Zeit. Als es mir schlecht ging, nach dem Blitzschlag, warst du zumindest definitiv nicht da. Aber jetzt soll ich ständig springen, wenn dir danach ist? Ich muss hart und viel für mein Geld arbeiten. Und ich habe Verpflichtungen. Ich bin diejenige, die hier mal Unterstützung nötig hätte. Oder in der Vergangenheit nötig gehabt hätte. Aber du wolltest immer nur, dass ich Dinge für dich tue. Jetzt und sofort!« Meine eigene Stimme klingelte mir schon in den Ohren, und ich stellte mit Erstaunen fest, dass ich plötzlich vor meinem Sessel stand. Fridolin hatte sich aufgesetzt und betrachtete mich aus schmal zusammengekniffenen Augen. Ich glaube, so hatte er mich noch nicht erlebt.

»Ich will heute nicht mit dir Geranien kaufen fahren. Ich habe mir meinen Urlaub redlich verdient, weil ich mich in den letzten Wochen großartig um andere Menschen gekümmert habe. Weil das mein Beruf ist, den ich liebe.« Ich atmete tief durch. »Wenn es sich um einen Notfall handelt, kannst du mich jederzeit anrufen. Geranien sind kein Notfall!« Und mit diesen Worten legte ich einfach auf. Das Herz schlug mir bis zum Hals, als ich mich langsam wieder in meinen Sessel setzte. »Fridolin, leg dich wieder hin. Frauchen musste kurz mal aus der Haut fahren. Aber jetzt geht es wieder.« Der Hund schnaubte einmal kurz, drehte sich im Kreis und presste sich dann zurück in seine Lücke zwischen Schrank und Wand.

Für ihn war das Thema abgehandelt, aber in mir brodelte es. Meine schöne Seelenruhe war dahin. Ich griff nach meiner Waffel, doch dann legte ich sie wieder weg. Irgendwie war mir der Appetit vergangen. Mit klopfendem Herzen zog ich die Beine an und platzierte meinen Laptop obendrauf. Ich klappte ihn auf und startete endlich Folge fünf.

Aber ich konnte mich nicht mehr richtig auf die Geschichte konzentrieren. Meine Gedanken schweiften immer wieder ab, hielten sich an den Geranien fest, versuchten mir zu erklären, dass meine Reaktion ja doch sehr harsch gewesen war. Schließlich handelte es sich ja wirklich nur um Geranien. Theoretisch hätte ich das schon schnell machen können. Es hätte bestimmt nicht länger als zwei Stunden gedauert. Ich klappte den Laptop wieder zu und stellte ihn zur Seite. Aber dann hätte ich vorher mit Fridolin rausgehen müssen. Und ich hätte wenigstens vorher duschen müssen, von dem katastrophalen Zustand auf meinen Kopf mal ganz abgesehen. Ich hätte mir etwas Vernünftiges anziehen müssen, die Autoschlüssel suchen, zwanzig Minuten zu meiner Schwiegermutter fahren, fünfzehn Minuten zu Blumengerdes, sie beim Aussuchen der roten Geranien betreuen, alles in den Kofferraum laden, fünfzehn Minuten zu ihr fahren, alles wieder ausladen und dann zwanzig Minuten nach Hause fahren. Darauf hatte ich jetzt einfach keine Lust. Ich wollte das jetzt nicht. Ich wollte Zeit für *mich* haben. Zeit für meine Dinge, meinen Rhythmus, es so machen, wie es mir gerade in den Kram passte. Langsam machten sich diese Gedanken in meiner Brust breit, und je mehr Raum sie einnahmen, desto besser fühlte ich mich. Leichter, angenehmer und warm. In Gedanken wiederholte ich ein paarmal den Satz: »Ich darf das tun!« Lange Zeit meines Lebens war ich wie getrieben gewesen, hatte mir kaum eine Pause gegönnt, weil es ja so viel zu tun, so viele Menschen gab, um die ich mich kümmern musste. So als wenn nur eine beschäftigte Frau eine gute Frau wäre.

»Ich darf hier rumsitzen und Serien gucken!«, sagte ich jetzt laut, und das warme Gefühl in der Brust verstärkte sich. Es dauerte einen Moment, bis ich erkannte, dass es sich nur um Erleichterung handeln konnte. Erleichterung darüber, das so klar zu erkennen. Erleichterung darüber, dass es völlig gerechtfertigt war, so zu empfinden. Mein

Kind war groß und erwachsen. Für meine Tochter würde ich alles stehen und liegen lassen, zu jeder Tages- und Nachtzeit, aber das war gerade nicht notwendig. Ganz langsam fing ich an, mich zu entspannen. Ich atmete ein paarmal tief durch.

»Ich werde jetzt kein schlechtes Gewissen haben«, murmelte ich und klappte den Laptop wieder auf. Dann zog ich die Decke über meine Beine, lehnte mich entspannt zurück und beschloss, dort weiterzumachen, wo ich aufgehört hatte, und meinen wunderbaren Urlaubstag zu genießen. Ich streckte die Hand aus, um nun endlich meine Waffel zu essen, da hörte ich den Schlüssel im Schloss.

Fridolin hörte ihn natürlich auch und sprang schlagartig auf, während er ein tiefes Wuffen von sich gab. Fragend sah er mich an, und ich legte die Waffel wieder zurück.

Das konnte jetzt nicht wahr sein! Ich stand auf und sah Fridolin ernst an. »Nein. Darum kümmere ich mich.« Mit dem ausgestreckten Zeigefinger deutete ich zu seinem Platz, und tatsächlich drehte er sich um und ließ sich leise grummelnd wieder nieder. Allerdings mit hoch erhobenem Kopf und aufmerksamem Blick.

»Feli!«, rief es aus dem Flur, und ich spürte förmlich, wie mich die gerade gewonnene Energie schlagartig wieder verließ. Ich ging durch den Raum, und was ich im Flur entdeckte, war keine große Überraschung. Mark stand dort. Mit unübersehbar wütender Miene starrte er mich an. Hinter mir meldete sich mein Laptop zu Wort, offenbar hatte ich nicht auf Pause gedrückt, und so startete grade die nächste Folge der Hebammen.

»Also, irgendwann ist es dann doch wirklich mal gut mit deinem Selbstfindungstrip, meinst du nicht auch?« Er trat näher und baute sich vor mir auf. »Wie kannst du denn meiner Mutter absagen, während du hier rumlungerst und Videos guckst?« Er war stinkwütend, denn sein linkes Augenlid begann hektisch zu zucken.

Bei mir zuckte es zwar nicht, aber mein Kopf kribbelte. Das Kribbeln zog sich weit bis hinunter in die Wirbelsäule. »Was geht dich das eigentlich an?«, brachte ich schließlich hervor.

Er schüttelte den Kopf, als hätte ich eine wirklich dumme Frage gestellt. »Pass mal auf, Feli«, beschied er, und ich riss die Augen auf. »Pass mal auf!« war Marks Lieblingssatz. Er verwendete ihn jedes Mal, wenn er davon überzeugt war, etwas sehr viel besser zu wissen als sein Gegenüber. Normalerweise hätte ich jetzt wahrscheinlich erwidert: »Ich passe immer auf!«, um ihn darauf aufmerksam zu machen, wie albern dieser Spruch war, doch ich schwieg. Mir war übel.

»Ich habe mein eigenes Leben«, brachte ich schließlich mühsam hervor, aber mein baldiger Ex schien davon gänzlich unbeeindruckt.

»Aber du lebst ja nicht im luftleeren Raum. Wir haben meiner Mutter eine Menge zu verdanken, das darfst du bitte nicht vergessen.«

Die Übelkeit wurde noch stärker, und mein Kopf fühlte sich an wie das Innere eines Ameisenhaufens. Was Mark da gerade gesagt hatte, konnte ich unmöglich unkommentiert lassen. »Was haben wir deiner Mutter denn zu verdanken?«, fragte ich deshalb lauernd.

Mark zog eine Augenbraue hoch. »Sie hat mir meine Selbstständigkeit finanziert, hast du das etwa vergessen?«

»Und was hat das mit mir zu tun?«

Mark betrachtete mich, als hätte ich jetzt völlig den Verstand verloren. »Dein entspanntes und schönes Leben wäre nicht möglich gewesen, würde ich nicht als Architekt arbeiten.«

In diesem Moment passierten einige Dinge gleichzeitig. Ich glaube, es fing damit an, dass ich nach links blickte und entdeckte, dass Fridolin mit freudig wedelnder Rute meine Waffel verspeiste. Danach musste mir aufgefallen sein, dass plötzlich die Lampen im Flur angefangen hatten zu blinken. Unrhythmisch und irgendwie bedrohlich.

»Was ist das denn?«, fragte Mark irritiert und schaute doch tatsächlich recht ängstlich aus der Wäsche.

Aber mir wurde in diesem Moment alles klar. Hell strahlend lag die Wahrheit direkt vor mir. Ich brauchte nur zuzugreifen.

Kapitel sechsundzwanzig

Die Worte sprudelten förmlich aus mir heraus. Ich wurde schlagartig in einen Zustand katapultiert, in dem ich mich noch nie befunden hatte und mit dem ich mich deswegen auch nicht auskannte. Es war ein mächtiger Zustand, und so blieb mir vorerst nichts, als meinen eigenen Worten zu lauschen.

»Ich habe immer gearbeitet!«, brüllte ich. »Aber ich habe auch unsere Tochter großgezogen und mich um alles andere in deinem Leben gekümmert. Ich war immer für alle da, und das ist verdammt noch mal auch ein Job. Ein riesiger, kräftezehrender und zeitraubender Job. Und trotzdem habe ich noch gearbeitet, um Geld beizusteuern.« Ich musste kurz atmen, und diese Pause nutzte mein Gehirn, um die nächste große mächtige Wahrheit aus meinem Mund herauszubefördern. »Das Haus gehört mir! Ich habe es bezahlt. Ich stehe im Grundbuch. Und auch wenn du in den vergangenen Jahren viele Kosten getragen hast, gibt dir das nicht das Recht, hier irgendwelche Entscheidungen zu treffen, geschweige denn zu kommen und zu gehen, wie du es für richtig hältst.«

Mark versuchte etwas zu sagen. Seine Lippen bewegten sich, aber es war mir egal. »Du hast dich immer unfassbar wichtig genommen, dabei hast du gar nicht viel Geld verdient. Ich habe alles für Madeleine bezahlt. Sämtliche Bücher, die Klassenfahrten, ihr Ponyreiten. ALLES! Du hast dich um überhaupt nichts gekümmert. Hast du überhaupt mitbekommen, wie schwer die Schule für unsere Tochter war? Wie viel Zeit ich mit ihr und den Hausaufgaben verbracht habe? Jahre sind darüber ins Land gegangen. Jahre, in denen ich eben nicht Vollzeit arbeiten konnte. Auch weil deine agile und aktive Mutter ständig Betreuung brauchte. Weil dieser verdammte Grundschulelternverein ständig Kuchen haben wollte und ich den Löwenzahn aus der Einfahrt wegmachen musste! Deswegen hatte ich keine Zeit für eine Karriere!«

Bedauerlich, dass ich schon wieder Luft holen musste. Nachdem das erledigt war, brüllte ich weiter. »Du hast achtzehn Jahre lang versucht, mich kleinzuhalten, damit du dich groß fühlen konntest. Aber ich bin genauso groß wie du! Ich kann viel mehr als du!«

Ich japste nach Luft und musste jetzt doch einen kleinen Moment lang aufhören mit dem Herumbrüllen. Auch das Licht hörte auf zu blinken. Die Ameisen in meinem Kopf packten ihre Sachen und verschwanden, und für einen Moment schienen alle Farben um mich herum heller zu werden.

Mark starrte mich an wie eine Erscheinung. Sein Mund stand ein wenig offen, was ausgesprochen albern aussah.

»Gib mir den Haustürschlüssel«, sagte ich knapp und streckte fordernd eine Hand aus. Mark trat einen Schritt zurück. »Ich muss hier arbeiten.«

»Du kannst arbeiten, wo du willst, aber nicht in meinem Zuhause.«

»Ich glaube, der Blitz hat dein Gehirn kaputt gemacht«, sagte mein baldiger Ex-Mann tonlos und versteckte jetzt seinen Schlüssel hinter dem Rücken.

»Nein«, erwiderte ich energisch. »Der Blitz hat mich freigelegt. Meine Persönlichkeit, die vorher zwischen Madeleine, dir, den gesellschaftlichen Normen und Ansprüchen und meiner Schwiegermutter eingeklemmt war. Du hast mir gesagt, ich sei fad, dabei bin ich einfach nur erwachsen und reif geworden. Du hast geglaubt, du könntest dir dein Leben neu einrichten und mir einen Platz darin zuweisen, wie es dir gefällt. Leider habe ich das damals nicht erkannt. Ich habe wohl tatsächlich geglaubt, dass es da noch Hoffnung gibt. Aber die gab es nie.«

»Ich glaube, du bist verrückt geworden«, wagte Mark noch einmal einzuwenden.

»Ja, klar. Wenn man Frauen nicht ernst nehmen möchte, sagt man ihnen einfach, sie würden übertreiben, wären hysterisch oder verrückt. Kannst du gerne so sehen, aber ich sitze hier am längeren Hebel.« Ein sonderbares Gefühl der Macht durchströmte mich, und ich griff danach, hielt es ganz fest und richtete mich daran auf. »Es ist mein Haus. Es ist meine Zeit. Ich habe mich lange genug um alle anderen gekümmert, jetzt bin ich dran. Wenn ich beschließe, in meinem Urlaub im Sessel zu sitzen und eine Serie zu schauen, dann tue ich das. Und niemand hat das zu bewerten oder zu beurteilen. Du schon mal gar nicht. Jetzt gib mir den Schlüssel!«

Stumm schüttelte Mark den Kopf.

»Du kannst mir nicht sagen, es sei aus zwischen uns, und dann einfach so weitermachen wie vorher. Du kannst hier nicht ein- und ausgehen, als wäre es noch dein Zuhause. Das hättest du dir vorher überlegen müssen.«

Ein neuer Gesichtsausdruck erschien in Marks Gesicht. Die Fassungslosigkeit über das, was gerade geschehen war, wich langsam, aber sicher einer gewissen Panik. Er öffnete den Mund, vermutlich um mir noch einmal zu sagen, dass ich wohl verrückt geworden sei, doch dann schloss er ihn wieder. Hinter mir tapste es, und im nächsten Moment berührte Fridolin mit seiner kalten Nase meine Finger.

»Du kannst Samstag um drei deine Sachen aus dem Büro holen«, sagte ich schließlich. »Ab sofort ist finanziell jeder für sich selbst verantwortlich.« Nach zwei Monaten mit einem vollen Gehalt konnte ich klar sagen, dass ich mit dem Geld hinkam. Ich würde keine Weltreise machen, mir keine teuren Schuhe kaufen können, aber das wollte ich auch nicht.

Marks Gesichtsfarbe hatte von Tiefrot zu Weiß gewechselt. Er zitterte jetzt am ganzen Körper, sogar seine Wangen bebten. Und dann fing auch er an zu brüllen. »Und das alles nur, weil du dich von diesem Leichenträger ficken lässt!« Seine Worte hallten schrill in meinen Ohren nach und ließen mich zusammenzucken. Fridolin fing an, tief und dunkel zu knurren, und im nächsten Moment platzte die Glühbirne der Deckenleuchte, und Scherben rieselten auf Mark hinunter. Es zischte und blitzte ein letztes Mal, dann war es dunkel. Das spärliche Licht, das durch die kleinen Butzenscheiben der Tür in den Flur fiel, erhellte die Situation nur unzureichend.

Aber das war auch gar nicht mehr nötig. In meinem Hirn war es hell genug. »Pass gut auf, Mark. Ich erklär dir jetzt was«, sagte ich in einem Ton, den ich bisher an mir gar nicht gekannt hatte. Er war neu, schien tief aus mir herauszukommen, und ich mochte ihn auf Anhieb. »Für all diese Erkenntnisse brauche ich keinen Mann. Ich brauche niemanden, der mir erklärt, wie mein Leben funktioniert. Und der Leichenträger heißt Sebastian und hat nie ein Wort über dich verloren. Er findet dich völlig uninteressant. Dafür interessiere ich ihn. Sehr sogar.«

»Der hat dir diese Flöhe ins Hirn gesetzt. Der hat dich aufgestachelt!«, brüllte Mark mich an.

Ich fand, dass in diesem Haus eigentlich nur einer brüllen durfte. Ich. Also brüllte ich zurück: »Raus aus meinem Haus!« Fridolin untermalte das Ganze mit einem tiefen Knurren, das die Wände zum Beben brachte. Mark schüttelte wie verrückt den Kopf, um die Scherben der Glühbirne in seinen Haaren loszuwerden, und gab dabei ein panisches Zischen von sich.

»Hexe!«, rief er dann und deutete anklagend mit dem Zeigefinger auf mich.

Ich musste lachen. »Echt jetzt?« Ehrlich gesagt konnte ich jetzt gar nicht mehr aufhören zu lachen. »Gib mir den Schlüssel und geh!«, stieß ich prustend hervor, woraufhin Mark den Haustürschlüssel von seinem Bund abfummelte und ihn mir vor die Füße warf. Dann drehte er sich auf dem Absatz um und rannte aus dem Haus. Mit einem Knall fiel die neu gestrichene Haustür hinter ihm ins Schloss.

Es war ein denkwürdiger Moment. Ein Neuanfang. Denn mit Mark hatten gerade sehr viele Probleme mein Haus verlassen. Man sollte meinen, dass sich in so einem Moment ein Konfettiregen über einen ergoss, dass im

Hintergrund ein Chor laut trällerte oder irgendetwas ganz Besonderes geschah. Vielleicht ein letzter Lichtblitz, der plötzlich aufleuchtete und die ganze Situation dramatisch in Szene setzte.

Stattdessen schüttelte Fridolin sich den Stress aus dem Pelz, drehte sich um und trabte zurück zu seinem Platz, um sich dort mit einem behaglichen Stöhnen neu einzurichten. Ich sah ihm dabei zu und befand dann, dass das doch eigentlich die perfekte Möglichkeit war, die Situation gebührend zu würdigen. Also überließ ich die Scherben meinem Monstersauger und lief zurück zu meinem Sessel, kuschelte mich hinein, legte mir die Decke über die Füße und widmete mich endlich den Hebammen in Poplar. Und diesmal konnte ich mich in die neue Geschichte fallen lassen, musste weinen, freute mich mit den Figuren, bewunderte die Bilder des alten Londons. Irgendwann, vermutlich hatte ich bis dahin schon zwei weitere Folgen gesehen, blickte ich auf die Uhr und stellte mit Erschrecken fest, dass es schon halb sechs war. Fridolins Gassi-Geh-Zeit war lange vorbei. Ich klappte den Laptop zu und warf ihm einen prüfenden Blick zu. Er schlief selig.

»Wollen wir noch rausgehen?«

Der Hund öffnete die Augen und schien einen kleinen Moment darüber nachzudenken, dann grunzte er zufrieden und drehte sich auf die andere Seite, wobei er alle vier Pfoten in die Luft streckte.

»Okay. Verstanden. Wir machen morgen eine ganz große Runde, und du gehst gleich nur in den Garten.« Damit war mein Hund sehr einverstanden, und so schickte ich ihn kurz raus und fing an, mir köstliche Pfannkuchen zu backen.

Dann fütterte ich Fridolin, stellte mein wunderbar duftendes Abendessen auf ein Tablett, kochte mir einen Pfefferminztee und trug das Ganze zu meinem Sessel.

Ich verspürte doch tatsächlich so etwas wie Vorfreude darauf, den ganzen Abend nur mit mir alleine zu verbringen. Und natürlich mit den Hebammen aus Poplar. Also startete ich die nächste Folge und schob mir den ersten Bissen in den Mund. Es fühlte sich geradezu wild und verwegen an. Fast so, als würde ich etwas Verbotenes tun, was ja nur zeigte, wie tief meine Konditionierung saß.

Mein Handy klingelte. Ich angelte es aus der Ritze zwischen den Polstern und stellte es erst mal auf lautlos, bevor ich diesmal vorsichtshalber nachsah, wer mich bei meiner wunderbaren Abendbeschäftigung störte. Es war Sebastian, und sofort nahm ich das Gespräch entgegen.

»Hallo«, begrüßte ich ihn kauend und gut gelaunt.

»Feli«, sagte Sebastian. »Wie geht es dir?«

»Prima!«, antwortete ich und grinste. »Ich sitze im Sessel, esse Pfannkuchen mit Apfelmus und schaue meine Lieblingsserie.«

»Das klingt ja geradezu fantastisch«, erwiderte er. »Das würde ich gerne mit dir zusammen machen.« Ich legte die Gabel beiseite.

»Dann hebe ich die letzte Staffel für dich auf, und wir gucken sie am Sonntag, wenn du zurückkommst. Was hältst du davon?«

»Ich bin begeistert«, erwiderte er und klang wie immer absolut ernsthaft.

»Wie ist denn deine Fortbildung? Hast du nette Menschen kennengelernt?«, fragte ich.

Sebastian zögerte einen Moment mit der Antwort. »Es geht viel um Zahlen. Kalkulationen und betriebswirtschaftliche Dinge. Es ist bestimmt sehr sinnvoll, das alles zu wissen, aber wahnsinnig interessant ist es jetzt nicht. Ich glaube, die Leute finden mich ein bisschen komisch«, fügte er leise hinzu.

»Das liegt nur daran, dass sie dich noch nicht richtig kennen.«

»Irgendwie klingst du anders, Feli«, sagte er, ohne auf meine Worte einzugehen.

»Wie klinge ich denn?«, fragte ich verdutzt. Er schwieg und schien einen Moment nachzudenken. Ich nutzte die Stille, um mir schnell und heimlich noch ein kleines Stück Pfannkuchen in den Mund zu schieben.

»Ich weiß gar nicht so genau. So gelöst«, erwiderte er schließlich.

Ich kaute energisch, und Zucker knirschte zwischen meinen Zähnen. »Der Blitz ist weg«, sagte ich. »Und ich bin mir sicher, dass er nicht wiederkommt.«

»Oh.« Sebastians Stimme klang plötzlich anders. Aufgeregt. »Was ist passiert?«

Ich überlegte einen Moment, wie ich die Geschehnisse am besten in Worte fassen konnte. »Ich habe mein Leben in die Hand genommen«, sagte ich schließlich.

»Willst du es mir am Sonntag bei einem Pfannkuchen mit Apfelmus erzählen?«

Wir verabredeten uns also für Sonntag zum Frühstück. Ich wusste, dass wir den ganzen Tag miteinander verbringen würden, und freute mich schon jetzt darauf. Ich war sehr gerne mit Sebastian zusammen. Aber mittlerweile genoss ich es auch, mit mir alleine zu sein. Ich verspeiste meinen Pfannkuchen und sah noch drei ganze Folgen, dann war ich irgendwann so müde, dass ich froh war, schon im Schlafdress zu sein und sogar mein Gesicht schon gewaschen zu haben. So war es ganz leicht, ins Obergeschoss zu laufen und direkt ins Bett zu kriechen. Während Fridolin es sich in seinem Körbchen bequem machte, kuschelte ich mich ins Bett, lauschte seinem Atem und hörte, wie er sich mit den Zähnen irgendwo am Körper kratzte. Ganz langsam streckte ich die Hand aus. Das Bett war immer noch riesig, und irgendwie hatte ich noch nicht begriffen, dass es mir ganz alleine gehörte. Ich war die Besitzerin eines riesigen, fantastisch bequemen Doppelbetts. Wer bitte besaß schon so ein riesiges Bett für sich ganz alleine? Das war ja fast dekadent. Langsam verließ ich meine angestammte Schlafkuhle, die ich mir in den Jahren geschaffen hatte, und robbte in die Mitte. Dort drehte ich mich auf den Rücken, richtete mein Kopfkissen und meine Bettdecke und streckte dann die Arme zu beiden Seiten aus. Ich konnte die Enden des Bettes nicht erreichen. Doch zum ersten Mal fühlte ich mich nicht verloren in dieser riesigen Pracht. Vielmehr überwog das phänomenale Gefühl, dass das alles mir alleine gehörte. Ich würde mal links, mal rechts, mal in der Mitte schlafen. Zufrieden atmete ich tief durch, blieb aber auf dem Rücken liegen und sah an die Decke. Es war Vollmond, und das fahle Licht warf durch die Blätter des Holunderbuschs vor meinem Fenster tanzende Schatten ins Zimmer. Irgendwo draußen sang ein Vogel. Fridolin seufzte und drehte sich in seinem Körbchen. Aus dem Augenwinkel sah ich mein

Handy auf dem Nachtschrank aufleuchten. Offenbar hatte ich den Flugmodus nicht eingestellt. Ich beugte mich hinüber, um das schleunigst nachzuholen. Das Handy hatte geleuchtet, weil Sebastian mir eine Nachricht geschickt hatte. Ein Foto.

Ein bunt leuchtender Schmetterling, der auf einem Gartenzaun saß und sich sonnte. Seine Farben waren brillant scharf, und die blauen Punkte auf seinen Flügeln leuchteten mit der Sonne um die Wette. Sebastian hatte keinen Text dazu geschrieben, aber ich verstand die Botschaft trotzdem. Der wunderschöne Schmetterling stand für ein neues Leben.

Kapitel siebenundzwanzig

Etwas hatte mich geweckt. Ich öffnete die Augen und stellte fest, dass ich quer im Bett lag. Es war viel zu hell. Es musste noch mitten in der Nacht sein, trotzdem war es taghell in meinem Schlafzimmer. Fridolins Kopf tauchte neben der Bettkante auf. Er war genauso wach wie ich.

»Ist irgendetwas passiert?«, fragte ich ihn, während er mit äußerster Dringlichkeit an meinem Fuß schnupperte. Ich setzte mich auf und sah aus dem Fenster. Der Mond hatte sich offenbar direkt vor mein Schlafzimmerfenster gehängt. Er sah riesig aus und blendete mich.

Ich schob die Beine unter der Bettdecke hervor und stellte sie auf den Fußboden. Fridolin machte einen Satz und sprang neben mich auf das Bett. Ich legte ihm einen Arm um den Körper und entdeckte, dass ich am Abend wohl vergessen hatte, ihm das Halsband abzunehmen. Das holte ich jetzt nach. Es war sein neues Halsband, das Merle ihm genäht hatte. Es war weiß, hatte rote Sterne und stand ihm ganz hervorragend. Ich erinnerte mich, wie sie es ihm vor zwei Wochen mitgebracht und in einer feierlichen Zeremonie umgelegt hatte. Mir hatte sie ein neues Maßband geschenkt. Mein altes war ja …

Für einen ganz kleinen Moment schien mein Leben

innezuhalten. Es war, als ginge ein Ruck durch meine Wahrnehmung. Er war kaum spürbar, und trotzdem veränderte er alles. Ein Zittern ergriff von meinem Körper Besitz, und instinktiv drückte ich mich dichter an Fridolin, der seinen Kopf auf meinen Schoß legte.

»Da seid ihr ja wieder«, flüsterte ich mit erstickter Stimme. Für einen Augenblick bekam ich schreckliche Angst. Doch dann erinnerte ich mich an Sebastians Worte, der voller Überzeugung gesagt hatte, dass die Erinnerung nur zurückkehrte, wenn wir auch bereit dafür waren. Mit diesem Wissen war es leichter auszuhalten, was gerade in meinem Kopf passierte. Da ging nämlich, gelinde ausgedrückt, die Luzi ab.

Irgendwann, nicht dass der Sturm in meinem Kopf sich gelegt hätte, stand ich vorsichtig auf. Mit unsicheren Schritten tappte ich durch das Haus. Ich durchquerte den Flur, das Wohnzimmer, die Küche und stand schließlich in der Garage.

Hier war es passiert. Ich drückte auf den Lichtschalter, und die gleißende Deckenbeleuchtung ließ mich blinzeln. Fridolin war mir gefolgt und stand jetzt etwas ratlos in der aufgeräumten Garage herum. Ich hatte noch ein paar Probleme mit den zeitlichen Abläufen, aber ansonsten war wirklich alles wieder da. Mit entschlossenen Schritten lief ich zurück in die Küche, schnappte mir einen Stuhl und trug ihn in die Garage. Hier setzte ich mich und schloss die Augen.

Was mich im ersten Moment so entsetzt hatte, war die tiefe Trauer um Melanie. Ich hatte sie natürlich nicht vergessen, aber in ihrer Intensität spürte ich sie jetzt ganz deutlich. Sie hatte mich das ganze Jahr über begleitet. Dann war da der Schmerz darüber, dass Mark mich verlassen hatte. Die Auswirkungen dieser beiden Ereignisse hatten das gesamte letzte Jahr massiv beeinflusst. Ich atmete tief durch, beugte mich nach vorne und legte die Arme auf den Knien ab. Das war er. Der Tag, an dem mich der Blitz getroffen hatte.

Ich spürte wieder diese unbändige Wut darüber, dass Mark sich einfach selbst zu meiner Geburtstagsparty eingeladen hatte. Aber ich war zu schwach gewesen und hatte dieser Entscheidung nichts entgegenzusetzen gehabt. Kein Wunder, denn mein kohlehydratfreies Ich schien andere Sorgen zu haben. Dabei hatte es eine ganz besondere Feier werden sollen.

Leider hatten Melanies Mann und ihre Tochter eine Stunde vor der Party unter einer fadenscheinigen Begründung abgesagt. Vielleicht waren sie noch nicht so weit, trotzdem bedauerte ich es sehr, dass ausgerechnet sie nicht kommen würden. Dafür hatte ich Leute eingeladen, die mir gar nicht so wichtig waren – und die sich übrigens nach dem Blitzschlag nicht ein einziges Mal bei mir gemeldet hatten. Sogar meine Schwiegermutter war da gewesen. Verwirrt schüttelte ich den Kopf.

Ich hatte viel vorbereitet, viel gekocht und unendlich viel Fingerfood bereitgestellt. Die Vorbereitung für diese Party hatte mich Tage gekostet. Merle wollte noch einen Apfelkuchen mitbringen, doch sie sollte sich verspäten. Als sie mich anrief, um mir das zu sagen, klang sie aufgeregt. Ich hatte sie nicht gefragt, warum sie so aufgeregt klang. Irgendwie hatte ich dafür keine Kapazitäten mehr frei gehabt, war zu sehr mit mir und der Party beschäftigt gewesen.

Diese Party hatte einfach perfekt werden sollen. Nur ich war an diesem Tag nicht perfekt. Die Gespräche erschienen mir belanglos, und irgendwie sehnte ich mich den ganzen Abend über nach Ruhe. Überhaupt war mein ganzes Leben belanglos. Trist und einsam. So fühlte ich mich. Fad. Ganz genau so, wie Mark es mir vorgeworfen hatte. Da half es auch nicht, dass ich mich aufs Optimum getrimmt hatte, meine Fingernägel pink lackiert waren und ich ein überwältigendes Augen-Make-up trug. Ich war sechsundvierzig geworden. Das war ein verdammt respektables Alter. Ein Alter, in dem die Einschläge näher kamen, in dem langsam, aber sicher die Uhr zu ticken begonnen hatte.

Ich näherte mich in meiner Erinnerung den beiden Höhepunkten des Abends.

Irgendwann, ich weiß nicht mehr, ob es zwischen den Lachshäppchen oder den Blätterteigrollen mit Pesto war, hatte mich der Schmerz überwältigt, dass Melanie nie wieder zu einer meiner Feiern kommen würde. Sie war weg. Ich würde sie nie wiedersehen. Möglichst unauffällig stand ich auf und floh leise ins Schlafzimmer, wo mein Bett und mein Kissen recht einsam auf der linken Seite lagen. Verwaist sahen die beiden aus. Verlassen. Wie ich.

Ich hatte mich auf die andere Seite des Bettes gehockt. Marks Seite, die seit einem halben Jahr leer war. Der Anblick der leeren Matratze war wie eine Mahnung. Er war weg, und ich sollte mir mehr Mühe geben, ihm zu zeigen, dass ich ganz und gar nicht fad war.

Ich vergrub das Gesicht in den Händen und registrierte entfernt, dass Fridolin mir seinen Kopf auf den Oberschenkel legte.

Damals hatte ich in der gleichen Position auf dem Bett gehockt, nur war ich ganz alleine gewesen. Magdalenas schrilles Gelächter unten im Wohnzimmer zu hören hatte das Gefühl der Einsamkeit nur noch verstärkt. Das Nähkästchen meiner Mutter stand auf der Fensterbank. Seit ewig langer Zeit stand es dort, hatte auf der weiß gestrichenen tiefen Fensterbank seinen angestammten Platz gefunden. Ich erinnerte mich genau, wie ich die Hand ausgestreckt und es mir auf den Schoß gehoben hatte. Ich hatte den Deckel geöffnet und das himmelblaue Maßband herausgezogen. Die kleine Schneiderschere lag direkt daneben. Und dann maß ich ab.

83 Jahre. Die durchschnittliche Lebenserwartung einer Frau in Deutschland. 83 Zentimeter. Schnitt.

Und dann setzte ich die Schere erneut an. Bei 46 Zentimetern.

Was ich dann sah, entsetzte mich. Weil nicht mehr viel übrig blieb. Weil das Leben so endlich war. Weil ich keine Zeit mehr hatte, etwas davon zu vergeuden, und doch auf der Stelle trat.

Irgendwann war Merle nach oben getrampelt gekommen, und ich hatte das Nähkästchen hastig unter meiner Bettdecke versteckt.

»Komm endlich runter«, hatte sie schroff gesagt, und das hatte mich wütend gemacht. Ich war oft wütend auf sie gewesen im vergangenen Jahr, weil sie mich einfach nicht verstanden hatte. Dabei war sie immer für mich da gewesen. Im

Gegensatz zu mir, die ich ihr in vielen Situationen keine große Stütze gewesen war. Ich hatte sie schroff zurückgewiesen, wenn sie mir erklärt hatte, dass ich doch endlich mal wieder etwas essen sollte. Ich hatte sie angeschnauzt, wenn sie nicht verstand, warum ich das Haus von oben bis unten sortierte und aufräumte und zwanghaft Dinge wegschmiss, weil man das nach dem Buch, das meine Bibel geworden war, so machen musste. Jetzt erinnerte ich mich wieder daran, wie die Fröhlichkeit in den letzten Monaten aus unser beider gemeinsamen Zeit gewichen war. Mehr noch als in den Jahren davor, nachdem Mark mir irgendwann einmal gesagt hatte, dass er nicht mehr wollte, dass Merle sonntags morgens bei uns am Frühstückstisch saß. Weil sie ihn nervte. Und ich erinnerte mich, dass ich das damals klaglos hingenommen hatte. Unsere gemeinsame Frühstücksrunde in den vergangenen Wochen war deshalb so besonders, weil sie über lange Zeit einfach nicht mehr stattgefunden hatte. Erst war Mark dagegen gewesen, dann hatte ich keine Zeit mehr für meine Schwester gehabt, weil ich so eifrig damit beschäftigt gewesen war, perfekt zu werden. Um meinen Mann zurückzugewinnen.

Eine Träne lief mir aus dem Augenwinkel und tropfte Fridolin auf die Nase, der sich davon jedoch nicht beirren ließ und stoisch stillhielt.

Merle hatte sich damals ebenfalls ganz unerschrocken von meinem Gefühlsausbruch neben mich gesetzt und mich in den Arm genommen. Irgendwann waren wir schließlich gemeinsam wieder nach unten gegangen, wo immer noch eine Party stattfand und Merles Apfelkuchen duftend und noch warm auf dem Tisch stand.

»Das ist Elisabeth«, hatte meine Schwester mir plötzlich ins Ohr geraunt und auf die fremde Frau gedeutet, die gerade dabei war, den Kuchen anzuschneiden.

»Ah, schön«, hatte ich nur gesagt, Elisabeth freundlich zugenickt und dann langsam einen Stapel benutzter Teller zusammengestellt, um ihn in die Küche zu tragen.

In der Küche war niemand.

Die Tür zur Garage stand offen, und es brannte Licht. Leise trat ich ein, um es auszuschalten, und im nächsten Moment zwang mich der Schmerz fast in die Knie. Da stand Mark mit Magdalena gegen eines der perfekt aufgeräumten Regale gelehnt. Sie küssten sich. Laut. Und stöhnend. Magdalena presste sich an Marks Körper. Ihr Bein mit dem lackschwarzen High Heel wirbelte durch die Luft. Es sah grotesk aus. Weil da mein Mann mit meiner Freundin knutschte. Unwillkürlich trat ich einen Schritt zurück in die Küche. So konnten sie mich nicht sehen. Aber ich konnte sie hören. Ich konnte hören, wie Mark unterdrückt stöhnte und Magdalenas Namen artikulierte wie in einem schlechten Porno. Und wie Magdalena immer wieder leise Jieper von sich gab. Die beiden hatten Sex. Das konnte ich anhand der Geräuschkulisse einwandfrei identifizieren. Und ich stand in der Küche und hörte zu.

Als sie fertig waren, sagte Magdalena: »Du bist der Wahnsinn!«

Mark brauchte nichts zu sagen, ich könnte förmlich hören, wie er grinste.

Magdalena sagte: »Wir müssen es ihr sagen. Wirklich.«

»Ja, theoretisch«, erwiderte Mark. »Aber Feli bekommt das eh nicht mit. Das würde alles nur noch komplizierter machen, als es mit ihr eh schon ist. Sie läuft ja nicht rund seit der Trennung.«

»Ja, vielleicht hast du recht. Aber meinst du nicht, dass sie etwas merkt?«

Als Antwort lachte Mark. Schäbig. Als wäre ich ein dummes, einfältiges Ding. Leise lief ich zurück ins Wohnzimmer und setzte mich an den Tisch, als wäre nichts gewesen. Weil ich wusste, dass ich sonst schreien und weinen würde, und dann hätte Mark recht gehabt. Dann würde alles nur noch schwieriger und komplizierter werden. Mark und Magdalena kamen zurück und setzten sich ebenfalls an den Tisch. Ich war entsetzt, wie offensichtlich es war, dass die beiden sich in ihrer eigenen Welt befanden. Wieso schien niemand sonst etwas zu bemerken? Aber vielleicht wussten ja alle anderen Bescheid. Nur ich nicht.

Merle verteilte Sahne zum Kuchen und erklärte dann: »Ihr wisst es ja sicherlich, aber ich stehe auf Frauen. Und das ist Elisabeth. Meine Freundin.« Sie war dafür sogar aufgestanden. Eine große Ankündigung. Etwas Wichtiges. Ich verstand die Bedeutung ihrer Worte, aber ich konnte nicht reagieren. Ich war wie erstarrt. Innerlich und äußerlich.

Einige Leute sagten: »Hey, cool.« Andere: »Herzlichen Glückwunsch.« Es schien für niemanden eine große Überraschung zu sein. Schließlich befanden wir uns im Jahr 2019. Merle und Elisabeth konnten heiraten, wenn sie denn wollten. Aber für Merle, die ihre sexuelle Orientierung nie an die große Glocke hatte hängen wollen, war ein solches Outing eine bedeutende Sache.

Mark flüsterte Magdalena zu – und zwar so laut, dass alle ihn hören konnten: »Vielleicht braucht sie mal einen echten Kerl im Bett.« Magdalena lachte. Und Merle lud verbal durch und wies ihn in seine Schranken. Dabei sah sie allerdings mich an. Aber ich konnte nicht reagieren. Ich schwieg. Denn alles in mir war leer. Alt. Verbraucht. Fad.

Merle hatte mir einen vernichtenden Blick zugeworfen und war mit Elisabeth und ihrem restlichen Apfelkuchen gegangen. Irgendjemand – ich erinnere mich nicht mehr, wer es gewesen war – hatte noch versucht, die Wogen zu glätten, aber da waren die beiden schon verschwunden. Jemand anders erklärte Mark, dass seine Bemerkung sehr unpassend gewesen sei, aber da war ich wiederum schon aufgestanden. Ich war in den Flur gelaufen, hatte die Haustür geöffnet und war die Stufen in den Hof hinuntergegangen. Auf der Straße bog ich nach rechts ab. Ein Stück weiter, hinter dem Ortsschild, begannen die Felder und Wiesen. Der Wald lag dahinter.

Ich lief. Unter dem Sternenhimmel entlang. Es war so kalt, dass mein Atem kleine Dampfwölkchen bildete. Der Boden war matschig. Sonderbar schwer blieb er an meinen Sohlen kleben, bis mir auffiel, dass ich den Weg verlassen hatte und jetzt querfeldein rannte. Ich erinnere mich genau, wie ich damals das Gesicht zum Himmel gereckt hatte. Die Sterne hatten mir entgegengefunkelt. Es war ganz windstill, und ich hatte am Waldrand kleine Tiere durch das Dickicht huschen hören. Zu so später Stunde war ich noch nie alleine durch die Gegend gelaufen.

Ich lief noch ein Stückchen weiter, bis ich direkt am Rande des Waldes stand. Hier hockte ich mich umständlich auf einen umgefallenen Baumstamm und lauschte staunend den nächtlichen Geräuschen des Waldes. Rascheln,

Gurren, Knurren, Zischen. Ich saß einfach nur da. Denken konnte ich nicht. Irgendwann stand ich wieder auf und lief in die andere Richtung. Ich hatte kein Ziel. Eigentlich wusste ich noch nicht mal mehr genau, wo ich war. Alles war dunkel. Nur der Mond beleuchtete die Welt mit seinem fahlen Licht, aber das reichte nicht aus, um sich zu orientieren.

Irgendwann war ich stehen geblieben. Weil ich so müde war.

Und im nächsten Moment war ich im Krankenhaus wieder aufgewacht, während der Pfleger fröhlich »Monday, Monday« vor sich hin gepfiffen hatte.

Ich hob den Kopf und blinzelte in die helle Deckenleuchte der Garage. Mit meiner Erinnerung stimmte etwas nicht. Denn wo ein Mond am Himmel stand und das ganze Firmament von Sternen erleuchtet war, da konnte doch kein Blitz sein?

Kapitel achtundzwanzig

Mein Haus platzte aus allen Nähten. Fridolin war das zu viel Trubel, er hatte sich oben im Schlafzimmer verkrochen und zog es vor, in seinem Körbchen vor sich hin zu schnarchen. Der Tisch in der Küche bog sich unter Kuchen, Salaten und frischem Brot, und irgendjemand hatte doch tatsächlich Marshmallows mitgebracht. Die fetten Schaumgummiteile stapelten sich ansehnlich in einer pinkfarbenen Schüssel, garniert mit knallroten Gummikirschen.

Ich stand in der Küche und spülte Teller, weil ich nie genug saubere Teller hatte. Dabei sah ich der illustren Runde in meinem Haus zu. Iris unterhielt sich mit Maria, und die beiden lachten herzhaft über irgendwas. Sebastian und Madeleine verteilten überall im Raum große Einmachgläser mit Kerzen. Sie hatten am Nachmittag Schleifen um alle Möbelteile gebunden, bunte Kaubonbons auf jeder freien Oberfläche drapiert und mit Konfetti und Luftschlangen um sich geworfen. Mein Wohnzimmer sah aus wie bei einem Kindergeburtstag, dabei wurde ich heute siebenundvierzig Jahre alt. Aber der ganze bunte Klimbim tat mir gut. Bei Madeleine waren die bunten Partys noch nicht lange her, und bei Sebastian hatte mich das Gefühl beschlichen, dass er noch nie eine solche Party erlebt hatte. Sein Geburtstag war im Oktober, das hatte er mir aber erst vier Tage nach dem besagten Tag gestanden, weswegen wir ihn dieses Jahr halt doppelt feiern würden. Er und Madeleine verstanden sich blendend. Er verhielt sich ihr gegenüber vielleicht noch ein wenig respektvoller, als er es bei Menschen eh tat, und Madeleine schmolz regelmäßig dahin, wenn Sebastian ein wenig umständlich die Welt erklärte. Oder den Zaun strich, die Rosen schnitt und uns fantastische Nudeln kochte, wenn sie in den Semesterferien nach Hause kam. Eduard stand vor dem Buffet und beäugte das Angebot. Er hatte kleine gerollte Pfannkuchen mitgebracht, und Alex trug gerade, offenbar auf der verzweifelten Suche nach einer Abstellmöglichkeit, einen riesigen Topf Suppe umher. Da aber überall bunte Bonbons lagen, waren Abstellmöglichkeiten mittlerweile Mangelware. Ich ließ die Teller stehen und eilte zu ihm. »Ich nehme sie mit in die Küche und stelle sie auf den Herd«, sagte ich und nahm ihm den Topf ab.

Er grinste dankbar. »Hackfleisch, Lauch und Sahne.«

»Perfekt!«

Ich lief zurück und platzierte den Topf auf einer der Herdplatten, die ich auf niedrigste Hitze stellte. Dann holte ich die Suppenteller aus dem Schrank.

Katharina, Merles Freundin, kam mit drei Flaschen Rotwein aus der Garage und verteilte sie auf dem Küchentresen. »Wunderbar, so eine Mitbringparty!«, sagte sie. »Was ist das für eine Suppe?« Sie hob den Deckel und schnüffelte daran.

»Lauch, Hackfleisch und Sahne«, wiederholte ich Alex' Suppeninformation.

Sie spitzte die Lippen. »Klingt gut. Manchmal stehe ich ja auf Hausmannskost.«

Katharina hatte ihr eigenes Lokal in der Braunschweiger Innenstadt und kochte in der Regel mit Reagenzgläsern und Bunsenbrenner, und darüber hinaus war sie sehr nett und liebte meine Schwester. Sie hatte uns auch eine riesige Auflaufform mit Tiramisu gemacht, die noch einen Platz auf dem Küchentisch gefunden hatte.

Alex verteilte Prosecco, und Melanies Tochter wurde gerade von Sebastian und Madeleine eingebunden, um eine riesige knallbunte Girlande über die Eingangstür zu hängen.

Alle meine Freunde waren gekommen. Nur Mark hatte mir ganz steif eine Nachricht zum Geburtstag geschickt. Dabei hatte sich unser Kontakt in den letzten Wochen wieder relativ normal angefühlt. Aber heute war er auf Distanz aus. Vielleicht, weil ich ihn nicht eingeladen hatte. Von Magdalena hatte ich nichts mehr gehört. Die beiden hatten es wohl eine Zeit lang miteinander probiert, sich dann aber wieder getrennt, und ich hatte beschlossen, dass ich den Vertrauensbruch der beiden unter Lebenserfahrung verbuchen würde.

Lena Burghausen tauchte in dem ganzen Gewimmel auf und winkte mir zu. »Dein Geschenk steht vor der Tür!«

Ich legte die Suppenlöffel neben die Teller, wischte mir die Hände an einem Handtuch ab und lief zu ihr. Sie drückte mich kurz, dann flüsterte sie: »Alles Liebe, liebe Feli! Komm mit!« Und mit diesen Worten zog sie mich hinter sich her in den bereits dunklen Garten, wo sie die Taschenlampe ihres Handys anknipste und eine Rose im Topf beleuchtete. »Das ist Madame Anisette. Sie wird riesig, ist super unempfindlich und duftet ganz fantastisch nach Pfirsich und Vanille.«

»Wie wunderbar, ich danke dir!«

Noch einmal drückte ich sie fest an mich. Lena war in den letzten Wochen viel unterwegs gewesen. Immer dabei: ihr Rucksack. Ein alter Sportrucksack mit einem stabilen Boden. Sie blickte kurz zum Haus, dann löschte sie die Taschenlampe und wischte einmal über ihr Handy. Ein Video erschien. Ein plätschernder kleiner Bach. Die ersten Frühlingsblüher zierten den Waldboden, der im Licht der Frühlingssonne aussah, als würde er in Gold baden. Es war ein wunderbarer, friedlicher Ort, und ich nahm ihr das Handy aus den Fingern, damit ich es besser ansehen konnte. Das Video dauerte ganze vier Minuten, und ich beobachtete den glucksenden Bach und spürte dabei wohlige Freude. Es hatte alles ein gutes Ende gefunden. »Zeigst du es Sebastian auch?«, fragte ich leise.

»Ja«, sagte sie, als ich ihr das Handy zurückgab. »Danke noch mal.« Sie strich mir über die Wange, und noch einmal drückten wir uns. »Jetzt ist es gut«, sagte sie leise.

Und dann feierten wir. Das Leben. Jemand hatte Musik aufgelegt, und wir aßen und tranken und lachten. Fridolin kam einmal gucken, was wir so machten, holte sich ein Stück Brot ab und trollte sich wieder. Wir aber tanzten und lauschten Katharinas Kurzvortrag über den richtigen Fettgehalt von Mascarpone, während wir ihr Tiramisu verspeisten. Es war der perfekte Abend, und erst gegen vier Uhr morgens gingen die letzten Gäste. Einen Teil des Geschirrs nahmen sie gleich mit, was ungemein praktisch war. Um den Rest würden wir uns morgen kümmern.

Madeleine wankte mit vor Müdigkeit klitzekleinen Augen nach oben in ihr Bett, und Sebastian wollte doch tatsächlich anfangen aufzuräumen, aber ich hielt ihn energisch davon ab und zog ihn in meine Arme.

Einen langen Moment standen wir so da. Ich konnte seinen Herzschlag hören, spürte durch das Hemd die Narben seiner Vergangenheit. Ich bettete den Kopf auf seine Schulter und wusste, dass wir ewig so stehen bleiben konnten. Ich mit meinem Kopf in der Kuhle unter seiner Schulter. Diese Mulde war wie für meinen Kopf gemacht.

»Ein Jahr ist es jetzt her«, flüsterte ich. »Je älter man wird, desto schneller scheint die Zeit zu vergehen. Aber dieses Jahr war so intensiv, es fühlt sich an, als wären zehn Jahre vergangen.«

»In diesem Jahr sind für mich auch viele neue Dinge passiert. Ich habe dich kennengelernt. Und ich habe das erste Mal in meinem Leben Luftschlangen durch die Gegend gepustet. War es eine schöne Geburtstagsfeier?«, fragte Sebastian und legte seine Lippen auf meine Haare.

»Ja«, flüsterte ich. »Eine richtige Feier. Mit wunderbaren Menschen.«

»Feli, ich wollte dich das die ganze Zeit schon fragen …« Er hielt einen Moment lang inne, dann fuhr er fort: »Sind alle deine Erinnerungen wieder zurückgekehrt?«

Ich schluckte. »Ja. Bis auf die letzte halbe Stunde vor dem Blitzschlag. Und weißt du, was sonderbar ist?«

»Hm?«, brummte Sebastian fragend.

»Ich erinnere mich daran, was passiert ist, und das aus gleich zwei Perspektiven. Aus der, wie ich es damals gesehen habe, und aus meiner jetzigen Sichtweise. Meine eigene Beurteilung hat sich verändert.«

»Wie meinst du das?« Sebastian legte den Kopf schräg und sah mich fragend an.

»Die Tatsache, dass Mark sich einfach so selbst eingeladen hat. Das ist eigentlich unfassbar. Heute würde ich ihm eher etwas auf den Schädel hauen, aber heute würde er vermutlich auch nicht mehr auf solche Gedanken kommen. Ich war überhaupt so schwach.«

»Hat sich ja beides wieder gegeben. Zum Glück.« Sebastian ließ wie selbstverständlich seine Hände über meine runden Hüften fahren.

Ich grinste, doch dann wurde ich wieder ernst. »Es sollte alles perfekt sein. Was für ein Krampf. Ich habe die ganze Nacht vor meinem Geburtstag Blätterteigrollen mit Pesto vorbereitet. Alles selbst gemacht. Und dann waren alle da, und ich fühlte mich so furchtbar einsam unter all den Menschen. Ich musste an Melanie denken und bin ins Schlafzimmer geflohen.«

»Wo das Maßband deiner Mutter dran glauben musste«, murmelte Sebastian. Er hatte mir mittlerweile ein neues geschenkt. In knallpink. Merles hingegen war blumengelb.

»Und wie gemein ich zu Merle gewesen bin. Sie hatte mich gesucht, und ich habe sie nur blöd angemacht. Meine Schwester hat sich wirklich Mühe gegeben, mich in dem Jahr auszuhalten. Madeleine war da nicht minder engagiert.«

Sebastian streichelte mir den Rücken. »Sie lieben dich. Es ist gar nicht schwer, einen so besonderen Menschen wie dich zu lieben.«

Ich schnaufte. »Das haben die beiden zumindest im letzten Jahr wohl anders gesehen. Mein armes Kind hat heimlich auf dem Klo Eis gegessen, weil ich Eis im Haus verboten hatte.«

Sebastian zog es vor, darauf nicht zu antworten, ich konnte aber spüren, dass er grinste. »Merle hat mir dann ihre neue Freundin vorgestellt, und ich habe so rein gar nicht reagiert. Wusstest du, dass ich Merle, nachdem ich ihr die Sache mit Mark und Magdalena erzählt habe, nur mit größter Mühe davon abhalten konnte, in ihr Auto zu springen, um Mark eine runterzuhauen? Es bedurfte noch größerer Mühen, ihr klarzumachen, dass mich das nicht mehr berührt. Dass ich damit durch bin. Sie nennt mich jetzt manchmal leise Buddha.«

Ein paar Tage hatte ich das alles mit mir herumtragen müssen. Natürlich hatte ich Mark zur Rede gestellt, und er hatte erst nach einigem intensiven Nachfragen zugegeben, dass die Sache mit Magdalena auch vor meinem Geburtstag schon eine Weile gelaufen war. »Und dann hat Merle sich geoutet. Und ich habe stumm daneben gesessen. Sogar als Mark sein ganzes Repertoire an Diskriminierungen über sie ausgekippt hat. Statt ihm gehörig den Marsch zu blasen, bin ich abgehauen. Tja, und dann folgt die halbe Stunde, an die ich mich nicht erinnere, in der aber wohl ein Blitz die Hauptrolle gespielt hat.«

»Feli«, flüsterte Sebastian, und ich hob den Kopf. »Wir müssen noch etwas von diesem irischen Teufelszeug trinken.«

»Warum?«, fragte ich irritiert und sah ihn an.

»Es gibt da etwas, das ich dir sagen muss.«

»So beginnen schlimme Beziehungskatastrophen«, brummte ich, und Sebastians Augen weiteten sich vor Schreck.

»Nein!«, sagte er schnell. »Nicht so. Anders.«

Er bugsierte mich zu meinem Sessel, drückte mich darauf und verschwand in der Küche. Als er wieder zurückkam, trug er zwei gefüllte kleine Gläser. »Diese halbe Stunde, an die du dich nicht erinnern kannst«, fing er an, schwieg dann aber und schien intensiv nachzudenken.

Ich nippte an meinem Whisky und musste sofort husten. Teufelszeug traf es doch ganz gut. »Die Erinnerung, die dort endete, dass ich in den sternenklaren Nachthimmel geblickt habe«, half ich ihm auf die Sprünge.

Er nickte. »Es gibt Wettersatelliten, die für Mitteleuropa alle Gewitter registrieren. Die können bis auf wenige Meter genau lokalisieren, wo ein Blitz eingeschlagen hat. Diese Aufzeichnungen werden auch zur Aufklärung von fraglichen Blitztodesfällen genutzt.« Ich verzog schmerzlich das Gesicht. »Sorry«, murmelte er. »Also, ich habe mich intensiv damit befasst und bin tatsächlich an Daten gekommen.«

»Mach es nicht so spannend.«

»Oh. Es ist gar nicht so spannend«, erwiderte Sebastian ernst. »Es gab sehr wohl ein Gewitter in dieser Nacht. Vielleicht trügt dich also tatsächlich deine Erinnerung an den sternenklaren Himmel. Dennoch ist es sehr unwahrscheinlich, von einem Blitz getroffen zu werden. Und die Daten dieser Aufzeichnungen sind ausgerechnet an der Stelle, wo du warst, etwas unklar.«

Ich runzelte die Stirn. »Unklar? Was heißt das? Da muss ein Blitz gewesen sein. Und der hat mich getroffen. Die

Sohlen meiner Schuhe waren durchgeschmort«, sagte ich und sah ihn eindringlich an. »Die Ärzte haben gesagt, man könne nur von einem Blitz ausgehen.«

»Das ist keinesfalls ausgeschlossen«, sagte Sebastian und lächelte. »Aber weißt du, im Grunde ist es doch eigentlich egal, was genau es war. Ich denke, es verhält sich so: Dein Blitz ist wie mein Schmetterling. Das Sinnbild für einen Neuanfang.« Er umfasste mein Gesicht mit seinen Händen. »Es war wichtig. Es ist Teil deiner Lebensbiografie geworden und hat es geschafft, dein Leben zu verändern. Nur das zählt.«

Ich nickte und leerte mein Glas in einem Zug. Wo er recht hatte, hatte er recht.

ENDE

Danke

Dieses Buch ist meiner Großmutter gewidmet, die ich bei ihrer letzten Reise begleiten durfte. Die Stunden, in denen sie starb, haben mich verändert. Ich durfte dem Tod begegnen. Auf eine friedliche und wunderbare abschließende Weise. Es kann auch anders sein, das weiß ich, deswegen bin ich dankbar für diese Begegnung.

Danke an Waltraud Mörser für ihre fachkundige Beratung. Danke, liebe Sandra Lück, für diesen wunderbaren Kontakt.

Danke an Edith, die mich an ihrer Arbeit im Hospiz hat teilhaben lassen. Und danke für alles. Ohne dich wären wir schon sehr oft verloren gewesen.

Danke an Dr. Katharina Menninger-Knollmann, dass ich mit jeglichen literarischen Gesundheitsproblemen zu dir kommen darf.

Danke an Herrn Toni Stum.

Danke an meine Merle. Ohne die ich ebenfalls schon sehr oft verloren gewesen wäre.

Danke an mein Team. Die Menschen, die mein Leben begleiten. Die immer da sind. Ohne die ich kein einziges Buch schreiben würde. Claudia, Birte, Jeanine, Steffi, Katha, Jutta, kleine Schwester, Jule, Grit, Mira, die Gefahrengemeinschaft, die Delias und die SPO-ler.

Ich habe für dieses Buch mit vielen BestatterInnen gesprochen, mir ihren Alltag angesehen und es dann doch letztendlich so gemacht, wie es Maria Grestenbuch in ihrem Beerdigungsinstitut nun mal tun würde. Maria Grestenbuch ist eine besondere Frau mit besonderen Einstellungen. Gelernt habe ich trotzdem viel. Dass nämlich der Tod immer noch ein großes Tabu ist. Als ich meine obligatorische Recherchefrage bei Facebook stellte, ob BestatterInnen unter uns seien, kamen kaum Kommentare. Die BestatterInnen meldeten sich über alle anderen Kanäle, und zwar direkt und nicht öffentlich. Dabei ist ihr Beruf von so immenser Wichtigkeit. Sie sind in der Lage, es schön zu machen. Eine tragfähige Erinnerung an einen Abschied zu organisieren, Trauer zu begleiten und so vielleicht ein Stück aufzufangen.

Rund um das Bestatterwesen gibt es viele beängstigende Mythen. Es lohnt sich, diese genauer anzusehen. Das nimmt die Angst. Hilfreich sind hier zum Beispiel der Bestatterweblog von Peter Wilhelm und die Seite *thanatos-berlin.de* von Julian Heigel. Das Buch *The End: Das Buch vom Tod* von Eric Wrede hat mich auf meiner Reise zu diesem Roman begleitet.

Dies ist mein 24. Roman. Ich schreibe auch unter Kristina Günak und Kristina Steffan, und ich habe bisher sehr selten beim Schreiben geweint. Das hat sich bei diesem Roman geändert. Er sollte ursprünglich auch eine andere Richtung bekommen, aber das ist die Magie beim Schreiben, der man sich niemals widersetzen darf. Die Magie kommt schließlich aus dem Herzen.

Danke an den Diana Verlag, und ganz besonders an Frau Klemenz, die meinen Büchern eine Heimat gibt. Und ganz großen Dank an Katja Bendels, meine langjährige Lektorin.

Na, und einen haben wir noch: Danke, mein Mann. Für alles. Und immer.